中国古典
之门丛书

GU SHI XING LV

古诗行旅
宋辽金卷

马世一◎编 著

参加编写

孙文心 马天牧 马天放 崔铁英 王瑞雪
杜万衡 陈秀兰 王艳华 王艺霖

语文出版社
·北京·

图书在版编目（CIP）数据

古诗行旅. 宋辽金卷 / 马世一著. -- 北京：语文出版社，2014.6（2019.4重印）
（中国古典之门）
ISBN 978-7-80241-580-5

Ⅰ. ①古… Ⅱ. ①马… Ⅲ. ①古典诗歌－诗歌欣赏－中国－青少年读物 Ⅳ. ①I207.2-49

中国版本图书馆CIP数据核字(2014)第092960号

责任编辑	李　勇
装帧设计	李建章
出　　版	语文出版社
地　　址	北京市东城区朝阳门内南小街51号　100010
电子信箱	ywcbsywp@163.com
排　　版	北京杰瑞腾达科技发展有限公司
印刷装订	北京天宇万达印刷有限公司
发　　行	语文出版社　新华书店经销
规　　格	787mm×1092mm
开　　本	1/16
印　　张	23.25
字　　数	302千字
版　　次	2014年8月第1版
印　　次	2019年4月第3次印刷
印　　数	8,001-18,000
定　　价	42.00元

☎ 010-65253954(咨询)　010-65251033(购书)　010-65250075(印装质量)

前　言

什么是诗？《毛诗序》说："诗者，志之所之也，在心为志，发言为诗。"也就是说，诗是个人情志的表达与抒发。中国是诗歌的泱泱大国，从春秋到现代，成千上万的优秀诗人，创作了无数名篇佳句，成为文化天空的亮丽风景，也成为传承民族文化的有力纽带。中国人自古就重视学习诗歌，孔子甚至说"不学诗，无以言"。孔子提倡学诗，首先看重诗能起到潜移默化地提高人的基本素质的教育作用；人们喜欢诗，则因为诗短小精致，声韵和谐，既深含哲理，又富有辞采之美，诵读起来，余音袅袅，犹弦在耳，给人以深刻的精神享受与情操陶冶。引导孩子从幼年开始读诗，是提高人们文化素养的有效途径。

本书以诗话形式撰写。什么是诗话？古代将评论名家名诗，记叙诗人轶事，讲解诗歌法则，辑录诗学典实的书文，统称为诗话。"诗话"一词始见于欧阳修的《六一诗话》，从此一发而不可收，仅宋代就有苏轼的《东坡诗话录》、陈师道的《后山诗话》、陆游的《山阴诗话》等；元、明、清三代，诗话著作更层出不穷，著名的有袁枚的《随园诗话》、赵翼的《瓯北诗话》、王夫之的《姜斋诗话》、王国维的《人间词话》等，不下数十种。这些诗话，大都自出机杼，抒发个人的见解与心得，多视角地展示诗歌创作的各种特质，有很高的学术价值，成为赏析与研究古诗的重要参阅资料。本书在前人诗话的基础上，依据时代特点与当今的阅读需求，谈个人习读古诗的一些心得体会。笔者希望在这套书中，自己像一个导游，陪同读者朋友们，一起行进在中国三千余年风光旖旎的诗歌旅程中，去体察先祖的审美与情感，去感受中国古代诗歌无与伦比的魅力，故名之为《古诗行旅》。

这套书的编写以传承与弘扬中华传统文化为宗旨，在全民读书的热潮中，努力营造习读古诗的氛围，以突出古诗文化内涵为特色，打造一个习读古诗、提升文化素养的平台，为青年学生和广大文学爱好者提供实用的古诗认知和欣赏读本。本书按历史朝代分编"诗经""楚辞""汉诗""魏晋南北朝诗""唐诗""宋辽金诗""元明诗""清诗"等八个模块，共选编有代表性和典型性、有时代文化特色的近700首广为流传的著名诗篇，读后可以从中窥见中国古典诗歌的基本面貌和独有特色。

本书的编写，力求通俗易懂，深入浅出，摆脱学究气，增强趣味性，拉近古诗与现代生活的距离。书中每一历史朝代的诗选部分，都编有"概述"，对一个时代的诗歌发展及独有特色，作概貌介绍；对一些有深远影响的诗人，从作品篇目的选择与编排上，就体现诗人的"人生轨迹线"，沿着这条"线"，逐步深入地了解诗人的人生、人品、人格以及他的诗。每首原诗下，编有如下栏目：

【题解】介绍诗的产生背景及基本立意，作为读诗导语。

【释疑】注音，解词，疏通语句，解释有关文化知识，排除阅读障碍。

【阅读思路】指出阅读的难点、要点及阅读方法，点明诗眼，启发读者思考，培养独立阅读能力。

【今译】采用诗的形式，将文言译成白话。因为译的是诗，译文力争音韵和谐，节奏明快，体现原诗的诗意，诗情、诗味。

【赏析】对古诗的赏析，主要侧重两个方面，一是知人论世：每一首成功的诗，都是"在心为志（感情），发言为诗"，都是有所感而发，不是附庸风雅，更不是无病呻吟，因而要读懂一首诗，先要了解诗人这个人，以及诗人所生活的时代，知其人，论其世，才能准确把握诗的内涵。二是内容与形式的统一，即侧重解析不同诗人不同的风格，比如李白的飘逸，杜甫的沉郁，王维的恬淡，李商隐的隐深，苏轼的潇洒，陆游的率真等，都带有时代与个人思想感情的印痕，与他们的诗所写的内容高度统一。了解了这些，方知道所谓风格，实际是诗人思想感情的内化与升华。

【阅读延伸】拓展与本诗有关的资料，加深对诗的认知，扩大读者的知识面，包括名家点评、掌故咀英、文坛逸事、经典温读等。

【阅读思路】与【阅读延伸】两栏目不是每首诗都有，有话则多说，无话则阙如。

我终生从事教师职业，教过中学，又教过大学，我了解学生和诗歌爱好者对古典诗歌的学习需求，也了解他们欣赏古诗的兴奋点与存在的困难。因此本书的编写多运用读者容易接受的聊天方式，释词解句，领悟诗意，赏析诗境，将一些不易懂的寓意内涵陈述于事例中，同读者一起如切如磋、如琢如磨地读懂每首诗，也享受每首诗。希望能对读者古诗阅读能力的提高和文化素养的提升，有所助益。能否如愿，还有待读者批评。

编写过程中，参阅了一些前人对诗歌的解析，无法一一注明，在此一并致谢。

目 录

前言　1

六、宋辽金诗

1. 题梁王旧园（徐铉）　5
2. 塞上（柳开）　8
3. 内宴奉诏作（曹翰）　10
4. 塞上（寇准）　12
5. 夏日（寇准）　14
6. 书端州郡斋壁（包拯）　16
7. 江上渔者（范仲淹）　18
8. 野色（范仲淹）　20
9. 郡斋即事（范仲淹）　22
10. 行色（司马池）　24
11. 示张寺丞王校勘（晏殊）　26
12. 寓意（晏殊）　28
13. 古松（石延年）　29
14. 汉武（杨亿）　32
15. 书友人屋壁（魏野）　35

16. 晨兴（魏野） 37

17. 山园小梅（林逋） 39

18. 访杨云卿淮上别墅（惠崇） 41

19. 塞上赠王太尉（宇昭） 44

20. 畲田词（二首）（王禹偁） 47

21. 清明（王禹偁） 50

22. 春居杂兴（王禹偁） 52

23. 村行（王禹偁） 54

24. 寒食（王禹偁） 56

25. 泛吴松江（王禹偁） 58

26. 对雪（王禹偁） 60

27. 画眉鸟（欧阳修） 64

28. 丰乐亭游春（三首）（欧阳修） 66

29. 田家（欧阳修） 69

30. 怀嵩楼新开南轩与郡同僚小饮（欧阳修） 71

31. 戏答元珍（欧阳修） 74

32. 唐崇徽公主手痕（欧阳修） 77

33. 边户（欧阳修） 79

34. 田家（梅尧臣） 82

35. 陶者（梅尧臣） 84

36. 鲁山山行（梅尧臣） 85

37. 小村（梅尧臣） 87

38. 江上遇雷雨（梅尧臣） 89

39. 春寒（梅尧臣） 91

40. 淮中晚泊犊头（苏舜钦） 93

41. 初晴游沧浪亭（苏舜钦） 95

42. 过苏州（苏舜钦） 97

43. 吴越大旱（苏舜钦） 99

44. 蚕妇（张俞） 103

45. 乡思（李觏） 105

46. 题杜子美书室（赵抃） 106

47. 咏柳（曾巩） 108

48. 西楼（曾巩） 110

49. 晓霁（司马光） 111

50. 鸡（司马光） 113

51. 梅花（王安石） 115

52. 元日（王安石） 117

53. 泊船瓜洲（王安石） 118

54. 商鞅（王安石） 120

55. 登飞来峰（王安石） 122

56. 葛溪驿（王安石） 124

57. 半山春晚即事（王安石） 126

58. 送春（王令） 128

59. 感愤（王令） 130

60. 荆州十首（选二）（苏轼） 132

61. 春宵（苏轼） 136

62. 和子由渑池怀旧（苏轼） 138

63. 惠崇《春江晓景》（苏轼） 140

64. 赠刘景文（苏轼） 142

65. 望湖楼醉书（苏轼） 144

66. 饮湖上初晴后雨（苏轼） 146

67. 系御史台狱遗子由（苏轼） 148

68. 东坡（苏轼） 151

69. 海棠（苏轼） 153

70. 过惶恐滩（苏轼） 155

71. 纵笔三首（苏轼） 158

72. 六月二十日夜渡海（苏轼） 161

73. 题西林壁（苏轼） 164

74. 琴诗（苏轼） 166

75. 花影（苏轼） 167

76. 吴中田妇叹（苏轼） 169

77. 次韵子瞻好头赤（苏辙） 174

78. 神水馆寄子瞻兄（二首）（苏辙） 176

79. 雨中登岳阳楼望君山（黄庭坚） 178

80. 寄黄几复（黄庭坚） 180

81. 登快阁（黄庭坚） 183

82. 病起荆江亭即事（黄庭坚） 185

83. 题胡逸老致虚斋（黄庭坚） 187

84. 跋子瞻和陶诗（黄庭坚） 189

85. 泗州东城晚望（秦观） 191

86. 春日（秦观） 193

87. 次韵太守向公登楼眺望（秦观） 195

88. 秋日（秦观） 198

89. 十七日观潮（陈师道） 200

90. 田家（陈师道） 202

91. 新晴（刘攽） 204

92. 题画（李唐） 206

93. 春日游湖上（徐俯） 208

94. 三衢道中（曾几） 210

95. 小斋即事（刘一止） 212

96. 病牛（李纲） 214

97. 花石（晁说之） 216

98. 次韵公实雷雨（洪炎） 219

99. 早发（宗泽） 221

100. 己酉乱后寄常州使君侄（汪藻） 223

101. 送胡邦衡之新州贬所
（二首）（王庭珪） 225

102. 牡丹（陈与义） 229

103. 伤春（陈与义） 231

104. 兵乱后杂诗（吕本中） 234

105. 读书（吕本中） 236

106. 汴京纪事（二首）（刘子翚） 238

107. 策杖（刘子翚） 241

108. 乌江（李清照） 243

109. 池州翠微亭（岳飞） 245

110. 送紫岩张先生北伐（岳飞） 247

111. 枕上（陆游） 249

112. 醉中感怀（陆游） 252

113. 哀郢（陆游） 254

114. 金错刀行（陆游） 256

115. 剑门道中遇微雨（陆游） 259

116. 书愤（陆游） 261

117. 临安春雨初霁（陆游） 264

118. 十一月四日风雨大作（陆游） 267

119. 秋夜将晓（陆游） 269

120. 示儿（陆游） 271

121. 游山西村（陆游） 273

122. 梅花绝句（陆游） 275

123. 沈园（陆游） 277

124. 冬夜读书示子聿（陆游） 279

125. 送湖南部曲（辛弃疾） 282

126. 送剑与傅岩叟（辛弃疾） 285

127. 州桥（范成大） 287

128. 催租行（范成大） 289

129. 夏日田园杂兴（二首）（范成大） 291

130. 春日田园杂兴（范成大） 293

131. 冬日田园杂兴（范成大） 294

132. 初入淮河（二首）（杨万里） 296

133. 悯农（杨万里） 299

134. 过松源晨炊漆公店（杨万里） 301

135. 晓出净慈寺送林子方（杨万里） 302

136. 小池（杨万里） 304

137. 游园不值（叶绍翁） 306

138. 薛氏瓜庐（赵师秀） 308

139. 雪梅（卢梅坡） 310

140. 绝句（僧志安） 312

141. 悟道诗（某尼） 314

142. 淮村兵后（戴复古） 316

143. 戊辰即事（刘克庄） 318

144. 病后访梅（刘克庄） 320

145. 春日（朱熹） 322

146. 观书有感（二首）（朱熹） 324

147. 促织（洪咨夔） 327

148. 狐鼠（洪咨夔） 329

149. 嘲科费（王迈） 331

150. 题临安邸（林升） 333

151. 画菊（郑思肖） 335

152. 咏制置李公芾（郑思肖） 337

153. 湖州歌（汪元量） 338

154. 扬子江（文天祥） 340

155. 过零丁洋（文天祥） 342

156. 题李俨黄菊赋（耶律弘基） 345

157. 阴山（耶律楚材） 347

158. 岐阳（元好问） 349

159. 癸巳五月三日北渡（元好问） 351

160. 论诗（二首）(元好问) 353

宋辽金诗

唐诗是我国古典诗歌发展的顶峰,这是诗评家的定论。在唐诗面前,有人故意贬低宋诗,清人叶燮在《原诗·内篇上》有个极端说法:"苟称其人之诗为宋诗,无疑唾骂。"宋诗虽无唐诗那样宏大的气魄,但另辟蹊径有自己的发展路子,也有自己的时代特点和艺术特色,且数量是唐诗的两倍多,用"唾骂"来贬低它有些过分了。

在晚唐动乱基础上建立起来的宋朝,虽然统一了全国,但积弊难医,已无复大唐帝国的雄风而内忧外患交困。北宋勉强维持了八十多年,就随着"靖康之变"(靖康,宋钦宗年号)徽、钦二帝被俘宣告结束;南宋又维持了一百五十余年,也是半壁江山风雨飘摇而难有宁日。植根于这一时代土壤上的宋诗,自然打上了独特的时代印记:宋代诗人关心国家危亡,奋力抗击侵略,爱国主义精神昂扬;另外在思想界,传统儒学吸收禅学因素演变为理学(宋代的哲学思想体系),注重阐释义理、研究心性,这影响到诗歌创作的哲理化、散文化。爱国主义是宋诗创作的主要精神支柱,哲理化、散文化则是宋诗的重要艺术倾向,这是宋诗的两大时代特征。

北宋初期,全国刚刚统一,社会较晚唐相对安定,这一时期活跃于诗坛的主要是三类人:一是文学侍臣,如徐铉、柳开等,他们基本沿袭晚唐诗风,纤丽工巧有余,深厚浑成不足。有些北宋名臣的诗作也属于这一类型,如寇准、范仲淹、晏殊等,他们的诗与各自的政治生涯相联系,展现了他们的人品和政绩。第二类人是一些文人学士,如杨亿、刘筠、钱惟演等,他们集于秘阁编书,相互唱和,追求辞藻富丽,被称为"西昆体"。第三类人是一些隐士和僧侣,前者如魏野、林逋,后者如惠崇、宇昭等所谓"九僧",他们的诗多写隐居生活。这三类人的诗，虽然多偏于形式主义，但为此后宋诗的成熟提供了一些技巧上的借鉴。到王禹偁自谓"本与乐天（白居易）为后进，敢期子美（杜甫）是前身"，诗歌才转向关心国事民生而步入发展正途。

　　北宋的屡弱迫使一些开明的政治家提出改革的要求，与此相应文学上也发生了诗文革新运动，其代表人物是欧阳修，以及聚集在欧阳修身边的梅尧臣、苏舜钦等人。他们主张诗歌反映国事与民生，针砭时弊，提倡"以文为诗"，风格趋于质朴刚健，发展了诗歌散文化、议论化的倾向。欧阳修诗古朴老健，梅尧臣诗清新淡雅，苏舜钦诗热烈奔放，一扫宋初以来柔弱浮靡诗风，初步显示了宋诗特色。

　　苏轼的出现标志着宋诗的成熟。北宋中后期，以苏轼为核心形成了一个创作群体，主要成员有"苏门四学士"黄庭坚、秦观、张耒、晁补之。苏轼一赖天赐之才，二赖转益多师，纵横捭阖，不拘一格，其诗既有李白的飘逸又有杜甫的沉郁，兼有刘禹锡的深沉、白居易的浅易、韩愈的理趣，形成了独有的雄豪奔放的总体风格。"苏门四学士"也各有特色，他们开创了宋诗创作的极盛局面。与他们同时的还有王安石，这位性格倔强的"拗相公"不依不傍自成一家，十分重视诗歌的社会政治功能，在"苏门"之外独树一帜。

　　靖康之变，中原沦陷，生灵涂炭，民族悲剧震撼着爱国志士的灵魂。自宋室南渡之后，抗敌御侮的爱国主义成了诗歌创作的主要主题，其中杰出的代表诗人是陆游。陆游是多产诗人，一生写诗九千三百多首，洋溢着抗敌复国的豪情壮志。壮年时期，豪迈奔放如李白，感慨沉郁似杜甫；晚年又趋于平淡，有陶渊明风格。与陆游同被称为"南宋四大家"的是杨万里、范成大、尤袤。杨万里的诗诙谐幽默而被称为"诚斋体"（杨万里，字诚斋），范成大以田园诗闻名，尤袤诗以平淡著称。宋代理学盛行，理学家讲究"扬天性，灭人欲",排斥抒写性情。宋诗好议论主要受理学影响,他们的诗多道学气,不免迂腐。有些例外的是朱熹,朱熹强调"文道统一",他虽是理学家,但诗的艺术性强而少有道学气。

南宋末年,国势式微,一些诗人在改朝换代之际身受亡国之痛,用诗记录了这一历史巨变,抒发了报国壮志。代表诗人有文天祥、汪元量、郑思肖等,这些遗民之诗表现了爱国情操和民族正气。

宋诗的发展由王禹偁奠基、欧阳修深化、苏轼成熟、陆游延伸,其有一条明显的发展脉络,又有"苏门四学士"、王安石、范成大、杨万里、朱熹等人各有特色的创作,倒也枝繁叶茂、洋洋大观,是继唐诗之后诗歌创作的又一高峰,到明、清两代就少有这种气魄了。

这一时期,一直与宋对垒的是辽(契丹)和金(女真),虽是少数民族政权,但汉文化传统在他们统治的地区也占据主导地位。我国是个多民族国家,少数民族的诗也是中华文化的有机组成部分,要同样看待而不能歧视。辽道宗耶律弘基就有诗传世,耶律楚材更是一个小有成就的诗人。其中文学成就最大的是元好问,他是鲜卑人后裔在金做官,他的诗文反映了金代的社会现实,他的以诗论诗的《论诗三十首》对汉魏至宋的重要诗人的诗做了概括性评论,在诗歌史上很为人称道。

1. 题梁王旧园（徐铉）

梁王旧馆枕潮沟，共引垂藤系小舟①。
树倚荒台风淅淅，草埋欹石雨修修②。
门前不见邹枚醉，池上时见雁鹜愁③。
节事逢秋多感激④，不须频向此中游。

【作者简介】

徐铉是南唐遗臣，随后主李煜降宋，很受宋太祖赵匡胤赏识，官至散骑常侍，是宋初有影响的诗人。徐铉精通文字学，曾校订《说文解字》。

【题解】

《题梁王旧园》是徐铉降宋后的作品。汉代的梁孝王刘武喜好文学，网络了一些名士如邹阳、枚乘、司马相如等经常到他的庄园梁园游赏作赋，一时传为佳话。梁园即诗题中所说的"梁王旧园"，故址在今河南省商丘市。后世文人常到此游览，追怀当年盛事。徐铉到此游览，见梁园已荒芜，又想起自己的降臣身份，写此诗抒发今昔巨变的感慨。

【释疑】

① 潮沟：原是吴国开凿的一条沟通长江、太湖等水系的运河，这里用"潮沟"指代梁园附近的运河。枕：坐落。垂藤：垂柳的枝条。系：拴住。

②浙浙：形容风声。欹（qī）石：歪斜的石头。修修：形容雨声。

③邹枚：指邹阳、枚乘。鹜（wù）：水鸭子。

④节事：指深秋季节。感激：情绪激动。

【今译】

梁王旧园坐落在运河之边，行行垂柳都拴着一条小船。
荒台之下枯木摇曳风浙浙，乱草丛中碎石歪斜雨潺潺。
门前冷落不见当年邹枚醉，池上肃杀时闻雁鹜哀声传。
又逢深秋满目凄凉心惆怅，今非昔比此园不宜多盘桓。

【赏析】

　　此诗是徐铉投宋后游梁园时所写。首句交代梁园的地理位置：在运河旁边，一个沿岸栽满垂柳的地方。二联、三联描写梁园目前的荒凉境况：枯树乱石，秋风秋雨；门前冷落，少有游人；池面凄凉，雁鹜哀鸣，一片衰败景象。尾联抒发感慨：园子如此荒凉，又逢深秋季节，让人情绪低落，结论是"不须频向此中游"。昔荣今衰让人伤心，今后少来为佳。徐铉是降宋的南朝旧臣，对当年的生活不免有些依恋，见到梁园的昔盛今衰又不免产生了今非昔比之感。这首诗的末句，抒发的是同他的旧主于李煜"故国不堪回首月明中"同样的情绪，但他的新主子宋太祖对他又不错，不能像李煜那样直露地表达对过去的怀念，所以采取了"不须频向此中游"委婉说法，表达他的亡国之思，这是逆子贰臣的典型心态。

　　这首诗的特点与大多数宋诗相同，在章法上以中间两联为主、首尾两联为辅，中间两联又以写景为主而刻意求工。像这首诗二联的写景选取了"树"与"草"加以描绘，"荒台""欹石"已造成破败之感，又用"风淅淅""雨修修"加以渲染，悲凉气氛更加浓重，而且对偶工整、用词贴切。唐诗重意境，宋人很难追攀，于是从小处落笔、写小巧之景，气魄虽然逊于唐人，却也小家碧玉别有风致。

2. 塞 上（柳开）

鸣骹直上一千尺①，天静无风声更干。
碧眼胡儿三百骑，尽提金勒向云看②。

【作者简介】

柳开，号东郊野夫、补亡先生。他是宋初进士，官至殿中侍御史。他反对五代以来的浮靡文风，诗风雄健，很有特色。柳开崇尚韩愈、柳宗元（曾名肩愈，字绍元），主张文以载道，是宋初古文运动的首倡者之一。

【题解】

《塞上》描绘了宋初边境上的一个画面。宋王朝刚刚建立，北方少数民族不摸底细，虽怀进犯之心但不敢轻举妄动，常常游弋于边境线上窥探宋室动静，这首诗描写的就是这一场面。

【释疑】

① 骹（xiāo）：鸣镝，即响箭。
② 金勒：金饰的马缰绳。

【今译】

一只响箭呼啸直飞云端，天静无风响声让人胆战。
三百碧眼胡儿仰头望天，紧勒战马不断向南窥探。

【赏析】

头两句先营造一个紧张的氛围：天静无风，万籁俱寂，一只响箭直飞云天,那响声打破了寂静让人胆颤。诗人笔下没有刀枪剑戟只有响箭一只,人们从这只响箭的呼啸声中可以想象到宋之边境正枕戈待旦防备敌人来袭。二句由宋方之箭写到敌方之人,三百名碧眼胡儿正紧勒战马向南窥望。"碧眼胡儿",形象生动,英气逼人;"尽提金勒",动作干练,狡诈机警。短短四句,把塞上那动人心魄的一瞬写得有声有色。不难想象,这三百"碧眼胡儿"正窥探时机准备马踏中原,赵氏王朝没有几天安静日子可过了。"诗中有画"是这首诗的特点。据江少虞《皇朝类苑》引《倦游杂录》载,当时的太傅冯端看了这首诗,让人把诗意"画于屏障"提醒自己时刻提高警戒,防备胡人来袭;又据明人杨慎说,到明时"犹有此图稿本",可见这首诗传播很广。

古诗行旅
宋辽金卷

 3. 内宴奉诏作（曹翰）

三十年前学六韬，英名常得预时髦①。
曾因国难披金甲，不为家贫卖宝刀。
臂健尚嫌弓力软，眼明犹识阵云高②。
庭前昨夜秋风起，羞睹盘花旧战袍③。

【作者简介】

　　曹翰，宋初名将，曾随太祖赵匡胤攻伐西蜀、太原等地，屡立战功，官至右千牛卫上将军。

【题解】

　　一员武将为什么写诗？诗题说"奉诏作"，是奉皇帝命令写的。皇帝为什么让武将写诗？赵匡胤是行伍出身，利用"陈桥兵变"登上皇帝宝座，所以特别提防武将拥兵自重。王朝建立之初就"杯酒释兵权"，以后也实行重文抑武政策，经常与文人学士聚宴赋诗，即诗题所说"内宴"，这是文人侍臣成为宋初诗坛活跃分子的原因之一。曹翰是武将，不能参加这种内宴而内心不服。据《青箱杂记》载，有一天，曹翰向太祖要求参加内宴，说自己也会写诗。太祖大笑，但没有拒绝他的要求。宴会上，太祖让曹翰以"刀"为韵写一首诗，于是他写了上面这首诗。

【释疑】

　　① 六韬：古代兵书名，传说是周初姜尚（姜太公）所作，实是

汉人假托。全书分文韬、武韬、龙韬、虎韬、豹韬、犬韬六部分，故称六韬。时髦：一时的杰出人才。

② 阵云：战场上的风云变幻。

③ 盘花：战袍上的圆形花纹。

【今译】

三十年前就熟悉兵家六韬，称得上远近闻名一代英豪。

曾为了救国难披甲上阵，绝不能因家贫卖掉宝刀。

臂力强拉硬弓还嫌太软，眼睛亮辨敌情不差分毫。

昨夜晚庭院前秋风乍起，宁挨冻也羞愧重披战袍。

【赏析】

武夫的诗就有武夫味道，直来直去，显示了赳赳武夫的豪爽。首联是自我评价：熟悉兵法，一代英豪。二联追述戎马生涯：大半辈子披甲厮杀，对国家忠心耿耿，即使家贫也随时准备挥刀上阵。三联夸耀自己的才干：论武艺能拉弓射箭，论韬略能辨别敌情。最后表示对赵匡胤重文抑武政策的不满：昨夜秋风转凉，宁可挨冻也羞于穿旧时战袍，因为做一个武夫太憋屈了，今后要弃武学文了。这当然是气愤话，不过倒可以证明一点：写诗并不神秘，一个只知道打打杀杀的武夫有了真感情也能写出诗。

六、宋辽金诗

4. 塞 上（寇准）

春风千里动，榆塞雪方休①。
晚角数声起，交河冰未流②。
征人临迥碛，归雁别沧洲③。
我欲思投笔，期封定远侯④。

【作者简介】

寇准，北宋名臣，二十岁中进士，累官至同中书省门下平章事（宰相），封莱国公。宋初北方边患一直不断，寇准是主战派，反对妥协投降。当时京城有民谣："欲得天下好，无如召寇佬。"寇准是陕西人，人们亲切地呼他为"寇老西"。后被投降派排挤罢相，贬逐雷州（广东海康），客死于南方。寇准是个政治家，但能写诗，其诗风明丽典雅，内容多与他的政治活动有关。

【题解】

宋真宗元年，辽兵大举南侵，朝野震惊。皇帝及有些大臣主张迁都南逃，寇准力排众议建议真宗御驾亲征。真宗不敢，在寇准再三坚持下才勉强到了前线。结果辽人见宋朝真心抵抗，就签订了"澶渊之盟"不战而退了。《塞上》诗写于此时，鼓励人们到边防参军参战。

【释疑】

① 榆塞：原指榆林要塞，故址在今内蒙古准格尔旗，后来成为

边关要塞的代称。

②晚角：傍晚的号角声。交河：县名，在今新疆吐鲁番盆地，这里指代塞北的河流。

③迥：远。碛：沙漠。归雁别沧洲：指大雁由南方北归。沧洲，指南方多水的地方。

④定远侯：与上句的"投笔"都用班超的典故。《后汉书·班超传》载，班超本在官府做文书抄写工作，一天叹道：大丈夫应立功边疆，怎能老和笔砚打交道。于是投笔从戎，出使西域建立功勋，封定远侯。

【今译】

千里中原早已春风送暖，漫天大雪依然冰封边关。
晚风中传来了声声号角，河床里凝结着皑皑冰川。
远征人驻守在荒远沙漠，迎接着一行行北归大雁。
有志者理应当亲临前线，又建功又封侯永固江山。

【赏析】

以《塞上》为题，效法唐人边塞诗。首联写塞北气候：中原大地已春风送暖，北方边塞仍冰天雪地。二联写边塞地区的战争气氛：河冰尚未开化，辽人骑兵很容易越河袭击，所以每到傍晚便号角声声一派临战景象。三联写边防战士驻守在荒凉的沙漠，日夜警戒着，连大雁也从南方飞来要参加抗击来犯之敌。尾联用班超的事例号召人们投笔从戎奔赴前线，为国建功争取封侯。寇准是一个坚定的主战派，是戏曲舞台上的良吏典范，在有关"杨家将"的戏曲中都有寇准的清官形象。人们这样怀念寇准，是因为他主张抵御外侮，有中华民族的正气与傲骨。

5. 夏　日（寇准）

离心杳杳思迟迟①，深院无人柳自垂。
日暮长廊闻燕语，轻寒微雨麦秋时②。

【题解】

　　北宋软弱主要软在皇帝身上，几个皇帝都畏敌如虎，实行屈辱退让的外交政策，朝廷上一片主和声。寇准主战，终于遭到主和派排挤，被贬往道州、雷州等地任司马。《夏日》写于被贬期间。

【释疑】

　　① 杳杳：遥远，渺茫。迟迟：迟缓。
　　② 麦秋：收割小麦的季节。

【今译】

　　离京无望很难理清思绪，深院无人只有柳树低垂。
　　日暮长廊时而听到燕语，麦秋小雨骤然增添寒意。

【赏析】

　　寇准是一个政治家，虽然被贬却仍心系国家安危，心情难以平静。这首诗捕捉住夏日傍晚的景色，表达失望而无奈的情绪。首句用"杳杳"写"离"，用"迟迟"写"思"，表现出他的心情烦乱。二句写"柳自垂"，好像柳树也在垂头深思，这正是诗人自己的形象。三句用"燕语"以动衬静，表明自己说话无人听，只能和燕子交流。末句用"麦秋轻寒"表达自己的失望。这首诗除首句外，其他句看来很清闲，这正是在沉默中等待爆发，因为政治家是不会甘心寂寞的。

6. 书端州郡斋壁（包拯）

清心为治本，直道是身谋①。
秀干终成栋，精钢不作钩②。
仓充鼠雀喜，草尽兔狐愁③。
史册有遗训，毋贻来者羞④。

【题解】

包拯同寇准一样是北宋名臣，曾任监察御史（相当于纪检委）、开封府尹（首都市市长）、龙图阁直学士。包拯以执法严峻、不畏权贵、不徇私情著称，是广为传颂的清官典型。在小说与戏曲舞台上被演义成日断阳、夜断阴的神话般人物，人称"包青天""包龙图"，老百姓又称他为"包黑子"。自古以来，清官太少，出了个"包公"后人们就将诸多赞美之词加到他身上永久地怀念。包拯不是诗人，他一生大概都忙着办案反腐，其诗仅存一首。诗的艺术性虽不高，却反映了包拯正直而清廉的性格，因为他是包拯故选在这里供欣赏。诗题为《书端州郡斋壁》，是包拯早年做端州（今广东肇庆市）知府时写的，贴在书斋的墙上（斋壁）作为座右铭。

【释疑】

① 清心：清心寡欲，没有私心。治本：立世的根本。直道：刚直不阿的做人准则。身谋：终身的追求。

② 秀干：挺拔的树干。精钢：纯钢。钩：弯曲的钩子，如秤钩

儿，钓鱼钩儿。

③ 仓充：仓库充实，指经济上要严格管理。草尽：指铲除坏人生存的环境。"鼠雀""兔狐"都比喻贪鄙小人。

④ 史册：史书。遗训：古人流下来的训诫。贻（yí）：给，带来。

【今译】

清心寡欲为立世根本，刚直不阿是终身追求。
挺拔的树干必成栋梁，纯正的钢材不做弯钩。
仓库充实鼠雀窃窃自喜，野草砍尽兔狐暗暗发愁。
史书训诫应该永远牢记，别让后人提起你就作呕。

【赏析】

八句诗都是议论，议论的中心是谋直道、去贪欲。首联提出做官的根本准则：一要清心寡欲，不贪；二要刚直不阿，无私。二联、三联作比喻论证。二联从正面提出自己的追求：要像"秀木"那样做国家的栋梁，要像纯钢那样刚直不弯。三联从反面提出自己的警戒：经济上要严管，不能让"鼠雀"辈贪鄙小人浑水摸鱼；行为上要严谨，清除掉"兔狐"般贪鄙小人的生存条件，让他们见而胆寒。尾联是对其他官员的告诫：要按史书的遗训去做，不要给后人留下骂名遗臭万年。全诗的主旨是谋直道、去贪欲，包拯把这首诗贴在墙上作为座右铭时刻提醒自己。诗是这样写的，包拯也是这样做的。端州以"端砚"闻名，是皇家明文指定的贡品。历届端州地方官都以办贡品为名，大肆贪腐，而包拯在端州知府任上一块砚台也不要，这样的历史人物应当受到后人的怀念。在中国，无论妇孺老幼，可能不知道包拯，但没人不认识"黑老包"，包拯的清官形象已深深刻在人们的心里，这种怀念本身就是对清官的期盼、对贪官的痛恨。

江上渔者（范仲淹）

江上往来人，但爱鲈鱼美①。
君看一叶舟，出没风波里②。

【作者简介】

范仲淹，幼年家贫，二岁丧父，随母改嫁朱氏，后恢复范姓，改名仲淹。他是北宋著名政治家，热心政治改革，推行兴修水利、发展农业、整顿政府机构等项改革措施，史称"庆历新政"（庆历是宋仁宗年号）。可惜新政推行一年左右，因旧官僚的反对而失败，参与新政者或罢或贬。他被贬往陕西任陕西四路安抚使，戍边多年而西夏不敢来犯，畏惧他"胸中自有数万兵甲"。范仲淹是著名散文家，一篇《岳阳楼记》传诵千古；也是著名诗人，他的诗开宋代豪放派先河。

【题解】

"先天下之忧而忧，后天下之乐而乐"是范仲淹的名言，也是他的做人准则。他关心百姓疾苦，《江上渔者》是赞扬渔民的。

【释疑】

① 往来者：这里特指有钱人。鲈鱼：一种生活在近海的鱼，秋末到江口产卵，味道鲜美。
② 风波：指波浪。

【今译】

　　江面上往来的豪门富翁，只知道爱鲈鱼味美肉精。

　　请看看小渔船风吹浪打，出没在波涛中九死一生。

【赏析】

　　范仲淹是"先天下之忧而忧"的政治家，这首诗是为渔民而"忧"。诗采用对比写法，一、二句写食鱼者的爱好，三、四句写打鱼者的艰辛。"江上"与"风波"两种环境，"往来"与"出没"两种动态，吃鱼人与捕鱼人两种生活，用对比手法表达了对辛勤劳苦的渔民的同情。这首小诗，词浅意深，形象生动，既有对渔民的同情，也有对渔民艰辛劳动和勇敢精神的敬佩。由此可见，范仲淹的心是与百姓的心连在一起的。

8. 野 色（范仲淹）

非烟亦非雾，幂幂映楼台①。
白鸟忽点破②，残阳还照开。
肯随芳草歇，疑逐远帆来③。
谁会山翁意④，登高醉始回。

【题解】

诗题《野色》，即原野的景色。这是一个非常空灵虚幻的题目，莽莽原野，春夏秋冬，其景色由何处写起？是总写还是分写？是实写还是虚写？初看题目，真不知从哪里落笔，我们且看范仲淹是怎样写的。

【释疑】

① 幂幂：又浓又密的样子。
② 点破：透露出一点迹象。"照开"的意思与"点破"相似。
③ 芳草歇、远帆来：这两句是对"野色"的描摹，意思是"野色"好像随着"芳草"走了，又好像跟着"远帆"来了，形容"野色"的飘忽不定。
④ 山翁：指晋代的山简，曾镇守襄阳，好野游，每出游必醉酒而归。

【今译】

不像烟黑也不像雾白，浓浓密密映照在楼台。

白鸟飞来透出点迹象，残阳映照才把它揭开。

芳草凋谢它好像走了，随着远帆又像返回了。

谁能领会山简的情趣，朦胧醉酒才尽兴归来。

【赏析】

　　看了诗题，带着诸多疑惑走进这首诗，反复咀嚼推敲后才明白诗人写的"野色"既非江南也非塞北，既非春色也非秋色，而是原野景色的总体氛围，一种朦朦胧胧的"野色"气息。从"白鸟点（鸟入林时）""残阳照（夕阳照射时）""芳草歇（花草凋谢）""远帆来（远帆归来）"诸词看，写的是暮春傍晚原野的总体景色。"楼台""白鸟""残阳""芳草""远帆"等具体景物，都为写迷离恍惚的"野色"而设计，诗人写的不是"野色"之景而是"野色"之神。这是一种带有象征意义的以实写虚的艺术手法，用"烟""雾""芳草""远帆"等实物表现虚无缥缈的"野色"。诗末，诗人以山简自谓，醉眼蒙胧中望着自己设计的这一派"野色"也不禁为之陶醉。

郡斋即事（范仲淹）

三出专城鬓如丝，斋中潇洒胜禅师①。
近疏歌酒缘多病，不负云山赖有诗②。
半雨黄花秋赏健，一江明月夜归迟③。
世间荣辱何足道，塞上衰翁也自知④。

【题解】

诗题中的"郡斋"指范仲淹做饶州（今江西）知州时的书房。即事，指就眼前的事写诗。这是一首即兴之作，反映了诗人一贯的人品风范。

【释疑】

① 三出：指三次被贬往睦州、苏州、饶州。专城：州郡的地方长官。语出乐府诗《陌上桑》："四十专城居。"禅师：和尚。

② 云山：指自然风景。

③ 黄花：菊花。健：指兴致高。迟：指流连忘返。

④ 塞上衰翁：引《塞翁失马》的典故。

【今译】

三次贬为地方官鬓已如丝，书斋里轻松潇洒胜过禅师。
近年来懒于歌酒由于多病，不辜负山水美景经常写诗。
秋雨中赏菊花兴致正浓，月光下游江上留恋归迟。
人世间荣与辱何足挂怀，塞上翁丢失马安知非福。

【赏析】

范仲淹为官一直刚正不阿，敢于同邪恶势力做不屈不挠的斗争，曾给皇帝上《百官图》指名道姓斥责当时的宰相吕夷简为佞臣，因此遭到吕的陷害而三次被贬。写这首诗时是第三次遭贬，而众官畏于吕的权势，范仲淹离京时竟无人敢来送别。在这种情势下，他没有因遭贬而退缩。这一年范仲淹四十八岁，所以诗的首句说"三出专城鬓似丝"。二句接着说"斋中潇洒胜禅师"，心境如禅师般宁静，根本没把遭贬放在心上，表现了对吕等邪恶势力的蔑视。二联说"近疏歌酒"是由于多病，但诗兴不减，因为饶州这地方太美了，它的西边是鄱阳湖，在湖上能望到庐山的烟云，我得谢谢吕夷简把我流放到这么美的地方让我多写了不少诗。三联写雨中赏菊、月下游江，一个"健"字表明兴致更高、情味更浓；"迟"字则表明徜徉山水流连忘返，生活自在得很。尾联以议论作结，说荣辱沉浮早已不放在心上，塞翁失马，安知非福。这首诗表现了范仲淹博大的胸襟和不计个人得失的风范，令得志小人胆寒。范仲淹的诗，清秀隽永，有政治家气度。

行 色（司马池）

冷于陂水淡于秋，远陌初穷到渡头①。
赖是丹青不能画，画成应遣一生愁②。

【作者简介】

司马池，司马光的父亲，在凤翔、杭州、晋州等地做过知府。为人谦恭平和，有"长者"之称。

【题解】

司马池曾在安丰（今安徽寿春县）任监酒税之职，此地有条河叫陂水，司马池在陂水渡口见到过往行人匆匆奔走于旅途，触景生情写了这首诗。"行色"二字指过往行人的神情。

【释疑】

① 远陌初穷：遥远的小路（旅途）到了尽头。
② 赖：依赖，借助。丹青：原指红色和青色的颜料，这里借指绘画。遣：发泄，排遣。

【今译】

冷过陂水淡过深秋，旅途尽头是个渡口。
幸好此景没人绘画，若要画成愁苦一生。

【赏析】

《行色》类似范仲淹的《野色》，是个很难写的题目，因为太空灵宽泛，不易找准下笔的节点。第一句诗人巧妙地用两个比喻来写

"行色"：比陂水"冷"比秋色"淡"，"冷"与"淡"是一种朦胧的萧索与愁苦，意思是说过客的"行色"也有些萧索与愁苦。用朦胧写空灵，给人留下较大的想象余地，其中蕴含着广泛的人生内涵。第二句说漫长的旅途好不容易走到尽头，前面却是一个渡口。"渡口"二字在传统文化中具有特殊的象征意义，它象征着在人生到达一站时希望有"口"可"渡"而另辟蹊径，但又前路茫茫不知何时到达彼岸，蕴含的是一种渺茫的希望。诗的后两句转向议论："赖"字不是感叹丹青没有描绘"行色"，而是庆幸没人去描绘，因为如果有人描绘，那画图将让人愁苦一生。这种别出心裁的议论，让读者感受到行人沉重的心理负担。这首诗的特点是用朦胧写空灵，最后归结为一个"愁"字，让人隐隐约约感觉到诗人在倾诉游宦生涯的不顺。此"行"不是旅行，此"色"不是神色，而是借"行色"写仕宦途中的心理感受。

【阅读延伸】

读了范仲淹的《野色》与司马池的《行色》，觉得很新鲜。在众多的唐诗中，很少见到像这两首诗这样的朦胧情调和色彩。唐诗贵含蓄，含蓄是表达方式的婉转化，是"犹抱琵琶半遮面"含而不露。朦胧则是表达方式的象征化，是实则虚之的艺术手法，含蓄与朦胧不是一回事。有些意象难以实指而不可名状，只能以实写虚，用朦胧去让人意领神会。陆机《文赋》说："笼天地于形内，挫万物于笔端。"宋人张耒说："写难状之景，如在目前；含不尽之意，见于言外。"指的都是这种表现手法。当今流行的意识流诗派将这种写法推向了极端，不仅朦胧而且有些神秘。朦胧是美，朦胧到神秘程度就不可取了，我觉得我国古代的一些具有朦胧情调的诗比当今的一些意识流诗的美学价值要高。

示张寺丞王校勘（晏殊）

元巳清明假未开①，小院幽径独徘徊。
春寒不定斑斑雨，宿醉难禁滟滟杯②。
无可奈何花落去，似曾相识燕归来。
游梁赋客多风味，莫惜青钱万选才③。

【作者简介】

　　晏殊，宋真宗时是翰林学士，宋仁宗时官至宰相兼枢密使，仕途一直通达。他爱惜人才，扶掖后进，欧阳修、张耒等人都曾得到他的提携，有贤相之誉。晏殊的诗以华丽典雅著称，多反映士大夫闲适的生活；词也小有成就，以小令见长。

【题解】

　　张先和王琪是晏殊的宾客，"寺丞""校勘"是张、王的职衔。这首诗看似与给张、王，实际是抒发自己的一种情怀。

【释疑】

　　① 元巳（sì）：指农历三月第一个巳日，即三月初三。这一天与清明都是暮春佳节，官员可以休假出游。假未开：没放假。

　　② 斑斑：形容小雨淅沥不停。滟滟：形容酒杯里的酒满得要溢出来。

　　③ 游梁：汉代梁孝王广招宾客，经常聚集在他的私人宅邸"梁园"饮酒赋诗。这里晏殊以梁孝王自居。赋客：诗人，指张先、王

琪。多风味：多才多艺。青钱：《新唐书》载，张鷟文才出众，"犹青铜钱，万选万中，时号鷟青钱学士"。这里用张鷟指代张先、王琪。"莫惜青钱万选才"指张、王二人不要吝惜自己的文才，可以尽情施展。

【今译】

今年的清明佳节没放假，只能在园中小路独徘徊。
春寒料峭又下起淅沥雨，满杯酒让我夜醉没醒来。
无可奈何鲜花已经落尽，似曾相识旧燕又复归来。
梁园诗人原本多才多艺，莫要吝惜尽情施展文才。

【赏析】

晏殊的这首诗表达的是达官贵人的一种闲愁、一种情怀、一种理趣，一种期望。首联说今年的清明节没放假不能出游，只好在自家园中的小路上独自徘徊，觉得有点淡淡的愁绪。二联说在淅淅沥沥的春雨中借酒消遣，禁不住那满杯的醇酒喝得一宿大醉。这里的"春寒""宿醉"寄寓着莫名的伤春情怀。三联"无可奈何花落去，似曾相识燕归来"是全诗警策，也是诗人自己最得意的诗句，后来又写入《浣溪沙》词中。这两句写的是一种理趣，是对人生的一种感悟。"无可奈何花落去"：已存在的美好事物终有消逝的时候，这是"无可奈何"的事实，只能伤感而已；聊可自慰的是"似曾相识燕归来"：事物在周而复始地变化着，还会有美好的事物到来。有了这种感悟，诗人精神为之一振，尾联写出了心中的一种期望："游梁赋客多风味，莫惜青钱万选才"，诗人自比梁孝王，要广揽像张先、王琪这样的人才，并希望他们各展其能有所成就。这首诗从淡淡的春愁起笔，到广揽人才的宏阔胸怀作结，中间插入感悟人生的哲理，反映了晏殊这种身份的人平日的所思、所感、所望。

12. 寓 意（晏殊）

油壁香车不再逢，峡云无迹任西东。
梨花院落溶溶月，柳絮池塘淡淡风。
几日寂寥伤酒后，一番萧索禁烟中。
鱼书欲寄何由达，水远山长处处同。

【题解】

　　这首诗写一个爱情故事，是不是晏殊的亲身经历不得而知；诗题《寓意》是不是另有寄托也不得而知，我们就当作一个爱情故事来读吧。"油壁香车"是古代女子乘坐的涂有彩饰的车子，代指娇艳的女子。"峡云"用巫山神女朝为行云、暮为行雨的典故，表明这是一个有关爱情的故事。二联回忆男女之间的一次幽会："梨花院落溶溶月，柳絮池塘淡淡风"，在梨花盛开的院落里，在柳絮轻扬的池塘边，在皎洁月光的映照下，在和煦微风的吹拂中，两人见面了，月朦胧，花朦胧，水潺潺，风轻轻，男女二人情义浓。这幽会似真似幻，似回忆似梦境，让人捉摸不定。三联用"寂寥""萧索"写别后相思的苦闷。"伤酒"是说想借酒消愁，"禁烟"是说在寒食节那天本来就苦闷，又逢寒食节心境更加凄苦了。尾联把这种凄苦推向极端：想写封信诉说内心的苦闷，又山水相隔无法送达，相思之苦只能苦挨。"鱼书"借用"鱼雁传书"的传说。晏殊在他的《蝶恋花》词中说"欲寄彩笺无尺素，山长水阔知何处"，表达的是同样的情愫。晏殊的诗，辞采华丽，声情并茂，一副雍容富贵相。

13. 古　松（石延年）

直气森森耻屈盘，铁衣生涩紫鳞干①。
影摇千尺龙蛇动，声撼半天风雨寒②。
苍藓静缘离石上，丝萝高附入云端③。
报言帝室抡才者，便作明堂一柱看④。

【作者简介】

石延年，在宋初懦弱的众官中属主战派，曾亲赴河东操练乡兵，官至太子允中。他以诗闻名，《宋史》说他"为文劲健，于诗最工而善书"，欧阳修说他"以诗酒豪放自得，诗格奇峭"，朱熹也称赞他的诗"极雄豪而缜密方严"。在宋初，他是个很有特色的诗人。

【题解】

《古松》赞扬松树刚直伟岸的品格。从诗题看是首咏物诗，凡咏物诗大多借物喻人，另有寄托。

【释疑】

① 铁衣：本指战士穿的铠甲，这里比喻松树的外皮。紫鳞：形容松皮如鱼鳞。干：树干。

② 影摇、声撼：用"影"与"声"写松树的不凡气势。

③ "苍藓"句：苔藓由岩石蔓延到松干上。"丝萝"句：菟丝与女萝攀缘到松干上。菟丝、女萝，都是攀缘寄生植物。

④ 帝室：朝廷。抡才：选才。明堂：天子举行大典的殿堂。一

柱：栋梁之材。

【今译】

　　　　刚直挺拔，凛然正气，耻于弯曲，
　　　　干如铠甲，苍老涩硬，鳞片护体。
　　　　千尺树影摇动似飞舞龙蛇，
　　　　冲天松涛轰鸣如呼啸风雨。
　　　　苔藓由石隙缘木而上，
　　　　丝萝攀树身直登天梯。
　　　　报与朝廷选才使者，
　　　　明堂栋梁非松莫取。

【赏析】

　　中国的传统文化里一向把松看作崇高气节的象征，孔子曾用"岁寒，然后知松柏之后凋也"赞颂松树坚贞不屈、独立不移的品格。石延年的这首《古松》在宋初就广为传诵，有人曾刻石立于自己的衙门。

　　首联刻画松树的形象，赞颂松树的气质：刚直挺拔，参天而立，自有一股凛然正气；树皮如"铁衣"，树干如"紫鳞"，活画出松树久经风雨剥蚀的苍老冷峻（生涩）之态，并用一"耻"字将松树人格化，俨然一位从不屈身事人的伟岸大丈夫。

　　二、三两联宕开一笔，没正面描绘松树的形象，而是用烘托手法侧面描写松树的气质。二联上句写树影如龙蛇飞舞，状松树扶摇直上的神态；下句写松涛如风雨呼啸，平添一股震撼天地的豪气。三联用"苔藓""丝萝"依附松树而寄生，凸现松树扶植弱小的侠义。

　　在对松树作了诸多方面的描绘后，尾联揭出主旨：吁请朝廷选取松树作为明堂的栋梁,亦即选取具有松树品格的人作为国家的股肱重臣。这首诗是为普天下怀才不遇的人士发出的呼吁,也表达了诗人想在政治上一展宏图的愿望。石延年的诗确如欧阳修所说"诗格奇峭",也如朱熹所说"雄豪缜密"。

14. 汉 武（杨亿）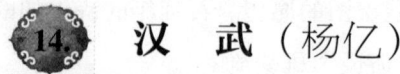

蓬莱银阙浪漫漫，弱水回风欲到难①。
光照竹宫劳夜拜，露溥金掌费朝餐②。
力通青海求龙种，死讳文成食马肝③。
待诏先生齿编贝，那教索米向长安④。

【作者简介】

杨亿，北宋文学家。淳化进士，宋真宗时任翰林学士兼史馆修撰，参与编写《太宗实录》与《册府元龟》（一种大型丛书）。杨亿与其他编写人员在秘阁学府编写，经常有诗互相唱和，后由杨亿编辑为《西昆酬唱集》。他们的诗学李商隐，辞藻华丽，喜好用典，但内容空泛，被称为"西昆体"，在宋初盛行一时。

【题解】

《汉武》写汉武帝遗事，含有讽喻意义。宋真宗与辽签订"澶渊之盟"后，奸相王钦若向真宗进言以封禅泰山来夸示国威。真宗真的登泰山而封禅，为封禅事而大兴土木、劳民伤财，群臣还纷纷撰文歌功颂德把朝廷弄得乌烟瘴气。汉武帝也曾为追求长生大搞迷信活动，杨亿借汉武之事进行讽谏而写了《汉武》一诗。

【释疑】

① 弱水：不可渡越之水。《十洲记》载："凤麟洲在西海之中央，地方一千五百里，洲四面有弱水绕之，鸿毛不浮，不可越也。"

回风：旋风。

②竹宫、夜拜：竹宫是汉甘泉宫的祠宫。据《汉书》载，汉武帝曾命人在这里修通天台等候天神，夜有神光如流星集于祠坛，乃举火望竹宫而拜。"露漙（tuán）"句：《汉武故事》载，汉武帝于建章宫建承露盘，高三十丈，上有铜仙人捧铜盘接露水，加入玉屑饮之，可长生。露漙，露水太多了。

③龙种：骏马。汉武帝曾伐大宛（位于青海）得千里马。文成：汉武帝迷信方士少翁，封他为文成将军。少翁用帛书喂牛，诈言牛腹内有奇物，可得长生之方。武帝杀牛得帛书，经辨认帛书是少翁亲笔所写，武帝方醒悟受骗，杀少翁。后来武帝又宠信方士栾大，栾大怕得少翁的下场，不敢献长生方。武帝说，不用怕，少翁是食马肝而死，不是我杀的。

④待诏先生：指东方朔。东方朔是汉武帝时谋士，滑稽善辩，自称"目若悬珠，齿若编贝"，武帝令他"待诏公车"。东方朔曾向武帝抱怨自己待遇太低，说"侏儒饱欲死，臣朔饥欲死。臣言可用，幸异其礼（提高待遇）；不可用，罢之，无令但索长安米"。"索长安米"，即在长安讨饭。

【今译】

蓬莱宫阙浪涛漫漫，弱水旋风想去太难。
竹宫设坛空劳夜拜，仙人承露怎当早餐。
讨伐大宛寻求骏马，文成之死误食马肝。
东方先生齿若编贝，也只落得乞食长安。

【赏析】

首联用"浪漫漫""若水""回风""欲到难"写蓬莱仙境虚无缥缈无法到达，点明汉武帝寻求长生的虚妄。二联具体写"竹宫夜拜"是徒劳的,"露溥金掌"也不能当早餐,没有办法长生。"劳""费"二字暗寓讥讽,委婉地指出迷信活动有害无益。三联上句说为"求龙种"而"力通青海"擅开边衅,实在荒唐;下句说诛杀少翁,明知被骗却以"食马肝"自欺欺人,真是执迷不悟。汉武帝搞迷信活动不惜重金,对东方朔这样的有用人才却不重视,所以尾联诗人以东方朔自比,抱怨自己不得重用、待遇太低。杨亿作为皇家的编修官员,地位不算低,俸禄却不高,曾上表给皇帝要求外任,表中有"方朔之饥欲死"这样的话,此处是以东方朔自喻文人学士不得重用,反衬重用方士搞迷信活动的荒唐。

  汉武帝至北宋已一千余年,拿古人作文章都是古为今用。讽刺汉武帝搞迷信活动显然是针对宋真宗封禅泰山,讽喻之意明显,讽刺也有力,是诗中较有社会意义的一篇。从写法看,句句用典是典型的风格。要弄清这些典故需费很大气力,否则就不知所云,减低了诗的可读性,所以后来"西昆体"成了写诗的弊病。

15. 书友人屋壁（魏野）

达人轻禄位^①，居处傍林泉。
洗砚鱼吞墨，烹茶鹤避烟^②。
闲惟歌圣代，老不恨流年^③。
静想闲来者，还应我最偏^④。

【作者简介】

魏野，自号草堂居士，一生隐居不仕。宋真宗曾派人召请，他将上面这首诗写在墙上遁而不见，来人将这首诗交给真宗，真宗说："野不来矣。"魏野爱好写诗，以精思苦吟著名。他的诗多写隐居生活，风格平淡闲适，一派隐士风。

【题解】

这首诗又名《书俞逸人屋壁》，所谓"友人""达人"都指俞逸人。俞逸人名太中，也是一位隐士，与魏野同声相应、同气相求，经常写诗相赠。诗赠俞太中，也是自我写照。

【释疑】

① 达人：旷达之人。轻禄位：轻视利禄官位。
② 鱼、鹤：借"鱼""鹤"显示隐者的情趣。
③ 歌圣代：指写诗颂扬朝廷。不恨流年：不因光阴流逝而遗憾。
④ 来者：来访者。偏：指性格偏执，不合世俗潮流。

六、宋辽金诗

【今译】

旷达人瞧不起官位利禄，山野边林泉旁选作住处。
写完诗我的鱼洗砚吞墨，烹茶时我的鹤远离烟雾。
闲暇时用诗歌颂扬盛世，年虽老不遗憾光阴虚度。
想一想来访者全是同道，唯有我性偏执不合世俗。

【赏析】

首联是对隐者生活态度的总概括，一是"轻禄位"，二是"居林泉"，而徜徉山水间、无官一身轻正是隐者的生活追求。开头"达人"二字总领全篇，写出隐者洞察世事、傲视世俗的自赏自得。二联写隐者独有的生活情趣：与鱼、鹤为友，亲密无间。鱼、鹤受隐者的熏陶，也染上隐士风，鱼的书卷气（洗砚吞墨）和鹤的清洁癖（避烟）都具有"达人"的性灵，整个生活环境、生活情趣全都隐士化了。三联写隐者的生活感受：平日闲暇写写诗，不求闻达但求自适；年纪虽老不以为老，生死早抛掷脑后。一不求闻达，二不求长生，世间还有什么事不能超脱呢？"闲""老"二字意蕴深远，一不怕"闲"，二不畏"老"，是"达人"的真旷达，而"圣世"二字显然是对当权者的敷衍。尾联以自我评价作结：刘禹锡在《陋室铭》中说"往来无白丁"，魏野则说他往来无俗人，而在这些不俗的人中以他最不俗，一个"偏"字写出他性格的孤傲。魏野是个真隐者，这首诗写隐者的真性情、真品格。有人说他"秉心孤高，植性冲淡，视浮荣如脱屦（鞋），轻宠利如鸿毛"，这评价是恰当的。

这首诗从生活态度、生活情趣、生活感受诸多方面把隐士的闲情逸致写得不是神仙胜是神仙，显然有自我欣赏成分，与陶渊明、孟浩然的隐居诗比较起来缺了些人间烟火味道，诗境也狭窄了些。

16. 晨 兴（魏野）

夜长已待得晨兴，耽枕僮犹唤不应①。
烧叶炉中无宿火，读书窗下有残灯②。
临阶短发梳和月，傍岸衰容洗带冰③。
料得巢禽翻怪讶，寻常日午起慵能④。

【题解】

诗题《晨兴》，写早晨起床后的兴致。早晨起来无非是洗脸、刷牙、整理仪容，魏野作为隐者难道有什么特殊兴致吗？且看这首诗所写。

【释疑】

① 耽枕：贪恋枕头，即贪睡。
② 宿火：隔夜之火。残灯：半明半暗之灯。
③ 洗带冰：洗脸的水带着冰碴。
④ 巢禽：趴在窝中的鸟。慵：懒洋洋。

【今译】

长长冬夜天色未明已觉醒，僮儿贪睡再三呼唤叫不应。
取暖炉子已经没有隔夜火，夜读灯光还在窗下乱晃动。
走下台阶伴着月光梳短发，岸边洗脸水中带着一层冰。
窝里小鸟定然惊讶我早起，一向是睡到中午的大懒虫。

【赏析】

　　这首诗捕捉住生活中一件小事、一个侧面、一个瞬间的感受,写隐者独有的闲逸情趣。全诗围绕"晨兴"来写:冬日夜长正好酣睡,诗人却突发"晨兴"半夜起床;呼唤僮儿,僮儿正酣睡如泥。僮儿的睡意之酣,反衬出诗人"晨兴"之浓。"烧叶炉中无宿火",是说冬日早晨室内清冷,有了"晨兴"也顾不了这些;"读书窗下有残灯",是说昨夜睡得很晚,有了"晨兴"就不觉困倦。"临阶短发梳和月,傍岸衰容洗带冰",这正是"晨兴"的特有情趣。"和月"点明起得早,"带冰"点明天气冷,天气这样冷,起得这样早,更见出"晨兴"之浓。尾联突发奇趣,小鸟还睡在窝里没起床呢,它们见到我定然会觉得惊讶:这个懒老头,平日睡到日正午,今天哪里来的兴致,怎么起了个大五更?小鸟哪里知道,隐者无俗事打扰,想睡就睡想起就起,起居无时,随意而乐,这是诗人"晨兴"的缘由。这首诗写得逸趣盎然、野味十足,是诗人真实的自我写照。

山园小梅（林逋）

众芳摇落独暄妍，占尽风情向小园①。
疏影横斜水清浅，暗香浮动月黄昏②。
霜禽欲下先偷眼，粉蝶如知合断魂③。
幸有微吟可相狎，不须檀板共金樽④。

【作者简介】

林逋（bū），少孤家贫，力学苦吟；中年曾在淮河流域漫游，但足迹未到过城市；晚年隐居杭州西湖孤山，终身不娶，唯喜养鹤种梅，人称"梅妻鹤子"，死后谥"和靖先生"。林逋与魏野都是真隐士，他的诗主要表现隐居的生活情趣，以恬静淡雅为主要特征。

【题解】

《山园小梅》是首咏梅诗，通过咏梅表现他自己的情操。

【释疑】

① 众芳摇落：百花凋谢。暄妍：形容梅花艳丽妩媚。风情：风光。向：归向，属于。

② 疏影：指映在水中的梅花稀疏的影子。横斜：指梅枝错落有致。暗香：指梅花的清香。

③ 霜禽：白色的鸟。偷眼：偷偷地看。合：应该。断魂：神魂颠倒。

④ 微吟：指诗人自己在低声吟诗。相狎（xiá）：相亲近。檀

板：用檀木做成的木板，供唱歌吟诗时打拍子用，这里指代音乐。
金樽：酒杯，指代宴饮。

【今译】

百花凋谢尽，梅花独娇艳；小园风光美，全让梅独占。
清波映倩影，枝条错落间；月下色朦胧，清香暗飘散。
飞禽想亲近，伸颈先偷看；粉蝶如有知，癫狂魂魄断。
幸有低吟人，日夜相陪伴；无须丝竹乐，远离酒肉宴。

【赏析】

　　林逋爱梅，也了解梅，这首诗从各个方面赞美梅的超凡脱俗。首联写梅的耐寒秉性：在百花凋谢的季节，梅花是报春使者，一枝独秀于春寒料峭中，用它的秀姿妍态装点着冷落的世界，整个小园的风光让梅花独占了。"独"字写梅花独树一帜，"向"字写众美集于梅花一身，"众芳摇落"更显出梅的坚贞节操。二联不正面实写梅的形象而写梅影、梅香，从一个空灵角度写梅的独有神韵：梅影倒映水中，仍见其枝条错落有致，不因水面波动而紊乱；梅香在月色朦胧中暗自浮动，不自夸其香而人皆知其香。"疏影""暗香"平添了几分摇曳朦胧之美，这种空灵映衬比正面描写更具有魅力。三联用"霜禽"对梅花爱而不敢亲近，"粉蝶"为梅花神魂颠倒，反衬人们喜爱梅花是情理必然。"偷眼"二字用得俏皮，写出人们对美好事物可以远观而不可近亵的普遍心理。尾联诗人把自己写进诗里去了，"相狎"写出与梅的亲近程度，"微吟"写出与梅的亲近方式。用这种方式与梅这样亲近，完全脱离了俗人以声色酒肉为乐的俗风俗气，既写出了梅花的清高脱俗，也写出了诗人自甘寂寞的高洁品格。这首诗的高妙处在于不写梅的外形外貌，而写梅的内在神韵，历来诗评家认为林逋的这首诗是咏梅的绝唱。

18 访杨云卿淮上别墅（惠崇）

地近得频到，相携向野亭①。
河分冈势断，春入烧痕青②。
望久人收钓，吟余鹤振翎③。
不愁归路晚，明月上前汀④。

【作者简介】

北宋初期，有惠崇、宇昭等九位僧人擅诗，人称"九诗僧"。他们身居禅林古寺过着清苦的生活，反对"西昆体"的华丽浮艳文风，他们互相结为诗友写诗唱和，后辑为《九僧诗集》，现已佚。九僧的诗平实质朴，自成一体，名重一时。惠崇工诗善画，其诗为九僧之冠，时有警句频出，曾自录平生得意之句一百联，编为句图。清人贺裳《载酒园诗话》称其诗"不惟语工，兼多画意"。这首诗写造访友人杨云卿在淮河岸边别墅时情景，杨云卿身世不详。

【释疑】

① 频到：多次造访。向：走向。

② 河：指淮河。冈势断：指淮河切断了连绵的山冈。烧痕青：野火烧过的草地泛出了青色，表明春天到了。

③ 人收钓：渔人收起钓钩，表示天晚了。鹤振翎：鹤振翅飞走。

④ 汀：河边小洲。

【今译】

由于近邻多次造访别墅,这次来又携手步入野亭。
只见淮河切断连绵山冈,烧后的草地又开始泛青。
眺望已久渔翁收钩回家,吟罢诗句野鹤飞向高空。
不愁天晚分辨不清归路,绿洲上空一轮明月高升。

【赏析】

　　这首诗写造访友人淮上别墅的全过程,似乎在叙家常般从容不迫。首联说由于住得近而多次到朋友家造访,这次同往常一样主宾二人携手步入野亭。二联说在亭上纵目远望,只见肆意奔流的淮河水切断了连绵的山冈,被野火烧过的田野又泛起青青的绿意,春天到了,处处生机盎然。三联说由于游性浓厚而时间过得很快,不知不觉天色已黑,渔翁收拾起钓竿回家,野鹤听完我吟罢诗句也振翅飞走了,我也应该回家了吧?尾联进一步却说我游兴未尽而流连忘返,不必担心天黑找不着路径,因为一轮明月已高高升起把水边绿地照得如同白昼。全诗自然流畅,既有过程的叙述,又有景色的描写,还有"望久""吟罢"等活动内容的交代,笔墨极简地构成了一个游览流程,反映了诗僧悠闲恬静的心境。

　　司马光批评这首诗说:"河分冈势司空曙,春入烧痕刘长卿。不是师兄多犯古,古人诗句犯师兄。"司马光的意思是说,惠崇的"河分冈势"是抄袭司空曙的诗,"春入烧痕"是抄袭刘长卿的诗。他挖苦惠崇说,"不是师兄你抄袭古人,是古人抄袭你师兄"。这样的批评太刻薄,诗人相互间借用个别诗句或诗意,再加以重新组合表达新的内容是常有的事。如果组合得好,同样是新的创造,不能视为"犯古"或抄袭。有个叫刘邠的人也批评惠崇"不是师偷古人句,古人诗句似师兄",而我们同样可以嘲笑他"不是刘邠偷司马,而是司马偷刘邠"。在惠崇的这两句诗中，"河分"句用"分冈"形容水势浩大，境界阔健；"春入"句用"泛青"写出节候变化，观察细微，不失为名句，而司马光的批评则失之粗野了。

塞上赠王太尉（宇昭）

嫖姚立大勋，万里绝妖氛①。
马放降来地②，雕闲战后云。
月侵孤垒没，烧彻远芜分③。
不惯为边客，宵笳懒欲闻④。

【作者简介】

宇昭，九僧之一。从这首诗末句的"边客"二字看，他曾云游到北部边塞在王太尉军中做客，恰逢王太尉打了胜仗，他写这首诗赞扬王太尉的军功。至于王太尉与谁作战，诗中没说。诗僧惠崇也有一首诗记这件事，诗中说："飞将是嫖姚，行营已近辽。"以此可证明宇昭这首诗所写是对辽作战。

【释疑】

① 嫖姚：指西汉嫖姚大将军霍去病，他曾大败匈奴为国建功。妖氛：指战争气氛。

② 降来地：敌军投降的地方。

③ 孤垒：废弃的作战堡垒。"烧彻"句：指被战火烧过的原野。分：分明。

④ 宵笳：军队用来报告晨昏的号角。懒欲闻：不想听。

【今译】

王将军为国家立了大功，千里阴霾战云一扫而净。

战马散放在敌军投降处,大雕悠闲地盘旋在云空。
月光映照着废弃的堡垒,战火燎原大地看得分明。
方外人不习惯边塞作客,战争的号角声不想再听。

【赏析】

北宋以来,辽军不断入侵,宋军屡战屡败,边患时刻威胁着宋王朝的生存。现在王太尉对辽大捷,这消息振奋人心,作为方外人的宇昭也关心国事,不由写诗祝贺。首联激动地将王太尉比作为国消除边患的霍去病,赞扬他功勋卓著,扫除了笼罩全国的战争阴云。二、三联写大捷之后战场上的和平景象:在敌人投降的地方,战马三五成群地散放在牧场上,大雕悠闲地盘旋在战后的天空,月光静静地映照着废弃的战争堡垒,战火烧尽了大地上的野草,远远望去分外宁静。尾联说,作为一个僧人实在不习惯战争气氛,再也不想听战斗的号角声。这首诗的妙处在于:本是一首写战争的诗,却不去写战场上的刀光剑影而写战后的和平景象,把一首激昂的战歌变成祈祷和平的经文。这正是僧人立意取材的角度,反映了僧人祈求和平的愿望,特别是最后一句"霄筛懒欲闻"直接表露了对战争的厌恶。有人批评这一句是蛇尾,这种批评却有些失当。因为这首诗的立意本来就是僧人祈祷和平,最后一句与全诗情调一致,而且厌恶战争是人们的共同情感,这最后一句不仅不是蛇尾而是画龙点睛之笔。

【阅读延伸】

上面介绍了几位隐士与僧人的诗作,他们的诗虽然讲究技巧,艺术上也各有特点,但毕竟反映的生活面太窄,社会意义也不太强。之所以介绍他们的诗,因为一群隐士与僧人能在诗坛的一个时期占有主导位置是北宋的特有现象。晚唐五代社会动乱,王朝更替如走马灯，后唐、后梁、后晋、后汉、后周乃至北宋都朝兴夕废，朝不虑夕。在这种社会背景下，身居官位也危若累卵，于是许多文人萌生了隐身遁居的念头，这就是北宋初期隐士与僧人特别多的社会原因。这些人虽然隐于山野，并非不食人间烟火，仍在冷眼看世界，观察着社会发展动向，也不时用诗歌表露他们的观感。这些人都有一定的社会名望，他们的诗也就不胫而走影响着诗歌创作；他们成了诗坛的重要角色且自成一派。等到欧阳修、苏轼等大家涌现时，这些人作为一个独立流派就销声匿迹了。但北宋诗坛留下了他们鲜明的足迹，他们的诗对宋诗发展起到了推动作用。读这些人的诗，有助于了解北宋那个孱弱的小王朝，也有助于理清宋诗的发展脉络。

畲田词 （二首）（王禹偁）

北山种了种南山，相助力耕岂有偏①。
愿得人间皆似我，也应四海少闲田②。

鼓声猎猎酒醺醺，斫上高山入乱云③。
自种自收还自足，不知尧舜是吾君④。

【作者简介】

　　王禹偁（chēng），济州钜野（今山东省巨野县）人。幼时家境贫寒，世代务农。二十九岁中进士，曾任右拾遗、左司谏（都是谏官）等职，由于直言敢谏得罪权贵，曾三次遭贬。王禹偁继承了杜甫、白居易的现实主义诗歌传统，自称"本与乐天（白居易）为后进，敢期子美（杜甫）是前身"，是北宋最早关心民间疾苦的诗人。他的诗平易朴实，有民歌风格，开宋一代诗风，但同许多宋人一样好在诗中发议论。

【题解】

　　畲（shē）田，指采用刀耕火种方式耕种的田地。调，即民歌体诗歌。王禹偁被贬商州（今陕西省商县）时，写了一组反映山区农民劳动生活的诗，这里选两首。

【释疑】

　　① 偏：偏心，指不偷懒。

② 应：应该，推论可知。

③ 猎猎：原本形容风声，这里形容鼓声。斫（zhuó）：大锄头。

④ 尧舜：尧和舜是古代的两个贤君。

【今译】

　　耕种完了北山急忙去南山，既互助又卖力没人肯偷懒。
　　但愿全天下都像我这地方，可推知全国内不再有荒田。

　　鼓声中喝了个醉意醺醺，扛锄头上高山驾雾腾云。
　　自家地自家种自给自足，不知道尧与舜是我国君。

【赏析】

　　第一首诗赞扬农民互助合作、辛勤耕种的可贵品质。第一句写"耕"，第二句写"助"，三、四句议论。"北山种了种南山"，辛辛苦苦日夜不闲，这是农民的勤劳本分；"相助"是一种生产方式；"力耕"而且"岂有偏"是一种合作精神。在生产力很低甚至刀耕火种的条件下，农民自动组织起来互帮互助，是一种有效的生产方式。农民的生产积极性（"力耕"）再加上互助精神（"岂有偏"）就是农业生产的革新了，所以三、四句通过议论对这种生产方式大加赞扬。"愿得人间皆似我"，"我"指我们这地方，这是推广这种生产方式；"也应四海少荒田"，是说全国都采用这种生产方式会带来很大效益，不会有闲田了。王禹偁是农民的儿子，了解农民的愿望，也了解农业生产的艰辛。晚唐五代以来，连年战乱导致人口流徙、土地荒芜，农业生产遭到严重破坏。王禹偁作为一个地方官员，倡导农民互助合作、集体开荒，这是恢复农业生产的首要任务。在那个年代，他就看到了互助合作的优越性，不但想革新诗歌创作，还想革新农业生产。

第一首诗谈农业生产方式，第二首则涉及土地所有权及农产品分配问题。头两句用"醉酒"及"上山"写农民内心喜悦及高涨的劳动积极性。为什么这样呢？第三句是答案："自种自收还自足"，地是自家的，有土地所有权；"自种"，有生产自主权；"自收"，有产品分配权；"自足"，保证了全家温饱。"不知尧舜是吾君"，尧与舜是贤明的君主，"不知"二字是说尧舜从不用行政命令干预农民的生产，也不征收农民的地税，全国就像没有国君一样，农民有绝对的劳动自主权，自己完全可以解决温饱问题。所以农民都像开头所说的那样喜悦那样积极了。这里所说的"自种自收还自足"是农民千百年的梦想——自给自足的农业自然经济，不过从中可以看出土地所有制及产品分配制度是决定农民劳动积极性的关键因素。王禹偁在那个年代能认识到这一点实属难能可贵，他的农业观念用今天的标准衡量也是先进的。

 清　明（王禹偁）

无花无酒过清明，兴味萧然似野僧①。
昨日邻家乞新火，晓窗分与读书灯②。

【题解】

　　这首诗借过清明节，塑造了一个清贫的读书人形象，当是王禹偁的早年作品。

【释疑】

　　① 萧然：萧条冷落。
　　② 乞：求，要。新火：清明节前是寒食，禁火。寒食过后，重新点火做饭，所以叫"新火"。晓窗：表示天亮了。

【今译】

　　既无花又无酒度过清明，孤零零冷清清像个老僧。
　　正读书邻居家来借火种，天已亮给他夜读油灯。

【赏析】

　　首句连用两个"无"字，写出过清明节的清贫状况，二句用"萧然"写自己孤独一人的冷清无趣，"野僧"是个形象比喻。三句说自己正在灯下苦读忘记了过节，也忘记了时辰，突然闯进一位邻居借火种。原来寒食禁火，别人家都没有火种，唯独他这个穷书生还点着灯夜间读书，邻居是来"乞新火"的。他抬头看看窗户，天已经亮了，于是就把灯借给邻居了。这首诗构思很新颖，借清明节"乞新火"这一特有细节，把穷书生的形象刻画得很生动。

春居杂兴（王禹偁）

两株桃杏映藩篱，妆点商山副使家①。
何事春风容不得，和莺吹折数枝花②。

【题解】

王禹偁被贬商州，官职是团练副使，这是一个安排被贬官员的空衔。诗人在"坏舍床铺月，寒窗砚结澌（薄冰）"（《谪居感事》）的困苦条件下生活，《春居杂兴》抒发对这种生活的愤懑。原诗二首，这里选一首。杂兴，指杂乱的感受。

【释疑】

① 妆点：装饰点缀。
② 和莺：指风吹折了树枝，连同黄莺也被惊飞了。和，连同。

【今译】

篱笆间栽种着一桃一杏，装点着副使家些许春景。
为什么春风竟毫不容情，吹落数枝花惊飞了黄莺。

【赏析】

头两句看似写景，实际是在诉说住所的凄清。在繁花似锦的春天，堂堂副使之家只有篱笆间的一桃一杏，算是多少带来一点春意。就是这一点春意也不为春风所容，竟然一阵无情风吹折了数枝花，还惊飞了树头的黄莺，这个家庭就死气沉沉春意全无了。"春风何事容不得"，是通过对春风的责问，表明家境的冷落困苦，抒发内心难言之痛。这首诗篇幅短小,意蕴深远,寄情于景,怨而不怒。诗人内心的愤懑,从对春风的责问中透露出来。

《蔡宽夫诗话》载,王禹偁写成此诗后,他的儿子王嘉祐提出后两句与杜甫诗"恰似春风相欺得,夜来吹折数枝花"相似,建议改写。王禹偁听后高兴地说,我的诗句竟与杜甫暗合吗?非但没改,并又咏一诗道:"本与乐天为后进,敢期杜甫是前身"。王禹偁虚心做杜甫、白居易的小学生,所以成为宋诗大家。

 村 行（王禹偁）

马穿山径菊初黄，信马悠悠野兴长①。
万壑有声含晚籁②，数峰无语立斜阳。
棠梨叶落胭脂色，荞麦花开白雪香③。
何事吟余忽惆怅？村桥原树④似吾乡。

【题解】

这首诗写于被贬商州期间。王禹偁本是农家子弟，对农村景色怀有深厚感情。这首诗写他骑马穿行在山村小路上所见到的景色，以及由这些景色引发的思乡之情。

【释疑】

① 菊初黄：菊刚开花，表明是初秋季节。信马：随马任意行走。野兴：野游的兴致。

② 壑：山谷。晚籁：山谷中因晚风吹拂而发出的声响。籁，从孔穴里发出的声音，泛指声音。

③ 棠梨：一种落叶乔木，又叫杜梨。白雪：形容荞麦花。

④ 原树：原野上的树。

【今译】

初秋菊黄骑马山村行，信马由缰野游兴正浓。
晚风吹拂山谷有回响，夕阳斜照数峰静无声。
荞麦花开恰似漫天雪，棠梨叶落一片胭脂红。

吟哦之后为何心惆怅，村桥野树都与家乡同。

【赏析】

首联交代在一个初秋季节骑马穿行在开满菊花的山路上，一边吟诗一边欣赏着风景，游兴浓厚，悠闲自在。二、三联写见到的景色，二联写"声"，三联写"色"。山谷有声，群峰无声，有无对照，意趣天成；棠梨叶红，荞麦花白，红白相映，色彩斑斓。"万壑有声含晚籁，数峰无语立斜阳"，不仅对仗精工，而且构成人与大自然融为一体的深邃意境："万壑有声"，似乎要向人诉说些什么但含而不露，"含晚籁"写出"壑"的含情脉脉；"数峰无语"，人要向峰诉说些什么，人有话而峰却"无语"，"立斜阳"写出"峰"的傲然情态。在夕阳映照下，壑、峰、人三者"含声""无语"，有的只是心灵的沟通。尾联突然一转，上句问"何事吟余忽惆怅"，下句答"村桥原树似吾乡"。诗人被贬商州，心情自然不好，骑马野游只是想排遣一下心中的郁闷，开头还强打精神似乎安闲自在，等看到景物与家乡相同时，内心郁结多日的郁闷终于泄露出来了：此地景色虽美但终究是贬地，不如自己的家乡温馨。这首诗的特点是篇末点题，显然学白居易笔法。

寒 食（王禹偁）

今年寒食在商山，山里风光亦可怜①。

稚子就花扑蛱蝶②，人家依树系秋千。

郊原晓绿初经雨，巷陌春阴乍禁烟③。

副使官闲莫惆怅，酒钱犹有撰碑钱④。

【题解】

王禹偁贬官商州，职位低下，薪俸微薄，甚至租田种菜自给。在这种困苦情况下，他心胸旷达，以苦为乐，而这首《寒食》就表达了他的这种心情。

【释疑】

① 可怜：可爱。

② 就花：走进花丛。扑蛱蝶：捉蛱蝶。蛱蝶，蝴蝶的一种。

③ 禁烟：指寒食禁火。

④ 官闲：指有职无事，有职无权。撰碑钱：给别人撰写碑文得到的润笔费。

【今译】

今年过寒食谪居在商山，山地虽偏僻风光惹人恋。

幼儿花丛蹑手蹑脚捉蝴蝶，山民树下自由自在荡秋千。

一场春雨晨起郊野草变绿，寒食禁火巷陌飘云无炊烟。

有职无权副使清闲莫惆怅，举杯独酌买酒还有撰碑钱。

【赏析】

　　谪居山野,过了个冷清而困苦的寒食节,诗人却说"山里风光亦可怜",意思是说处境虽然窘困落魄,但"山里风光"怡情悦目也有可爱之处。诗一开头缓缓道来似乎矛盾,再看下面诗句又在情理中。二、三联诗人精心设计了四个画面,写"山里风光"的可爱之处:小儿子蹑手蹑脚在花丛捉蝴蝶,天真烂漫,"拈"字妙语传神,画面栩栩如生;山民在树下荡秋千,富有山野情调,画面轻松悠闲;昨夜一场春雨,晨起遍野葱绿,画面生机盎然;寒食禁火,山村巷陌空中飘着白云,头上没有炊烟,画面宁静恬淡。面对这样的"风光",引出诗人的抒情:"官闲"意味着有职无权,也意味着穷极无聊,"莫惆怅"是自我宽解,"酒钱犹有撰碑钱"是自我安慰。诗人的感情是复杂的,旷达与愤懑交织,有一种莫可言状的隐痛。

　　王禹偁的诗,造境造句力求平淡,无华丽辞藻,也极少用典,但蕴含丰富、寄托深远,抒情藏针于绵,在宋初诗人中独居一格。

泛吴松江(王禹偁)

苇蓬疏薄漏斜阳,半日孤吟未过江①。
唯有鹭鸶知我意,时时翘足对船窗②。

【题解】

　　王禹偁第二次遭贬,到苏州长洲县任县令,前后三年。吴松江又名吴江,即流经上海、苏州等地的苏州河。这首诗写泛舟吴松江上苦中寻乐的情景。

【释疑】

　　① 苇蓬:指搭着苇蓬的小船。孤吟:一个人孤独地吟诗。
　　② 翘足:形容鹭鸶单足跷立。

【今译】

　　疏薄的苇蓬漏进一抹斜阳,一人舟中吟诗半日未过江。
　　唯有鹭鸶了解吟诗人心意,翘足曲颈不断向窗内探望。

【赏析】

　　一叶搭着苇蓬的小舟,在茫茫江面上晃晃荡荡漂浮着已经"半日"了,小舟既无意"过江"也不想返航;此时已经夕阳西下,一抹余晖透过"疏薄"的苇蓬"漏"进舱内,才见到一位诗人在孤独地吟诗,既无人唱和也无人欣赏——这是诗的前两句所描绘的一个冷清而孤寂的画面。后两句是一个特写镜头:一只鹭鸶翘足曲颈不断地向"船窗"内探望,似乎领会了诗人吟诗之"意"而要与诗人交谈。这位诗人就是王禹偁,他被贬到一个小县而百无聊赖,只好驾一叶小舟到大自然中寻求精神解脱。但是苦吟"半日"竟无知音,幸好飞来一只鹭鸶成了知音人,伴随着诗人一起泛舟。鹭鸶对诗人越有情越显出朝廷的无情,而诗人的满腹委屈只能向鹭鸶倾诉。苏轼曾说:"诗以奇趣为宗,反常合道为趣。"一只鹭鸶竟成了诗人的知音,与鹭鸶为亲密诗友,反衬出诗人内心的孤寂,也显示出诗人对龌龊的官场的厌恶,这是这首诗的奇趣所在。这首诗仍然平易恬淡,朴素中含情趣,自然中见风韵,这是王禹偁诗的一贯风格。

26. 对 雪（王禹偁）

帝乡岁云暮，衡门昼长闭①。五日免常参，三馆无公事②。
读书夜卧迟，多成日高睡。睡起毛骨寒，窗牖琼花坠③。
披衣出户看，飘飘满天地。岂敢患贫居，聊将贺丰岁④。
月俸虽无余，晨炊且相继。薪刍未缺供⑤，酒肴亦能备。
数杯奉亲老，一酌均兄弟。妻子不饥寒，相聚歌时瑞⑥。
因思河朔民，输挽供边鄙⑦。车重数十斛，路遥数百里。
赢蹄冻不行，死辙冰难曳⑧。夜来何处宿，阒寂荒陂里⑨。
又思边塞兵，荷戈御胡骑。城上卓旌旗，楼中望烽燧⑩。
弓劲添气力，甲寒侵骨髓。今日何处行，牢落穷沙际⑪。
自念亦何人，偷安得如是。深为苍生蠹，仍尸谏官位⑫。
謇谔无一言，岂得为直士⑬。褒贬无一词，岂得为良吏。
不耕一亩田，不持一只矢。多惭富人术，且乏安边议⑭。
空作对雪吟，勤勤谢知己⑮。

【题解】

王禹偁曾在朝中任右拾遗直史馆（谏官），那时宋与辽连年作战，战争的负担和灾难全部转嫁到了人民身上。王禹偁感于人民的苦难，在一个雪天写了这首诗。

【释疑】

① 帝乡：指开封。衡门：衡木为门，指简陋的住室。

② 五日常参：官员五日一次上朝参见皇帝。三馆：指昭文、国史、集贤三馆，都是朝廷的办事机构。

③ 琼花：雪花。

④ 聊：姑且。丰岁：丰收年。

⑤ 薪刍：薪水及生活必用品。刍，喂牲口的草料。

⑥ 时瑞：瑞雪丰年。

⑦ 河朔：黄河以北地区。输挽：指抽民丁运输军粮等。边鄙：边境。

⑧ 羸蹄：瘦弱的牲口。曳：拉，拖。

⑨ 阒（qù）寂：没有声息。阒，无声。陂（bēi）：山坡。

⑩ 卓旌旗：高举战旗，卓，高而直。烽燧：烽火。

⑪ 牢落：冷落。穷沙际：沙漠最边缘。

⑫ 蠹（dù）：蛀虫。尸谏官位：空占着谏官位置不做事。

⑬ 謇谔：不敢直言。謇，口吃。谔，直言。直士：正直的人。

⑭ 富人术：富人之术，让百姓富裕的办法。安边议：让边境安定的建议。

⑮ 勤勤：多次，表示诚恳。谢：谢罪，道歉。知己：知心朋友。

【今译】

  开封岁末云密布，白天柴门也长闭。
  朝廷免去三日参，官署放假不办公。
  夜间读书晨起晚，经常睡到日高升。
  晨起寒气入骨冷，一片雪花飞入窗。
  随即披衣出门看，漫天大雪白茫茫。
  不敢因贫怨天寒，且贺瑞雪兆丰年。
  月俸虽然无盈余，早餐仍能不间断。

柴米油盐没缺匮，薄酒菜肴也能备。
数杯薄酒敬父母，兄弟也能分一杯。
妻室儿女不饥寒，全家欢聚庆吉瑞。
由此想到河朔民，输送军需到边陲。
一车军粮数百斗，路途遥遥几百里。
牲口瘦弱冻成冰，车陷冰雪拖不动。
人畜夜间何处宿，荒郊山坡暂栖息。
又想塞外守边兵，枕戈待旦御胡骑。
望火楼中望烽火，城头高高树战旗。
盔甲单薄冷彻骨，强拉硬弓无气力。
天天守边何处行，茫茫沙漠无边际。
自问我是何等人，苟且偷安能如此。
愧对苍生成蛀虫，作为谏官无所事。
不能直言谏国难，怎能算得是直士。
是褒是贬无一言，怎能算得是良吏。
不曾耕种一亩田，不曾拿过一只矢，
惭愧没有富民术，又缺安边好建议。
空自对雪高声吟，诚恳谢罪答知己。

【赏析】

　　这首长诗可分五段，开头到"飘飘满天地"为第一段，写雪天景象：因为下雪奇寒，诗人深居简出（"衡门昼长闭"），朝廷各部门停止办公（"五日免常参，三馆无公事"），诗人无事可做只好深夜读书，常常日升三竿方才起床。一日起来，忽觉寒气入骨，一片雪花飘入窗内，披衣出门一看，只见大地白茫茫，那雪下得正紧。开篇扣题，由雪写起，缓缓道来，看似无意，实际是用官场的轻闲为下面写人民的困苦和战事的紧张作铺垫。

第二段从"岂敢患贫居"到"相聚歌时瑞",写自家雪天的生活状况:诗人虽一再称贫,但没贫到衣食无继,月薪照发,不愁柴米,能备酒肴,父母、妻子、兄弟都跟着沾光,全家团聚,共庆吉瑞。这段描写,不是患贫的牢骚,也不是知足的庆幸,而是为下面的自谴自责作铺垫。

从"因思河朔民"到"阒寂荒陂里"是第三段,写边地人民的困苦:百姓被逼服劳役,运送军粮到前线,老牛破车,车重路远,在冰雪中艰难行进,夜晚只能睡在如同死境般的荒郊山坡。这种境遇,如同在死亡线上挣扎。

从"又思边塞兵"到"牢落穷沙际"是第四段,写边塞战士的苦况:枕戈待旦,防备敌人来袭,城头树战旗,日夜望烽火,拉弓无气力,衣薄透骨寒,在无边无际的沙漠中跋涉,受着艰苦又无望的煎熬。

从"自念亦何人"到篇末是第五段,写诗人作为官员的自谴自责:边民与士兵如此困苦,自己作为谏官却苟且偷安,如同百姓的蛀虫白白占据官位。不能直言敢谏,算不上一个正直的人;遇事不加褒贬,算不上一个良吏;不曾耕种一亩田,有愧于边民;不曾拿过一支箭,有愧于士兵;没有富民术又缺安边策,只能吟首白雪诗诚恳地向朋友们谢罪。这一连串的自我谴责用语沉痛、自愧甚深,源于诗人作为谏官的事业心和责任感。王禹偁为官一向"遇事敢言,喜臧否人物,以直躬行道为己任",他的自我谴责不是谦虚,而是不甘尸位素餐,同时这些话也是说给那些无功受禄的官员听的。

全诗层次明晰,结构严谨,一段与三、四段,三、四段与第五段紧相呼应,语出肺腑,有一股诚挚感人的力量。在思想上,继承了杜甫心系民忧的传统;在风格,上继承了白居易的平易浅白,王禹偁是宋诗发展的最早奠基人。

27 画眉鸟（欧阳修）

百啭千声随意移①，山花红紫树高低。
始知锁向金笼听，不及林间自在啼②。

【作者简介】

欧阳修，号醉翁，晚年号六一居士，吉州庐陵（今属江西省永丰县）人。少家贫，四岁丧父，母亲以芦荻画地教他识字。二十三岁中进士，做过吏部尚书、兵部尚书，直至参政知事（副宰相）。政治上积极参与范仲淹的"庆历新政"，曾两次遭贬，晚年归隐颍东。平生热情培养后进，"三苏"父子（苏洵、苏轼、苏辙）、王安石、曾巩等都曾得到他的提携。他是北宋第一个在文、史、诗、词诸方面都有建树的文学家和史学家，是北宋诗文革新运动的领袖。散文创作是"唐宋八大家"之一，史学著有《新五代史》，又与宋祁合作修《新唐书》。诗词创作反对"西昆体"浮艳文风，主张"明道""致用"，即加强思想性与实用性。又著有《六一诗话》，是我国第一部以"诗话"命名的诗论专著，开创"诗话"新体裁。他的诗清新自然，往往以散文笔法写诗，助长了宋诗散文化倾向，形成了诗言哲理的新创作道路。

【题解】

这是首咏物诗，借物抒情，用鸟在林间的自由鸣啼抒发对自由生活的向往。

【释疑】

① 啭：鸟婉转地鸣叫。随意移：随心如意地叫。
② 金笼：好看的鸟笼。自在啼：自由自在地鸣叫。

【今译】

画眉鸟千唱百啭顺心如意，飞翔在高低树头红花绿枝。

才知道关在笼中供人玩赏，远不如花丛树林自在鸣啼。

【赏析】

头两句写画眉鸟的"鸣"与"飞"。画眉鸟在众鸟中鸣声最悦耳，据说它鸣叫时低着头，像在唱柔和的相思曲，唱一遍后再来一遍，直至兴尽为止。诗人用"百啭千声"形容其缠绵的鸣声，用"随意移"形容其在林间花丛中的任意飞翔，可见是何等的自由自在。后两句作一个比较：作为笼中之鸟，笼子虽美（金笼），可困在尺许之地供人玩赏、听人摆布，怎比得上林中鸟自由自在。同样是鸟，境遇竟有如此天壤之别，这一比较表现了诗人对自由天地的强烈向往。作为官员，欧阳修多么希望能畅所欲言，摆脱官场清规戒律的束缚；作为诗人，又多么希望不受传统思想的禁锢，能自由地表达自己的感情。诗人咏画眉，"醉翁之意不在酒，在乎山林之间也"（欧阳修《醉翁亭记》）。

这是首咏物诗，咏的是物，说的是理。其妙处在于通过具体形象揭示内含哲理，意蕴丰富而深刻，让人读后心领神会，又毫无说教味道，这正是哲理诗的精髓。

丰乐亭游春（三首）（欧阳修）

绿树交加山鸟啼，晴风荡漾落花飞。
鸟歌花舞太守醉①，明日酒醒春已归。

春云淡淡日辉辉，草惹行襟絮拂衣②。
行到西亭逢太守，篮舆酩酊插花归③。

红树青山日欲斜，长郊草色绿无涯④。
游人不管春将老⑤，来往亭前踏落花。

【题解】

欧阳修因参与范仲淹的"庆历新政"，被诬为"朋党"，贬往滁州（今安徽滁县）任知州，这是第二次遭贬。欧阳修胸襟旷达，处逆境仍乐观自得，尽情悠游于山水之间，《醉翁亭记》即写于此时。滁州西南丰山北麓有紫微泉，风景秀丽，欧阳修凿石疏泉，建亭其上，名为"丰乐亭"，并写了一篇《丰乐亭记》记叙建亭经过及亭附近的自然风光，由苏轼书后刻石。美景、美文、美书，三美兼具而成为游览胜地。这三首诗是欧阳修游丰乐亭时所写，记录了他当时悠游的心境。

【释疑】

① 太守：郡一级的地方官员，汉称太守，唐称刺史，宋称知州。

② 草惹行襟：茂密的草牵动着游人衣襟。絮拂衣：柳絮飘落在游人衣服上。

③ 篮舆：竹轿。

④ 长郊：郊野。

⑤ 春将老：春天将要过去。

【今译】

绿树连荫，山鸟鸣啼；晴风荡漾，落花飘飞。
鸟唱花舞，太守酒醉；明晨醒来，春天已归。

春云淡淡，日光辉辉；草牵衣襟，絮落满身。
行到亭西，恰遇太守；醉卧竹轿，酩酊而归。

红花青山，落日已西；郊野绿草，一望无际。
游人不管，春将归去；往来亭前，踏花如泥。

【赏析】

三首诗都描摹暮春景色，从不同角度抒发不同心情，是诗人心胸旷达的写照。

第一首抒发惜春之情：绿树连荫、山鸟鸣啼，在春风荡漾、春光明媚的春景中，诗人心旷神怡，一杯杯美酒下肚，喝了个酩酊大醉；次晨醒来，发现春已无踪无迹，为春天的短暂而无限惋惜。

第二首抒发恋春之态：春云淡淡，春日辉辉，诗人伴着茂密的绿草和飘飞的柳絮畅游亭前，流连忘返。"惹"字写出春意撩人，再配上"拂"字更觉情意绵绵，于是又一杯杯美酒下肚，又喝了个酩酊大醉，头上满插鲜花懒洋洋斜倚在竹轿上，恋恋不舍地往回走，其醉态可掬，表现了对春的无限依恋。

第三首抒发护春之意：夕阳余晖映照下，红花、青山、绿草一望无际、春光和谐、春色满园。可是来来往往、络绎不绝的游人任意践踏落花，破坏了大好春色让人心疼，诗人为没能护春而流露出一丝惆怅。

　　三首诗画面绚丽多彩，意境恬静怡人，格调清新明快，表现了诗人对丰乐亭的依恋。诗人在《丰乐亭记》中表明建此亭的目的是"与民共乐"，这三首诗所抒发的惜春、恋春、护春心情正包含着"与民共乐"的意蕴。在朝廷与国同忧，在地方与民共乐，进亦为民，退亦为民，这是欧阳修的政治追求，也是他心胸旷达的根源。

29. 田 家（欧阳修）

绿桑高下映平川，赛罢田神笑语喧①。
林外鸣鸠春雨歇，屋头初日杏花繁②。

【题解】

诗以《田家》为名，写农村社日祭祀田神以祈丰收的情景。祭田神时有歌舞竞赛，所以叫"赛田神"。

【释疑】

① 田神：古时农村在春分前后祭社神，即田神，这一天叫社日。喧：声音大。

② 鸠：鹁（bó）鸠鸟，又叫鹁鸪。歇：停。繁：茂盛。

【今译】

　　　　　高高低低绿桑树映照平川，
　　　　　社日祭神歌舞后笑语喧天。
　　　　　林外鹁鸪声声叫春雨停歇。
　　　　　屋头红日刚升起杏花正鲜。

【赏析】

　　欧阳修的政治理想是与民同乐，这一理想在《醉翁亭记》中发挥得淋漓尽致，这首诗表达的也是同一意思。这首诗只有第二句叙事，其他都写景。二句交代祭田神之事，用"笑语喧"写祭神时的热闹景象，是一个欢快的场面。其他三句写景，写的是一派丰收在望的繁荣景象：桑树枝繁叶茂，杏花茂盛新鲜，鹁鸪声声叫，红日屋头照，所以景色都鲜丽明快，绘声绘色地表达了丰年有望的喜悦。可以想象，诗人也像《醉翁亭记》所写而与民同乐并"颓乎其中"了。

30. 怀嵩楼新开南轩与郡同僚小饮（欧阳修）

绕郭云烟匝几重，昔人曾此感怀嵩①。

霜林落后山争出②，野菊开时酒正浓。

解带西风飘画角③，倚栏斜日照青松。

会须乘兴携佳客，踏雪来看群玉峰④。

【题解】

　　这首诗写于被贬滁州期间。怀嵩楼在滁州，是唐时李德裕所建。嵩，指嵩山。李德裕长期在洛阳做官，嵩山在洛阳附近，他把嵩洛地区看作第二故乡。后被贬滁州，仍怀念嵩洛地区，所以建楼，命名为"怀嵩楼"。新开南轩，指在怀嵩楼旁新建的厅廊。郡僚，指滁州郡的官员。小饮，指大家在一起饮酒。

【释疑】

① 郭：指滁州城。匝：周、圈。昔人：指李德裕，唐代名相。

② 落后：指霜稀疏了。山争出：由于霜林稀疏，山显得更高。

③ 画角：古代的一种号角，其声悲凉。

④ 会：一定。须：等到。玉峰：积雪的山峰。

【今译】

　　滁州城密密匝匝绕云烟，古贤人曾经在此怀嵩山。

　　深秋节霜林萧疏山更峻，花开时野菊蓬勃酒正酣。

　　西风烈解带相迎听画角，倚栏望落日照松松更坚。

六、宋辽金诗　71

到严冬乘兴踏雪邀宾客,看群峰冰清玉洁立云端。

【赏析】

　　李德裕是唐代名相,颇有政绩,不幸陷入与牛僧孺的朋党之争,先贬滁州,后贬琼崖,死于海南。李德裕曾写《朋党论》为自己辩解,欧阳修也因被诬"朋党"而贬滁州,也曾写《朋党论》阐明君子之朋与小人之朋的界限。历史竟如此惊人的相似,命运把欧阳修与二百年前的李德裕联系到一起了,所以他登上怀嵩楼想起了李德裕,感慨万端,写了这首诗。

　　首联由触景怀古写起,滁州城云烟缭绕,怀嵩楼傲然屹立,诗人想起了李德裕。二、三联写登楼所见到的景物。二联写霜林、群山、秋菊:远处霜林虽萧疏,但群山竞出显得更挺拔高峻;近处秋菊不畏严霜竞相怒放,正好饮酒赏菊。写的是秋景,肃杀中透出勃勃生机,显示了诗人政治上的坚强。三联写西风、画角、斜日、青松:"西风"往往令人感到萧瑟,"画角"也总带着几分哀伤,但诗人却解带迎西风、坦然听画角,心胸何等旷达,器宇何等轩昂;"斜日"就是落日,落日会带给人迟暮感,但诗人落日余晖中倚栏远望,见到的是巍然立于山巅的青松苍劲挺拔,气势不可辱,表现了诗人不怕挫折、不甘凌辱的大无畏精神。尾联写假想,诗情更加激越:秋肃不可怕,冬寒又何惧,等到那时邀三五好友踏雪冬游,看群山冰雪皑皑,顶天立地。这个结语气象恢弘、情感豪迈,一股浩然正气充溢在字里行间。

　　李德裕被贬,建怀嵩楼后写《怀嵩楼记》,透露出心灰意懒、归隐山野的消极情绪。而欧阳修同样遭贬,却始终积极乐观、巍然不屈、风骨嶙峋,欧阳修略胜李德裕一筹。

　　这首诗结构严谨,层次分明,由"感"字入题,到"兴"字结尾,"霜林"是远处之景,"野菊"是近处之物,"解带西风"是楼上抒怀,"斜日青松"是倚栏感喟,"踏雪看山"是拟想未来,在意境开阔的画幅中凝聚着傲然正气和铮铮铁骨,让人很难相信是谪居中的作品。

戏答元珍（欧阳修）

春风疑不到天涯，二月山城未见花①。
残雪压枝犹有橘，冻雷惊笋欲抽芽②。
夜闻归雁生乡思，病入新年感物华③。
曾是洛阳花下客，野芳虽晚不须嗟④。

【题解】

欧阳修因直言敢谏得罪权贵，被贬往峡州夷陵（今湖北宜昌）任县尉，这一年欧阳修三十岁，是第一次遭贬。元珍是丁宝臣的字，当时任峡州军事判官，元珍曾写《花时久雨》诗赠欧阳修，欧阳修写此诗作答。

【释疑】

① 山城：指夷陵城。
② 残雪：去冬之雪。冻雷：冷雷，初春大寒，故称"冻雷"。惊笋：春雷又叫惊蛰雷，故有"惊笋"之说，意思是春笋要破土而出了。
③ 物华：美好的景物。
④ 洛阳花下客：洛阳是北宋陪都，盛产牡丹，欧阳修曾在洛阳做过留守推官，故称"花下客"。野芳：野花。嗟：叹气。

【今译】

我怀疑边远地不刮春风，二月份仍不见花开叶萌。

去冬雪压树枝犹有橘在，惊蛰雷破冻土竹笋发青。

深更夜听雁鸣牵动乡思，新年到景物新老病没轻。

我曾在洛阳城花下作客，边远地花开迟无须伤情。

【赏析】

这首诗总的感情基调同《丰乐亭游春》一样，遭到贬谪有些迷惘，但不悲观。诗的首联用一虚一实、一问一答的手法写对山城夷陵早春的印象：上句虚写，"天涯"表明夷陵的偏远，"疑"是疑问，表明夷陵气候的特异，似乎不刮春风；下句实写，指出已是早春二月，中原地区已繁花似锦，此地却"未见花"，为"疑"字作答，字句间流露出一丝迷惘。二联顺势描绘山城独有的早春景象："残雪"之下，橘子仍挂在枝头；春雷声中，竹笋正破土抽芽。虽然"未见花"，但春天已悄悄来临了，字句间又流露出几分欣喜。三联转写自身感受：在寂静的山城之夜，忽闻北雁南归的叫声，不免勾起乡思；新年已过，万物更新，但老病没有减轻，心情又回到开篇的迷惘。尾联说"曾是洛阳花下客，野芳虽晚不须嗟"，这是自我心理调整：我曾在洛阳赏过牡丹，曾在朝廷经历过大风大浪，此地花开得晚一些，又何必嗟叹呢。想到这些，心头的迷惘就一扫而空了。刚刚遭贬，难免有些今昔之感，但仍反映出欧阳修坚强的意志和豁达的胸襟。全诗有虚有实，有写景有议论，诗情抑扬交错，情感发自肺腑，显示出诗人复杂的思绪。

【阅读延伸】

欧阳修被贬夷陵后，将自己的住室命名为"至喜堂"并写了《至喜堂记》，坚信暂时的挫折能使自己经受磨炼，也是不幸中之幸。夷陵的这一段生活经历，是他政治与文学生涯的转折点，经过磨炼的他成熟了。清人袁枚《随园诗话》说："庐陵（欧阳修家乡在庐陵）事业起夷陵,眼界原从阅历增。"这种"眼界"和"阅历"造就了欧阳修的豁达胸襟与铮铮铁骨,这首诗中的"曾是洛阳花下客,野芳虽晚不须嗟",还有"行见江山且吟咏,不因迁谪岂能来"(《黄溪夜泊》),"须信春风无远近,维舟处处有花开"(《戏赠丁判官》)等诗句,格调一直是高昂的。唐宋诗人遭贬者众矣,从未在诗中自悲自叹者唯欧阳修一人。后来有"坏事变好事"之说,坏事本身并不会变为好事,就看怎样对待,因为坏事中包含着教训、启示、阅历、磨砺诸因素,只有正确对待才能变成好事。这就是哲学所说的"一分为二"的辩证关系。

 唐崇徽公主手痕（欧阳修）

故乡飞鸟尚啁啾①，何况悲笳出塞愁。
青冢埋魂知不返，翠崖遗迹为谁留②？
玉颜自古为身累，肉食何人与国谋③？
行路至今空叹息，岩花野草自春秋④。

【题解】

唐代宗时与回鹘和亲，以崇徽公主嫁其可汗。传说公主出嫁时，路经今山西灵石，以手掌托石壁留下手痕，后称手痕碑。这首诗通过这件事抒发对"肉食者"的鄙弃。

【释疑】

① 啁啾（zhōu jiū）：鸟的细碎叫声。

② 青冢：原指王昭君之墓，这里用来代指崇徽公主葬身处。遗迹：指崇徽公主手痕。

③ 为身累：为女儿身受害。肉食：指居高位、享厚禄的人。《左传·庄公十年》："肉食者鄙，未能远谋。"

④ 自春秋：指花草的春生秋凋。

【今译】

故乡的鸟儿尚且不停啁啾，何况悲笳声中出塞的公主。
青冢埋魂明知再不能返乡，翠石崖上手痕又为谁遗留？
美貌少女自古替别人牺牲，有几个肉食者曾为国筹谋？

六、宋辽金诗

行路人到此只能空自叹息,岩石上花草依然虚度春秋。

【赏析】

　　用女子与异族和亲换取暂时的苟安,是民族的耻辱。一般诗人写和亲题材大多立意于哀怜远嫁者的不幸,洒一掬同情之泪;欧阳修则高出一筹,他从政治上指出造成这种耻辱的根源,对当权者(肉食)发出无情地谴责。首联说鸟儿尚且鸣叫不停不愿离开家乡,一个豆蔻少女却在悲笳声中被送往塞外异国,这是一幕惨绝人寰的悲剧。二联说远嫁者明明知道一去不能复返,只能身埋荒冢、魂飘塞外,却还在岩石上留下手痕寄托对家乡的依恋。这一手痕在诉说什么呢?是远离亲人的孤寂凄凉还是对和亲决策者的怨恨?这一联"青冢"与"遗迹"的对比,似乎让人看到一个可怜的孤魂正在"翠崖遗迹"间飘荡。三联发出议论:"玉颜自古为身累,肉食何人为国谋?"有几个肉食者能为国家的富强筹谋良策?又有多少美丽的女子成为和亲妥协政策的牺牲品?这是正义的呐喊,也是无情的谴责。《朱文公语录》评此联道:"以诗言之,第一等诗;以议论言之,第一等议论也。"尾联是一个意味深长的喟叹:崇徽公主是如此的不幸,肉食者是如此的可恨,但行路人到此只能报以叹息,而伴随孤魂的岩花野草依然年复一年地春秋轮替而无动于衷。这一联用人的有情与草的无情作对比,写出了诗人的无奈。全诗从怜惜、愤慨到最后的无奈叹息,情感波澜起伏,写出了一个爱国的政治家的复杂心情。

　　欧阳修所处的北宋积贫积弱,对内统治严酷,对外屈膝妥协,受到东北部的契丹(辽)与西北部的西夏不断侵扰,尽管范仲淹、欧阳修等有胆有识的大臣极力主张选将练兵巩固国防,但最高统治层苟且偷安、忍辱求和,致使国家岌岌可危。欧阳修为国家蒙受的屈辱感到羞愧、愤慨,但又无能为力。在这样的痛苦心情中,借崇徽公主的悲剧,对统治者发出愤怒的斥责。

边 户（欧阳修）

家世为边户，年年常备胡①。

儿童习鞍马，妇女能弯弧②。

胡尘朝夕起，虏骑蔑如无③。

邂逅辄相射，杀伤两常俱④。

自从澶州盟，南北结欢娱⑤。

虽云免战斗，两地供赋租⑥。

将吏戒生事，庙堂为远图⑦。

身居界河上，不敢界河渔⑧。

【题解】

　　边户，即边境地区的住户，这里特指与辽交界处的河北地区居民。欧阳修于至和（宋仁宗年号）二年冬曾充任贺契丹国母生辰使（后改为贺登位国信使）出使契丹，途经边界时感于边界人民的困苦生活写了这首诗，揭露了朝廷的无能，也对边界人民的不幸遭遇寄予无限同情。

【释疑】

　　① 备胡：防备胡人入侵。胡，指契丹。

　　② 弧：弓箭。

　　③ 胡尘：指契丹入侵。虏骑：指契丹的骑兵。蔑如无：蔑视契丹，没把他们放在心上。

④ 邂逅：不期而遇。杀伤两常俱：敌我双方经常互有死伤。俱，相等。

⑤ 澶州盟：指宋真宗时与辽签订的"澶渊之盟"。结欢娱：结为友好邻邦，这是对"澶渊之盟"的讽刺。

⑥ 两地供赋租：边民要向宋、辽两方纳赋。

⑦ 戒生事：宋廷严禁边界吏民惹是生非，这是向辽讨好。堂庙：原本指太庙的明堂，是皇帝举行大典的地方，这里代指朝廷。远图：长远打算。

⑧ 界河：在今河北省中部，上游叫拒马河，下游叫白沟河，流经涞县、霸县、天津等地入海。这里原是中原故土，现在却成了宋、辽的分界线，故叫"界河"。

【今译】

世世代代居边境，年年防备胡入侵。
儿童从小学骑马，妇女也能开硬弓。
契丹时时来侵扰，边民视之如粪土。
不期而遇相厮杀，双方死伤大抵同。
自从签订澶州盟，宋辽成了好宾朋。
虽然少了厮杀苦，纳赋双方太沉重。
严禁吏民惹是非，朝廷说是有远图。
本来居住界河上，不敢界河去打鱼。

【赏析】

这首诗以河北边民的口吻叙述边境的前后变化。前八句写澶州盟前边民对契丹的抵抗与斗争：他们世世代代生活在家乡的土地上，年年防备契丹入侵，时时刻刻处于战备状态。这种战斗生活养成了他们的尚武精神，儿童从小就学习骑马，妇女也能开弓射箭，个个是英武的战士。"儿童习马""妇女弯弧"这两个典型细节，写出了此地的民风特点。河北古称燕赵，由于地处边陲而民风强悍，自古燕赵多慷慨豪侠之士，强悍的民风有悠久的历史传统。这里的边民守卫着国土，契丹虽年年入侵，边民却视之如粪土，经常不期而遇就地厮杀，双方死伤大抵各半，边民并没吃亏，边境相对安定。后八句写澶州盟以后的屈辱：宋真宗时，辽主萧太后亲率大军南下入侵直抵澶州（今河南省濮阳县），威胁汴京（北宋国都）。宋真宗想迁都南逃，宰相寇准力主抵抗，在边民配合下大败辽军，萧太后被迫求和。而打了胜仗的宋真宗不仅不乘胜收复失地，反而答应每年赠辽绢二十万匹、银十万两，与辽签订了"澶渊之盟"结为兄弟友邦。"澶渊之盟"后，宋帝称辽帝为弟，辽帝称宋帝为兄，用大量绢、银换得暂时安定，"结欢娱"是对"澶渊之盟"的讽刺。这二十万匹绢、十万两银哪里来？都转嫁到百姓身上，从此边民虽然少了些厮杀，却要向宋、辽双方纳赋（"两地供赋租"），负担不堪其重。宋廷还严禁边境吏民反抗（"将吏戒生事"）以讨好辽方，诡称"堂庙为远图"，好像他们有什么长远打算，结果边民的故土成了"界河"，连到河里打鱼都不让，边民从此成了亡国奴。北宋小王朝的"远图"是什么呢？二十多年后，宋在辽的武力威胁下，又将对辽的岁供增绢十万匹、银十万两，并改"赠"为"纳"，屈辱更甚。他们的"远图"就是在羞辱中苟且偷安，直至"徽钦二帝"成了俘虏，北宋彻底覆灭。欧阳修通过这首诗对屈辱投降的外交政策进行了无情揭露与谴责，表现了凛然可敬的民族正气。

欧阳修前期同以范仲淹为代表的改革派站在一起，反对妥协，力主抵抗辽的入侵；后期又写《论西贼议和利害状》，主张对西夏采取强硬政策。《边民》所抒发的民族义愤，与他的一贯政治主张是一致的。

34 田 家（梅尧臣）

南山尝种豆，碎荚落风雨①。
空收一束萁，无物充煎釜②。

【作者简介】

梅尧臣，安徽宣城人，宣城古名宛陵，人称梅宛陵。少时随叔父梅询（翰林学士）生活，受到良好教育，但没考中进士。五十岁才靠别人推荐召试，赐同进士出身，做过几任主簿、监税之类小官，一生穷困不得志而致力于诗创作，在当时诗坛很有名气，与欧阳修友善，共同推动诗文革新，时称"欧梅"。梅尧臣主张诗歌要反映现实，写了一些同情百姓疾苦的诗。诗风朴素，内容充实，从多方面反映了社会生活，但抒情韵味差一些。

【题解】

《田家》写自然灾害带给农民的苦难。

【释疑】

① 荚：豆荚。
② 萁：豆茎。煎釜：煮饭的锅。

【今译】

曾在南山种大豆，风吹雨打豆角稀。
只收一捆豆秸秆，锅里无物可充饥。

【赏析】

　　农民辛辛苦苦劳动一年，因一场风雨导致豆角脱落，最后只收到一捆豆秸，造成"无物充煎釜"的悲剧。首句写"种"，二句写"灾"，三句写"收"，四句以"饥"结尾，"种"与"收"不相符都是"灾"在作怪，农民无力掌握自己的命运，靠天吃饭十之八九置身于水深火热中。全诗都是叙述，平白自然。

陶 者（梅尧臣）

陶尽门前土①，屋上无片瓦。
十指不沾泥，鳞鳞居大厦②。

【题解】

陶者，指烧砖瓦的工人，这首诗为他们鸣不平。

【释疑】

① 陶：用黏土烧制（器物）。
② 鳞鳞：形容屋顶的瓦密得像鱼鳞。

【今译】

为烧砖瓦掘尽土，自己房上无片瓦。
有人十指不沾泥，房瓦鳞鳞住大厦。

【赏析】

这首诗用对比手法揭露不合理的社会现象：烧瓦工人自己屋上无片瓦，富人屋上的瓦却密如鱼鳞，每一片瓦都是烧瓦工人的血汗。通过对比，表现了对烧瓦工人的同情，同时也谴责了不劳而获。

36. 鲁山山行（梅尧臣）

适与野情惬①，千山高复低。
好峰随处改，幽径独行迷②。
霜落熊升树，林空鹿饮溪③。
人家在何许④？云外一声鸡。

【题解】

鲁山，即今河南省鲁山县，又名露山。诗人由河南去襄城，路经鲁山写此诗，记录他对鲁山景物的印象。

【释疑】

① 适：恰好。野情：山野游览的情趣。惬：惬意，称心如意。
② 随处改：（山的形状）随着视线的不同而变幻。迷：迷路。
③ 霜落：下霜后树叶脱落。林空：林木稀疏。
④ 何许：何处。

【今译】

千峰竞秀高低错落有致，正好投合野游人的情趣。
峻岭奇峰随着视线变幻，幽径曲折独行几乎失迷。
霜打叶落远看熊在爬树，林木稀疏又见鹿饮小溪。
山深林空人家竟在何处？白云高处传来一声鸡啼。

【赏析】

　　诗题是《鲁山山行》，开篇从山写起。首联说这里的山有高有低，错落有致，正好投合野游人的情趣，于是开始了鲁山之行。二联写游览过程中的体验：上句说行进中随着视线的移动而山形在不断变幻，时而清晰，时而诡谲；下句说山路曲径通幽，左拐右转，几乎迷失了方向。这两句写出鲁山层峦叠嶂、变化多端的特色。三联是两个特写镜头：霜打叶落，看到熊在爬树；林木稀疏，又看到鹿饮小溪。这一熊一鹿，恰好照应首句所说的"野情"，这是只有"山行"才能见到的奇特景象。尾联先设一疑问：山里有熊、有鹿，为什么没有人家呢？正疑惑间，突然听到从云空传来一声鸡鸣，原来人住在更高的山顶上哩。

　　全诗写得平淡自然，没有夸张，不作修饰，纯用白描，但情趣盎然。尾联更佳，一声鸡啼把读者的注意力引向山的更高处，诗却于此结束了。至于山的更高处是怎样的情景，就自己想象吧。由此可见，梅尧臣的写作技巧是很纯熟的。

小　村（梅尧臣）

淮阔洲多忽有村，棘篱疏败谩为门①。
寒鸡得食自呼伴，老叟无衣犹抱孙②。
野艇鸟翘唯断缆，枯桑水啮只危根③。
嗟哉生计一如此，谬入王民版籍论④。

【题解】

梅尧臣由家乡宣城到陈州（河南淮阳）赴任，路过淮河流域见到那里水灾之后一片荒凉，于是写了这首诗。他如实地记录了一个"小村"的荒凉境况，描绘了一幅农村凋敝图，反映北宋令人触目惊心社会现实。

【释疑】

① 淮：淮河，流经安徽、江苏入海。洲：沙滩。淮河自古多水灾，陆地都被泡成了沙滩。棘篱：用荆棘条编成的篱笆。疏败：破烂。谩为门：自己骗自己把它当作门。谩，本义是蒙骗。

② "老叟无衣"句：老叟无衣，孙子更无衣，而老叟自己冻得瑟瑟发抖还要抱着孙子用自己的体温为孙子取暖。

③ 野艇：无人照管的船。鸟翘：形容小船像翘着尾巴的鸟。缆：系船的缆绳。水啮（niè）：被水吞没。危根：孤零零的根。

④ 生计：生活情况。一如此：竟然是这样。谬：荒谬。王民：臣民，指百姓。王民版籍：百姓的户口册。宋代规定，户口册上有

名，就要纳赋。论：对待。

【今译】

　　淮河阔沙洲多忽逢荒村，荆棘条编篱笆充当破门。
　　寒风中鸡觅食呼唤同伴，老年人光脊梁怀抱幼孙。
　　鸟尾船无人管只留缆绳，桑树被水吞没露出老根。
　　可叹我淮河民如此贫困，入户籍纳赋税荒谬绝伦。

【赏析】

　　首联总写淮河地区水灾后的荒凉境况：广阔的大地上一片汪洋，到处是被大水冲积的沙滩。"忽有村"，"忽"字表明这里人烟稀少，遇到一个村子几乎是奇迹；这个村子的几户人家无墙无门，只有几条荆棘篱笆破烂不堪。尾联写村内情况："寒鸡"一词令人一惊，鸡都觉得"寒"，人将何以堪。这几只"寒鸡"饿得四处觅食，好不容易觅得几粒食物就"自呼伴"，可见觅食之艰难。"老叟无衣"比"寒鸡"更"寒"，还要怀抱孙子用自己不多的体温为孙子取暖。这里只写老幼没提丁壮，可知丁壮都逃荒去了。三联写村外情况：没人管理的鸟形小船在水里胡乱飘荡，船上不见人影，只有一条废弃的缆绳；老桑树被水吞没，露出孤零零的根。这里没提庄稼，可知庄稼早被大水淹得无影无踪了。尾联提出一个令人扼腕的问题：淮河百姓生活已到如此地步，政府不但不救济，反而忙着给百姓制定户口册（"版籍"），将灾区与其他地方同样对待，准备按丁收取赋税。政府对百姓的盘剥真是敲骨吸髓，甚至在皮包骨头的人身上抽血。对这样麻木不仁的政府，用一个"谬"字评价实在是太客气了。但梅尧臣人微言轻，欲哭无泪、欲管无权，只能用个"谬"字发泄内心的愤怒了。

38. 江上遇雷雨（梅尧臣）

雷从燕尾来①，雨到江心急。

挂帆中路时，望浦前舟人。

声喧釜豆裂，点疾盎茧立②。

荡摇鱼鳖腥，恐惧儿女泣③。

稍闻人好语，出顾岸已及。

芦洲有同行，言喧气吸吸④。

【题解】

这首诗描写航行江上遇到大雷雨的情景，写得活灵活现、触目惊心。

【释疑】

① "雷从"句：下雨前燕子乱飞，燕子飞过后紧跟着一声炸雷，好像"雷从燕尾来"。

② 声喧：雷声喧闹，指雷声不断。釜豆裂：形容雷声像热锅炒豆子一样。点：指雨点。疾：快。盎茧：形容雨点像蚕茧那样大。盎，大。

③ 荡摇：形容雨点下在江面时江水在摇荡。鱼鳖腥：雨点下到江面上，把江水里的鱼鳖腥气给砸出来了。儿女泣：儿女让雷声吓哭了。

④ 芦洲：芦苇丛中。同行：指一起避雨的人。言喧：说安慰

话。唁，对遇到危险的人说安慰话。气吸吸：上气不接下气，指说不出话。

【今译】

迅雷像尾随燕子掠空而到，大雨下到江心格外的狂暴。
在江水中间将风帆刚挂起，便望前面船只朝浦口奔逃。
雷鸣不断声声像热锅炒豆，雨点迅疾粒粒如蚕茧大小。
大雨砸出江中鱼鳖的腥气，炸雷吓得孩子吱哇哇乱叫。
略听外面有人说话语气缓，走出舱看个究竟岸边已靠。
芦苇荡中还有避雨的同伴，想安慰几句却又语不成调。

【赏析】

　　初见这首诗，从字面一看感到别扭，"釜豆裂""盎茧立""气吸吸"不知说些什么。读进去后，细一体味才发现非这样写不可，否则不足以表现大雷雨的声势。第一句写雷，第二句写雨。"雷从燕尾来"，声势不凡；"雨到江心急"，气魄十足，渲染了"山雨欲来风满楼"的气势。从生活实际看，暴雨前燕子确实上下乱飞，"雷从燕尾来"是写实，不是故作惊人语。三联用"釜豆裂"比喻雷声，用"盎茧立"比喻雨点，既逼真又新颖且富有生活气息。四联"鱼鳖腥"是雨后必有的气味，"儿女泣"也是常见现象，这些都是写实而并非夸张。尾联写得更加形象，暴雨炸雷让在芦苇荡中避雨的人个个心惊肉跳，想说句相互安慰的话却气喘吁吁、语不成调。"言唁气吸吸"，把惊魂未定的人的神态刻画得栩栩如生。

　　梅尧臣是个老实人，他写暴雨炸雷就按生活实际写，而把生活实际忠实地写出来就是最美最生动的文字。这首诗用语朴实，风格瘦硬，在宋诗中不多见。梅尧臣晚年学贾岛，诗风由平淡而有些劲峭了。

春 寒（梅尧臣）

春昼自阴阴，云容薄更深①。
蝶寒方敛翅，花冷不开心②。
亚树青帘动③，依山片雨临。
未尝辜景物，多病不能寻④。

【题解】

这是首景物诗，反映的心情是低沉的。写这首诗时，从政治形势看，范仲淹、欧阳修等改革派正遭受打击；从个人生活看，他的妻子病逝，不久儿子又死了。他当时有"东风固无迹，何处见春归"的诗句，孤独的诗人领略不到春回大地的温暖。在这种心情下，写了《春寒》这首诗。

【释疑】

① 云容：云层。薄更深：指云层由薄变浓。
② 不开心：不开花。
③ 亚树：这里指酒旗挂在树上。亚，同"压"。青帘：指酒旗。
④ 辜：辜负。寻：指寻春。

【今译】

春天白日一直阴沉沉，云层由薄变得厚又深。
蝴蝶因寒有翅不能飞，花卉怕冷蓓蕾无芳芬。

六、宋辽金诗 91

古诗行旅
宋辽金卷

树头酒旗随风乱飘荡，山云忽浓大雨如倾盆。

不曾辜负良辰与美景，今日因病无力去寻春。

【赏析】

春是一年之始，万物欣欣向荣，诗人心目中的春却是阴冷酷寒。诗题是《春寒》，全诗就写一个"寒"字。首联概括写"寒"：本指望能看到风和日丽的春色，不料又是一个阴沉沉的天气，薄薄的云层变得越来越浓了。"自"的意思是本来，表明今年春天特殊，春阴已非一日。二联选择"蝶"与"花"写"寒"："蝶"与"花"是最具有代表意义的春色，可今春呢？"蝶"因"寒"而"敛翅"，"花"因"寒"而"不开"，表明春色全无了。三联通过"风"与"雨"写"寒"：树头酒旗飘荡，可见风力之大；山雨成"片"而来，可见雨势之狂。由于大风、狂雨的袭击，"春寒"更加浓重了。尾联说，我从来不曾辜负春天的良辰美景，可今年由于多病不能去寻春了。"多病"是个托词，没有心思寻春才是真的。

梅尧臣写诗，主张"愤世嫉邪意，寄在草木虫"（《宛陵文集》卷二十七）。读完这首诗，明显察觉到诗人的寄托之意，他写的不是春天气候而是政治气候，不是春寒而是心寒。纪晓岚说："三、四托意深微，妙无痕迹，真诗人之笔。"可谓知梅尧臣者也。

【阅读延伸】

写完梅尧臣，想到了现代作家赵树理，他生在农村长在农村，一心写作而无意做官，全心全意为农民服务，有《小二黑结婚》《李有才板话》《三里湾》等作品传世，成为"山药蛋派"小说掌门人，但在"文革"中遭遇凄惨，最后含冤而死。梅尧臣同样做个小官，笔耕不辍地为劳苦百姓申诉不平，穷困一生，默默而亡。历史总是有惊人的相似处。

40. 淮中晚泊犊头（苏舜钦）

春阴垂野草青青，时有幽花一树明①。
晚泊孤舟古祠下，满川风雨看潮生②。

【作者简介】

苏舜钦，字子美，祖籍梓州铜山（今四川省中江县），出生于开封。早年因父荫补太庙斋郎，任荥阳县尉，不愿为五斗米折腰，锁厅而去。后中进士，曾任大理评事，后由范仲淹举荐任集贤校理。为人刚直，因支持范仲淹新政遭保守派攻击，被削职为民，退居苏州筑沧浪亭并隐居于此。诗与梅尧臣齐名，人称"苏梅"，是北宋诗文革新运动的重要人物之一。诗能反映民间疾苦，笔力豪健，欧阳修《六一诗话》说他"以超迈横绝为奇"。但同梅尧臣一样，有些诗韵味不足。

【题解】

《淮中晚泊犊头》是首即兴小诗，描写淮河春天的景色。淮中，指淮河中部地区。犊头，指渡口。

【释疑】

① 垂：笼罩。幽花：野花。
② 川：指淮河。

【今译】

阴云罩四野，春草青又青；时有鲜花美，色彩分外明。

晚泊古祠下,孤舟叹伶仃;满川风兼雨,静观春潮生。

【赏析】

　　头两句写淮海流域的春天,天低云浓,笼罩四野,两岸芳草萋萋,时有一树野花明丽耀眼。首句的"阴"与二句的"明"相搭配,表明天气不太好,景色却优美;舟行水上,人在船上,舟行物移,"时有"二字给人以流动感,看来船上人心情不错。三句说天色已晚,舟泊祠旁且是孤舟,有寂寞之感。四句说虽是孤舟,但在风雨中看潮起潮落、听涛声阵阵,倒也别有情趣,又将心头的一丝寂寞驱散得无影无踪了。全诗通过行舟的连续画面和泊舟的特写镜头,反映了宁静的心情,是一幅不错的风俗画。

初晴游沧浪亭（苏舜钦）

夜雨连明春水生，娇云浓暖弄阴晴①。

帘虚日薄花竹静，时有乳鸠相对鸣②。

【题解】

苏舜钦罢官后隐居苏州，自建沧浪亭，每日在亭内"箕（张开两腿而坐）而浩歌，踞（蹲着）而仰啸，野老不至，鱼鸟共乐"。这首诗描绘沧浪亭春日雨后的景色，反映隐居的闲逸情趣。

【释疑】

① 连明：从夜到明。娇云：自由舒展的薄云。浓暖：浓浓的暖意。弄阴晴：时阴时晴。

② 帘虚：稀疏的竹帘。日薄：阳光轻淡。乳鸠：雏鸠。

【今译】

夜雨到天明，池水骤然增；薄云送温暖，时阴又时晴。

阳光照疏帘，花竹格外静；雏鸠飞出巢，时时交颈鸣。

【赏析】

前两句写沧浪亭的远景：连夜春雨，池水新增，天色趋晴，丽日时隐时现，带来浓浓的暖意。上句写春雨、春水，下句写春云、春暖，"夜雨连明"暗点题目之"初"，"弄阴晴"明点题目之"晴"。"弄"字将天气拟人化，写出阴晴多变的春日特色。王国维评张先"云破月来花弄影"诗句说："着一'弄'字而境界全出。"

六、宋辽金诗　　95

此处之"弄"与张先"云破月来花弄影"之"弄"异曲同工。后两句写沧浪亭的近景:"日薄"承"阴晴"而来,透过稀疏的竹帘欣赏着淡淡阳光下亭亭玉立的花竹,又听到一对雏鸠在交颈对鸣,一切都那样静谧而和谐,不禁令人心旷神怡。全诗句句写景,无一字言情,但每一个字都流露出诗人的闲逸之趣和喜悦之情。

42. 过苏州（苏舜钦）

东出盘门刮眼明，萧萧疏雨更阴晴[①]。
绿杨白鹭俱自得，近水远山皆有情。
万物盛衰天意在，一身羁苦俗人轻[②]。
无穷好景无缘住，旅棹区区暮亦行[③]。

【题解】

　　这首诗描绘苏州明媚的风光，表达对苏州的眷恋，抒发旷达清高的胸怀。

【释疑】

　　① 盘门：苏州城南门，门上刻有蟠龙，名蟠门；又因水陆迂回曲折，名盘门。刮眼：即刮目，刮目相看之意。疏雨：时下时停之雨。更阴晴：阴晴交替，时阴时晴。

　　② 天意：客观的自然规律。羁苦：漂泊凄苦。轻：轻视，瞧不起。

　　③ 旅棹：客船。区区：即仆仆，风尘仆仆，旅途劳顿的样子。

【今译】

　　走出盘门风光耀眼明，云开天晴小雨刚刚停。
　　绿杨白鹭悠悠得其乐，近水远山脉脉含深情。
　　万物盛衰自有规律在，一生漂泊俗人笑无能。

六、宋辽金诗　97

风光无限可惜无缘住,不顾劳顿暮夜又启程。

【赏析】

这首诗本来描写苏州风光,但首联并没作具体描写,而是先用"刮目"表示内心的惊喜,再用"明"字概括苏州风光的特色:小雨初晴,大地如洗,走出盘门,放眼四望,心头一惊!原来苏州风光明丽无比,非同凡响,让人刮目相看。这一联虽是虚写,但让人对苏州风光也另眼相看。二联进入具体描绘:上句说,清风徐来,杨柳依依,似乎在向游人招手;绿水泱泱,白鹭成双,像对对爱侣在水面荡漾。它们悠然自得,游人也心旷神怡。下句说,近处的水微泛涟漪,远处的山青翠葱茏,好像特意为游人安排,对每位游客都含情脉脉。面对如此风光,诗人想到自己,三联上句说"万物盛衰天意在",苏州风光是上天所赐;下句说人也如此,"一身羁苦"是命运不济,无须哀叹。四处漂泊故曰"羁",宦海沉浮故曰"苦"。"俗人轻"是世俗之见,俗人只知荣华利禄,不识道德学问,他们的见识不屑一顾。诗人被削职为民后,曾写些给欧阳修说:"舜钦年将四十,齿摇发落,才为大理评事。廪禄所入,不足充衣食,性复不能与凶邪之人相就近。今脱去仕籍(官职),非不幸也。"这几句话可为这句诗作诠释。诗人虽终生不得志,但不为"羁苦"所绊,不怕俗人讥笑,性情旷达而清高。想到这些,诗人更想纵情山水,但惋惜得很。尾联说,苏州风光如此美,可我无缘久住,不顾旅途劳顿,暮夜又匆匆离去了。

苏舜钦对苏州无限依恋,所以罢官后选择苏州隐居,而他亲建的沧浪亭至今仍是苏州旅游的一个著名景点。

43. 吴越大旱（苏舜钦）

吴越龙蛇年，大旱千里赤①。寻常秔稬地，烂漫长荆棘②。
蛟龙久遁藏，鱼鳖尽枯腊③。炎暑发厉气④，死者道路积。
城市接田野，恸哭去如织⑤。是时西羌贼，凶焰日炽剧⑥。
军须出东南⑦，暴敛不暂息。复闻籍兵民，驱以教战力⑧。
吴侬水为命，舟楫乃其职⑨。金革戈盾矛，生眼未尝识⑩。
鞭笞血涂地，惶惑宇宙窄⑪。三丁二丁死，存者亦乏食。
怨怼结不宣，冲迫气候逆⑫。二年春及夏，不雨但赫日⑬。
安得凉冷云，四散飞霹雳。滂沱消浸疠，甘润起稻稷⑭。
江波开旧涨，淮岭发新碧⑮。使我扬孤帆，浩荡入秋色。
胡为泥滓中，视此久戚戚⑯。长风卷云阴，倚柂泪横臆⑰。

【题解】

吴越指江苏、浙江一带。宋仁宗时，此地连续两年大旱，加上西夏入侵，统治者横征暴敛、抽丁入伍，广大百姓深受兵旱之苦死人无数。这首诗记录了这一历史事实，而且完全是实录，没作丝毫夸张。

【释疑】

① 龙蛇年：古时用干支纪年，宋仁宗元年是庚辰年，属龙年，第二年是辛巳年，属蛇年。迷信说法，龙蛇之年不应缺雨。赤：净光，指寸草不生。

② 寻常：通常，往常。秔稷（jīng jì）地：稻田。秔，同"粳"，粳米。稷，同"稷"，糜子。烂漫：形容茂盛。

③ 枯腊：干枯的腊肠。腊，干肉。

④ 疠气：毒气，指传染病。

⑤ 织：交织，形容多。

⑥ 西羌："羌"是我国少数民族之一，生活在川甘一带，晋时建立后秦国，宋时称西夏。炽剧：高涨，旺盛。

⑦ 东南：指江浙。

⑧ 籍兵民：抽在户籍的壮丁当兵。教战力：让他们去打仗。

⑨ 吴侬：吴地称人为"侬"，"吴侬"即吴地人。职：职业。

⑩ 生眼未尝识：生下来从没见过。

⑪ 宇宙窄：天地狭小，指无容身之处。

⑫ 怨怼（duì）：怨恨。怼，怨恨。不宣：没法宣泄。气候逆：天道反常，指连续两年大旱。

⑬ 但：只有。赫日：大太阳。赫，大。

⑭ 滂沱：指大雨。祲疠（jìn lì）：指瘟疫。祲，妖气。疠，瘰（luǒ）疠，淋巴结核。甘润：甘雨滋润。

⑮ 新碧：新绿，指禾苗茁壮。

⑯ 胡为：为什么。泥滓（zǐ）：污泥。戚戚：悲哀。

⑰ 倚柁（duò）：倚着船舵。柁，同"舵"。

【今译】

　　吴越地区龙蛇年，寸草不生千里旱。原本水浇稻田地，密密麻麻长荆棘。

　　蛟龙隐遁深深藏，鱼鳖成了干腊肠。炎热暑天飘毒气，路间死尸相连续。

　　从城到乡都送葬，哭声震耳来又去。这年西羌又入侵，气焰嚣张无所惧。

兵丁需从江浙出,横征暴敛不停息。按户抽丁都当兵,赶往战场去卖命。

吴地百姓水为命,摇桨划船是本能。刀枪剑戟矛与盾,从未见过不相认。

鞭笞百姓血涂地,天地变小不容身。三男二死只剩一,活者无食可充饥。

民怨沸腾无限恨,天道反常灾难兴。连续两年春到夏,赤日炎炎头顶挂。

怎能阴云四面起,连日空中响霹雳。大雨滂沱驱瘟疫,雨润大地生稻稷。

大江小河水涨满,淮岭南北现新绿。我也扬帆去远游,浩荡秋色入眼底。

为何仍在污泥中,见此惨状心悲泣。长风不止阴云散,斜倚船舵泪湿衣。

【赏析】

苏舜钦的诗,一个显著特点是关心百姓疾苦,揭露社会黑暗无所顾忌,这首诗是这一特点的代表作。全诗四十句,可分作四段。

开头至"恸哭去如织"为第一段,写大旱给人们造成的灾难:龙蛇之年却连续两年大旱,使吴越地区千里赤地,稻米水田长满荆棘;龙蛇好像有意躲藏起来,鱼鳖都成了干腊肠;盛夏炎热,毒气弥漫,瘟疫流行;死尸填满道路,从城市到乡村,送葬的人络绎不绝、哭声震天。这一幅惨绝人寰的灾难图,让人触目惊心。

"是时西羌贼"至"不雨但赫日"为第二段,写战祸给人们造成的灾难:西夏入侵,气焰嚣张;统治者在东南灾区扩兵,不但横征暴敛,还按户抽丁把百姓都驱赶往战场;吴越百姓向来靠水活命,摇桨划船是他们的专长，金革戈矛盾之类凶器他们见都没见过，所以当然不愿当兵，但不愿者就"鞭笞血涂地"，让人觉得天地突然变窄了，没有百姓的容身之地了；战争的结果是兵丁死了三分之二，侥幸活下来的也无食充饥而难以活命。人祸给人们造成的灾难并不亚于灾祸。

"怨怼结不宣"以下四句为第三段，是诗人的议论，也是对上面所写旱灾与战祸的总结：由于统治者的暴虐无道，引起民怨沸腾、人神共怒；这股"怨怼"之气无处宣泄，终于酿成一场大旱，二年不雨以致赤日炎炎似火烧、千里禾苗尽枯焦。天灾与人祸是一对孪生兄弟，总是联袂而来坑害着百姓，这也是一条规律。

"安得凉泠云"至篇末是第四段，写诗人的祈求与希望：他祈求上天能让阴云霹雳能带来滂沱大雨，驱除瘟疫、滋润禾苗；诗人自己也能扬帆远游，饱尝无边秋色。诗人宁可向天祈求，也不寄希望于统治者，因为统治者比天更无情，人祸大于天灾。但很快诗人又回到现实：现实是长风驱散了阴云仍然是烈日炎炎，百姓仍然陷在污泥中，对天和人的希望都破灭了，诗人只能斜倚船舵热泪纵横。

全诗真实地反映了天灾人祸造成的人间悲剧，质朴无华的语言饱含着深厚的感情，对苦难的吴越百姓流出赤诚的同情与关注，充满了人道主义精神。

【阅读延伸】

苏舜钦与梅尧臣的个人遭遇、思想感情以及诗的风格都大体相似，无愧人称"苏梅"。他们不断地替百姓"鼓与呼"，那时没有"人民诗人"这一桂冠，如果有的话倒是可以赋予他们。但是也只能"鼓与呼"而已，这是历代"人民诗人"共同的无奈。北宋的冷酷现实造就了"苏梅"这样冷峻的诗人，诗歌是时代的产物，诗人也是时代的产物。

44. 蚕 妇（张俞）

昨日入城市，归来泪满巾①。
遍身罗绮者②，不是养蚕人。

【作者简介】

张俞，屡考进士不第，后隐居四川青城山白云溪，闭门著书，号白云先生。他的诗质朴清新，流畅自然。《蚕妇》以养蚕人身份控诉社会的不平等。

【释疑】

① 巾：汗巾。
② 罗绮：丝织品，轻软有空的叫"罗"，有花纹的叫"绮"。

【今译】

　　　　昨日我到城市去，归来泪水湿汗巾。
　　　　身穿绫罗绸缎者，没有一个养蚕人。

【赏析】

这首诗与李绅的《悯农》，都是妇孺皆知的名篇。之所以广为流传，因为它替劳动者说话，读来又朗朗上口易于背诵。这首诗以简洁的语言，记录了"蚕妇"的控诉，从对比中揭示劳动者与剥削者的不平等。一、二句的"入"与"归"引起蚕妇感情上的极大震动，以致到了"泪满巾"的程度。三、四句交代"泪满巾"的原因，用"罗绮者"与"养蚕人"对比，点明主题。"泪满巾"写出人们的无奈,种米的吃糟糠,织布的穿破衣,盖楼的住窝棚,只有"官二代"居高位、"富二代"享富贵。人与人不平等是一个历史毒瘤,不知哪年哪月才能消除掉。

45. 乡 思（李觏）

人言落日是天涯，望极天涯不见家。
已恨碧山相阻隔，碧山还被暮云遮。

【作者简介】

李觏（gòu），应试不第，成立盱（xū）江书院，一生主要在教书，授徒甚众，人称盱江先生。后由范仲淹举荐任太学助教，又升直讲。李觏通经术，书教得不错，以文章著名；其诗清丽婉转，常有佳句。《乡思》写想家但不能回家的怨恨。

【今译】

人都说太阳落处就是天边，望到天边家乡还是望不见。
可恨青山隔断了我的视线，青山又被暮云遮得密密严。

【赏析】

头两句是个对比，用天涯可望而家乡不可望写回家之难。家乡不会比天涯更远，而是咫尺天涯却由于某种原因回不去。后两句把回不去家的怨恨转移到"青山""暮云"身上，先是恨"青山"隔断遥望家乡的视线，而"青山"又被"暮云"遮住，家乡更望不到了。这首诗的妙处是围绕"望"字来写，层层推进，由"望"而到"无望"。人们常用"可望而不可即"表达想得到某种东西而得不到的失望，李觏所写不仅"不可即"而且"不可望"，那就是"绝望"了。

题杜子美书室（赵抃）

直将骚雅镇浇淫，琼贝千章照古今①。
天地不能笼大句，鬼神无处避幽吟②。
几逃兵火羁危极，欲厚民生意思深③。
茅屋一间遗像在，有谁于世是知音？

【作者简介】

赵抃（bàn），号知非子，官殿中侍御史，敢于弹劾权贵，人称"铁面御史"，曾在成都、青州等地做官。他的诗语言质朴，风格刚健。

【题解】

《题杜子美书室》是评价杜甫的。杜子美，即杜甫。书室，指成都杜甫草堂。

【释疑】

① 雅：指《离骚》和《诗经》中的《雅》。镇：压制。浇淫：指内容不健康的文学作品。浇，薄。琼贝：形容杜甫诗价值珍贵。琼，宝玉。

② 天地不能笼大句：指杜甫诗气魄宏大，能笼盖天地。鬼神无处逃幽吟：指杜甫诗剖析事理深刻，鬼神在他笔下都露出原形。

③ 羁危极：指杜甫生活环境非常艰难。羁，束缚。厚民生：关心民生。

【今译】

  杜甫诗可比作骚雅二经，其价值如琼贝光照古今。
  气魄宏大能笼盖天地，析理深刻让鬼神现身。
  几度避兵火处境危险，穷年忧黎元关心民生。
  茅屋遗像今天仍还在，世上有谁能是知音人？

【赏析】

  赵抃曾三次镇守四川，游成都杜甫草堂时写了这首诗。杜甫的诗博大精深，想用一首诗概括地做出评价是很难的，我们且看赵抃是怎样评价杜甫的。

  首联先说杜甫诗光辉的成就和崇高的历史地位：杜甫的诗可与《离骚》《诗经》相提并论，起到了压制浇薄世俗和淫巧诗风的作用，其价值如同"琼贝"那样珍贵，洋洋千首光照古今。"浇淫"既指世俗又指诗风，有关教化；"琼贝"指其艺术性，"直"是毫无疑问的意思，语气正大而坚定。

  二联进一步赞颂杜甫的诗：诗的气魄笼盖天地，横亘六合；对事理的剖析深刻，让万事万物包括鬼神都原形毕露。三联评价杜甫的人品：历尽丧乱，兵火中四处流离、经受苦难，但"穷年忧黎元"，以羁危之身仍怀厚民之意，是顶天立地的伟人。尾联发感慨：杜甫的茅屋与遗像都还在，天天来瞻仰的人络绎不绝，但有几个人能真正了解杜诗的深意而可称为"知音"的呢？

  这首诗开篇高屋建瓴、气度非凡，结尾意味深沉，对杜甫的评语掷地有声，赵抃可算得上是一个杜甫的"知音"了。宋人推崇杜甫，多从"每饭不忘君"着眼，赵抃则重在赞扬杜甫"欲厚民生"，其高见卓识远超出一般宋人。

六、宋辽金诗

47. 咏　柳（曾巩）

乱条犹未变初黄①，倚得东风势便狂。

解把花飞蒙日月②，不知天地有清霜。

【作者简介】

　　曾巩，唐宋八大家之一，以散文著称，诗也写得不错。钱钟书先生在《宋诗选注》中说："就'八家'而论，他的诗远比苏洵、苏辙父子的诗好，七言绝句更有王安石的风致。"

【题解】

　　《咏柳》看似咏物，实是一首意蕴含蓄的讽刺诗。"柳"因柳絮乱飞被视为轻狂物，这首诗以柳喻轻狂人。

【释疑】

　　① 初黄：刚刚长成嫩芽。黄，指柳树嫩芽的颜色。
　　② 解：知道。

【今译】

　　杂乱的枝条刚刚长出嫩芽，就倚仗东风摇摆飞舞猖狂。
　　只知道柳絮可以蒙盖日月，不知道天地就要洒下清霜。

【赏析】

　　头两句说柳树还没长成，就倚仗东风狂飞乱舞、气焰嚣张，一个"狂"字透出贬义。后两句说，柳树只知道絮花可以蒙住日月而自以为了不起，不知道天地很快就要下一场清霜，其命却已在旦夕。

这首诗借柳树的"狂",讽刺现实生活中那些得势一时、有恃无恐的势利小人必遭覆灭的必然结局。诗含哲理,耐人寻味。曹雪芹说:"子系中山狼,得志便猖狂。"指的就是柳树这一类的物或人。

48. 西 楼（曾巩）

海浪如云去却回①，北风吹起数声雷。
朱楼四面钩疏箔②，卧看千山急雨来。

【释疑】

① 如云：指海潮的浪花如云。

② 钩：挂。朱楼：即诗题所说的"西楼"。疏箔：稀疏的帘子，用来防雨的。

【今译】

　　海浪如白云，涌去又涌回；北风呼啸紧，炸响数声雷。
　　西楼四面雨，疏帘高挂起；卧看高山顶，急雨来如飞。

【赏析】

　　这首诗写在楼上看海浪、大风、急雨的景象。首句写浪，二句写风，三、四句写雨。海水无风三尺浪，何况北风呼啸；风又引出雷，雷再引来雨，于是涛声、风声、雷声、雨声汇成一支交响乐，震耳欲聋，山动楼摇。"疏箔"本是用来防雨的，此时却高高挂起醉卧楼上，看浪花翻滚、风雨交加，当别有一种情致。诗人把这一海边奇景写得气势非凡，读后令人精神为之一振。有人说这首诗所写的风雨交加景象比喻北宋险恶的政治形势，似乎过于牵强了，不如把它看作写景诗来欣赏更好些。

49. 晓霁（司马光）

梦觉繁声绝，林光透隙来①。
开门惊乌乌，余滴堕苍苔②。

【作者简介】

司马光，北宋重臣，官至翰林学士，为人光明磊落，律己甚严，但政治上保守，是反对王安石变法的领头人。王安石变法失败后，司马光出任宰相，废除新法，恢复旧制。司马光的主要成就是史学，他花费十九年时间编著了一部《资治通鉴》，是继司马迁《史记》后的一部辉煌历史著作。他的诗作不多，诗风幽淡，于质朴中见才情。

【题解】

晓霁，意思是早晨雨后转晴。霁，指雨后或雪后转晴。

【释疑】

① 觉：觉察。繁声：指雷雨交加的声音。隙：指树林的空隙。
② 余滴：指雨后树上留下的雨滴。

【今译】

梦中醒来觉察雨声已停，林间空隙透进一缕光明。
推门出外惊起乌鸦一片，树上雨点落入青苔丛中。

【赏析】

这是一首纯写景诗，所写时间当是夏日清晨。下了一夜雨，清晨起来发觉雨已停了，屋中射进一缕阳光，于是出门看看却惊起一群乌鸦，而乌鸦的飞动又震落了树上留有的雨点，雨点滴入青苔之中马上消失了。几个动作连续写来，透露出诗人闲适的心情。诗情一般，画意却浓。

50. 鸡（司马光）

羽短笼深不得飞，久留宁为稻粱肥^①？
胶胶风雨鸣何苦^②，满室高眠正掩扉。

【题解】

　　这是首咏物诗，显然是借物表达某种情怀。究竟表达的是种什么情怀？需要结合诗人写这首诗时的处境和心态来解读。

【释疑】

　　① 宁为：难道为了。

　　② 胶胶：固执。

【今译】

　　羽毛短笼子深不能飞翔，久居此莫非是贪吃稻粱？
　　风雨中又何苦固执地叫，满屋人紧闭门睡得正香。

【赏析】

　　这首诗从字面意义不难理解：一只羽毛很短的鸡困在一个很深的笼子里，不能飞不能跑很不舒服，可它为什么久久留在笼子里不走呢？莫非为了贪吃稻粱。从末句的"高眠"看，这是一只公鸡，公鸡司晨天一亮就叫个不停地催人起床，可满屋子的人紧掩门窗睡得正香。于是诗人责问公鸡，你的叫声没人搭理何苦还固执地叫？司马光是位政治家，整天考虑国家大事，又忙着写《资治通鉴》，哪来的闲心为一只鸡鸣不平呢？

司马光反对王安石变法，是守旧派的领袖，可皇帝（宋神宗）信任王安石，司马光被贬回老家写《资治通鉴》去了。他的心态当然不平衡，于是借鸡抒发内心的不满，表明自己反对变法完全是为了国家而没有个人目的（"稻粱肥"），可没有人理解（"高眠"）而且还有"风雨"（政治风险）。他问自己，你何苦像只公鸡似的叫个不停呢？司马光虽然这样说，可他对变法是一反到底，直至宋神宗死、高太后听政、王安石被罢相。司马光应召入朝任尚书左仆射兼门下侍郎（宰相），主持朝政，废止新法。但为相八个月后就病逝了，这才结束了他的"胶胶"而鸣。

梅 花（王安石）

墙角数枝梅，凌寒独自开①。
遥知不是雪，为有暗香来②。

【作者简介】

　　王安石，字介甫，是北宋著名政治家，神宗时曾任参知政事，同中书省门下平章事（宰相），锐意改革旧制度，推行青苗、水利、均输、保甲、免役等新政，遭到守旧势力强烈反对，变法失败。王安石忠直耿介，个性倔强，人称"拗相公"。王安石又是北宋著名文学家，诗文兼长，其文笔力雄健，是唐宋八大家之一。其诗早期多表达他的政治见解，长于议论，风格峭直；晚期转向深婉。王安石在宋诗人中是一大家，对确立宋诗风格有重要贡献。

【题解】

　　《梅花》是一首咏物诗，咏物诗都是借物抒情。这首诗借咏梅花为自己画像。

【释疑】

　　① 凌寒：不畏严寒。
　　② 暗香：淡淡的花香。

【阅读思路】

　　从"墙角""凌寒""独自""暗香"几个词入手，解析这首诗。

六、宋辽金诗

【今译】

　　几株白梅墙角栽，不畏严寒独自开。

　　遥望就知不是雪，因有清香扑鼻来。

【赏析】

　　王安石政治上有远大抱负，个性又倔强，所以他咏物不喜欢经不住风霜的桃李，而爱不怕雪压霜欺的梅花。首句用"墙角"写梅的冷清，不为人重视，暗喻自己政治上的孤立无援；二句用"凌寒"写梅的坚强，用"独自"写梅孤傲不群的品格，暗喻自己力排众议坚持变法的决心；三、四句以"雪"比花，写梅既有"雪"的纯洁又有花的"暗香"，喻自己有超出一般常人的独到之处，而"暗香"则指明自己变法的意义众人还没觉察到。这首诗是诗人的自我画像，立意深远而从一个更高的层次写梅的品格和神韵。

52 元　日（王安石）

爆竹声中一岁除，春风送暖入屠苏①。
千门万户曈曈日，总把新桃换旧符②。

【题解】

元日，指农历正月初一，即春节。这首诗写过春节的习俗。

【释疑】

① 一岁除：一年过去了。除，过去。屠苏：用屠苏草浸泡的酒。

② 曈曈（tóng）：明亮的样子。桃符：旧时风俗，春节前在桃木上画神荼、郁垒二神像，然后贴在门上用以辟邪。

【今译】

　　大年除夕，彻夜响着爆竹；春风送暖，全家欢饮美酒。
　　朝阳初升，照亮千门万户；除旧迎新，门上又换桃符。

【赏析】

这首诗写新年的欢乐气氛，首句从除夕夜写起，家家燃放爆竹欢送旧的一年、迎接新的一年。二句写全家欢聚一堂饮酒庆贺。三句写元旦清晨朝阳初升，千家万户欣欣向荣。四句用"新桃换旧符"既写过年风俗，又表示新的一年将百事如意，一切邪恶将远远避去。诗的格调是明快的，心情是兴奋的。这一年王安石的新法冲破种种障碍得以实施，他的心情当然是愉快而且充满信心。

泊船瓜洲（王安石）

京口瓜洲一水间，钟山只隔数重山①。
春风又绿江南岸，明月何时照我还②。

【题解】

宋神宗熙宁八年二月，王安石第二次入京拜相，从南京回汴梁途中船停瓜洲，然后写下了这首诗。瓜洲，在长江北岸扬州市南面。

【释疑】

① 京口：即今江苏镇江市，在长江南岸。一水间：一水之隔，"水"指长江。钟山：即紫金山，指南京市。

② 绿：染绿，这里用作动词。还：指归隐回家。

【今译】

从京口到瓜洲过江就到，从瓜洲到南京数山之遥。
春风又染绿了江南花草，何时能乘明月回家终老。

【赏析】

首句以欢快的笔调写他从京口渡江抵达瓜洲，"一水间"形容船行之快，与他复相的心情是一致的。二句以依恋的心情写对钟山的回望，王安石初次罢相后寄身钟山，现在离开了却有些恋恋不舍。三句转向写春风吹拂下江南生机盎然的大好景色，引出四句的"明月何时照我还"。王安石家在江西临川，他想到江南景色如此美好，我何时能回家安度晚年呢?

功成身退是儒家的传统思想,但出现在王安石这样一个锐意改革又性情倔强的人身上却意味深长。他初次拜相推行新法,受到了来自各个方面的攻击,最后改革失败。现在二次拜相,不能不有所顾忌。这首诗前三句表现了复相的喜悦,第四句又想到归隐回家,反映了官场的险恶,也反映了王安石在改革与归隐之间犹豫的矛盾心情。一方面"心存魏阙",一方面又想功成身退,这正是儒家知识分子的典型心态。

关于这首诗第三句的"绿"字,据洪迈《容斋续笔》记载,王安石曾在草稿上反复修改了十几次,试用过"到""过""经"等字,最后才选定"绿"字。一个"绿"字把看不见的春风换成鲜明的视觉形象,写出了春风的神韵,极富表现力,这就是所谓的"炼字"之功。

商 鞅（王安石）

自古驱民在信诚①，一言为重百金轻。
今人未可非商鞅，商鞅能令政必行②。

【题解】

这是首咏史诗。商鞅，原姓公孙，名鞅，因封于商地而人称商鞅。战国末期，商鞅任秦相协助秦孝公变法，使秦国强盛起来。王安石与商鞅都是主张变法的政治家，商鞅变法曾遇到很大阻力但最后成功了；王安石变法遇到的阻力更大，商鞅自然在王安石心目中占有重要位置。这首诗意在总结商鞅变法的经验。

【释疑】

① 驱民：驱使人民，意思是治理国家。在信诚：讲信用。一言为重百金轻：商鞅的新法颁布后无人执行，为取信于民商鞅在南城立一木杆，宣布有搬到北城者赏十金。人皆以为是戏言而无人去搬，赏金增至五十金仍无人去搬。唯有一人将木杆搬到北城，商鞅果然赏五十金。由此，新法逐步推行开来。

② 非：非难，指责。能令政必行：能使政令得到执行。

【今译】

自古治国在于取信于民，兑现承诺一言重过百金。
现今人不要去非难商鞅，商鞅能使政令得到执行。

【赏析】

　　商鞅属于法家，他的变法以严酷执法著称，历来遭到儒家的非难。这首诗一、二句充分肯定商鞅变法的"信诚"，是历史经验的总结。三、四句看似为商鞅辩诬，实际是对攻击自己新法的人的回答。王安石提出"诚信"二字，肯定商鞅"能令政必行"，这一点确实是变法成败的关键。王安石变法失败，主要原因是保守势力过于强大，但没能取信于民且有令不行也是重要原因。曾协助王安石变法的章惇、蔡京之流打着变法的旗号组成新党，展开党争谋求个人私利，使变法失信于民。于此，反对变法的人组成了一个广泛的统一战线，包括欧阳修、苏轼等人都对新法有异议，这就注定了变法失败的必然命运。王安石认识到了"信诚"与"能令政必行"的重要性，但恰恰败在这一点上，历史的教训是深刻的。这首诗仍是通篇议论，代表着宋诗的普遍风格。

登飞来峰（王安石）

飞来山上千寻塔，闻说鸡鸣见日升①。
不畏浮云遮望眼，只缘身在最高层②。

【题解】

　　这是首登临诗，飞来峰在杭州市西湖西北灵隐寺前，因大石突兀而传说由天外飞来，故名。

【释疑】

　　① 寻：古时长度单位，一寻等于八尺。见日升：站在塔上可以观日出。

　　② 望眼：远望的视线。缘：因为。

【今译】

　　千丈高塔耸立在飞来峰顶，听说鸡鸣可望到朝日初升。
　　不必担心浮云会遮住望眼，只因为身体站在山最高层。

【赏析】

　　开头交代登临地点——飞来峰上的千寻塔，"千寻""见日升"极言其高，为后面抒发感慨作铺垫。诗人没有描绘登临所见，只写了一个传说——"鸡鸣见日升"。传说泰山日观峰"鸡初鸣时见日出"，这是将飞来峰比作日观峰。前两句不作具体描绘，因为诗人想表达的意思是后两句。一般用"浮云蔽日"比喻奸佞小人用谗言蒙蔽皇帝，这首诗的"不畏浮云遮望眼"即用此意。王安石的意思是说，我搞变法不怕小人诬陷，因为我是从朝廷利益出发，立足点高又有何惧哉。我们读此诗不必拘泥于王安石变法之事，而这两句诗说出了一个普遍哲理：站得高才看得远，这是诗的主旨。最后一句诗与苏轼《题西林壁》"只缘身在此山中"句式完全相同又都是写山，于是有人总纠缠谁抄袭谁的问题。其实这种纠缠实在没有意义，虽然句式相同但表达的意思不同，即使在句式上有所借鉴也不能以抄袭视之。

56. 葛溪驿（王安石）

缺月昏昏漏未央①，一灯明灭照秋床。
病身最觉风露早②，归梦不知山水长。
坐感岁时歌慷慨③，起看天地色凄凉。
鸣蝉更乱行人耳，正抱疏桐叶半黄④。

【题解】

葛溪驿，在今江西弋阳。驿，指官府设立的接待过往官差的旅社。这首诗是王安石由家乡临川去钱塘路过葛溪驿时所写，抒发了思家忧国的情感。

【释疑】

① 漏：漏壶，古代的计时器，根据漏水的刻度计算时辰。未央：不尽，不停。

② 风露早：最早感知风露。

③ 感岁时：指忧伤国事。

④ 行人：指诗人自己。叶半黄：指时令已到深秋，树叶黄了。

【今译】

弯月黄昏钟漏水滴声不停，床上呆望忽明忽暗小油灯。
多病之人最早感知风露寒，山高水长纵然思乡梦难成。
愤然起坐慷慨悲歌忧国事，遥望天地景色凄凉夜朦胧。
秋蝉无知阵阵聒噪乱人耳，不觉疏桐叶已半黄近寒冬。

【赏析】

  孤独一人，夜宿驿馆，人地两生，最易思乡；思乡又总与望月联在一起，可惜悬于天空的竟是半轮弯月。室外月色昏昏，室内灯光如豆，忽明忽暗，摇曳迷离，倍增惆怅，再加上滴滴答答不停的钟漏声，更让人难以入眠了——这就是首联所描写的夜间境况。二联说恍惚中好像做了一个梦回到了家乡，突然感到风吹露打浑身寒冷，梦中醒来才发觉山高水长，而回家谈何容易。三联另出新意，由思家转入忧国：想到国事危艰，大厦将倾，独木难支，不觉愤然而起慷慨悲歌；继而徘徊窗下，望到的是天昏地暗、一片凄凉。王安石是个赤诚的爱国者，对国家积弊有清醒认识，他想通过改革缓解社会危机，但阻力重重而宏图难展。三联上句的"歌慷慨"与下句的"色凄凉"写出了他既心忧天下，又壮志难酬的郁闷心情。尾联所写应是第二天早晨的情景：刚要登程，却听到蝉声聒噪，不绝于耳让"行人"心烦，而秋蝉却自鸣得意依然叫个不停。这使诗人想到，秋桐稀疏，叶已半黄，眼看冬天到了，而你这不知死活的小虫还能鼓噪几天呢。这一联看似写景，实际是象征手法，用秋蝉的无知表达他对麻木不仁的反对他的人的鄙视，也是对政局难以收拾的悲叹。

  全诗抒发了思家忧国的强烈感情，但写得曲折含蓄。清代评论家贺裳说："读临川（王安石）诗，常令人寻绎于语言之外。"从这首诗看确实是如此，我们应该到语言之外去寻求它的深意。

半山春晚即事（王安石）

春风取花去，酬我以清阴①。
翳翳陂路静，交交园屋深②。
床敷每小息，杖屦亦幽寻③。
唯有北山鸟，经过遗好音④。

【题解】

　　王安石推行新法失败后，退居江宁（今南京市）的半山园，晚年住在这里，这首诗写他在半山园的隐居生活。半山：在江宁钟山的南侧，由江宁东门到钟山，这里恰好是路程的一半，故名半山。春晚：指阳春三月。即事：即景作诗。

【释疑】

　　① 取花：指春风把花吹落了。酬：酬谢，报答。清阴：花没有了，还有叶子。这里指叶子的绿荫。

　　② 翳翳（yì）：形容树木茂盛。陂：山坡。交交：形容树木的枝叶相互覆盖。

　　③ 床敷：床铺，这里指坐具。杖：拐杖。屦（jù）：用麻葛做的鞋。幽寻：悠闲地散步。

　　④ 北山：即钟山。遗：留下。好音：悦耳的叫声。

【今译】

　　春风已将红花吹光荡尽，却还我一片浓郁的绿荫。

密林深处山坡小路幽静,园屋藏在枝叶覆盖深处。
穿麻鞋扶拐杖悠闲散步,每小息凭小几闭目养神。
猛然间北山鸟飞掠而过,将它的一串歌赠送游人。

【赏析】

  首联写春色的变化:春风把红花吹落了,又还我一片绿荫,春天依然可爱。一般人写落花总带些伤感,而王安石却不然,从"酬"字看似乎他对"清阴"更有感情。这里的"红花"令人联想到他做宰相时的荣耀,"清阴"又令人联想到他隐退后的清闲,王安石的人生态度是积极的,心胸是豁达的,不把荣辱浮沉放在心上。二联承"清阴"而来,从"陂路"的"静"和"园屋"的"深"可看出他对"清阴"生活是满意的。三联转入写人,在如此幽静的环境里,他或扶杖散步或凭几小息,恬淡安宁得很。尾联构思更妙,在静谧的氛围中,突然有一群山鸟飞过,留下一串悦耳的叫声,给园屋增添了无限生机。

  这首诗写于被罢相后,虽然政治上遭受巨大打击,生活上被迫隐居,但王安石并不颓丧,反而觉得这种隐退生活闲适得很、恬淡得很。这就是王安石的傲然风骨,一个真实的"拗相公"。

58. 送 春（王令）

三月残花落更开，小檐日日燕飞来①。
子规夜半犹啼血②，不信东风唤不回。

【题解】

　　王令，初字钟美，后改字逢原，北宋诗人。王令虽有才华，但不应科举，先后在淮安、高邮、江阴等地课馆教学，气节清高。他的诗想象丰富、构思新颖，显示了他的才气。

【释疑】

　　① 更开：还会开。檐：屋檐。
　　② 子规：即杜鹃，又名杜宇。传说啼声凄苦，直啼到口中出血还在啼。

【今译】

　　　　三月残花落多开少渐枯萎，屋檐燕子天天来回频频飞。
　　　　子规惜春啼到半夜口出血，不信春天如此挽留不回归。

【赏析】

　　诗题是《送春》，前两句写"春"，后两句写"送"。第一句"三月"点明是暮春，花是"残花"，虽然还可以"更开"，终究落的多开的少，春天要归去了。第二句写燕，"日日飞"的是老燕，"小檐"窝内还有乳燕，老燕"日日飞"是忙着给乳燕喂食，这意味着乳燕长大羽毛丰满后也要随着春天一起飞走了。于是引出后两句的"送":怎样"送"呢?这首诗是以"留"写"送",选"子规"为代表,"夜半犹啼血"地苦苦哀叫而想把春天留住。但能不能留住呢?最后一句说"不信东风唤不回",这里以"东风"代春天,说"不信""不回"就是说春天能留住。这当然是诗人的愿望,表现了爱春、惜春、挽春的思想感情。"苦吟诗人"贾岛也有首《送春》诗,末两句说"共君今夜不许睡,未到晓钟犹是春"。在春天的最后一天,诗人要一夜不睡陪春天到零点最后一刻,这倒真有"送"的味道。两首《送春》题材相同,立意也相同(惜春),贾岛是以送写"送"话说得老实,而王令是以留写"送"话说得俏皮。两相比较,总觉得王诗构思新颖,形象生动,神采飞扬,因为王诗是浪漫主义的。

59. 感 愤（王令）

二十男儿面似冰，出门嘘气玉霓横[①]。
未甘身世成虚老，待见天心却太平[②]。
狂去诗浑夸俗句，醉余歌有过人声[③]。
燕然未勒胡雄在，不信吾无万古名[④]。

【题解】

诗题《感愤》，显然有股激愤之气在胸不得不发。这首诗表现了王令想为国立功的志向。

【释疑】

① 嘘气：喘气。玉霓：指长虹。横：横亘天际。

② 未甘：不甘心。虚老：虚度此生。待见天心：意思是等待被君主任用。天心，语出《古文尚书》："克享天心，受天明命。"原指天的心意，这里指君主的心意。却太平：返回到太平盛世。却，返回。

③ 狂：本义是狂妄，这里含有自信的意思。夸俗句：意思是不同流俗。过人声：超过一般人的声音。

④ 燕然未勒：《后汉书·窦宪传》记载，窦宪曾追击匈奴单于，登燕然山勒（刻）石记功。意思是说功业未就。燕然，即今蒙古人民共和国杭爱山。胡雄：指代辽国与西夏。万古名：流传万古的英名。

【今译】

> 年方二十就已形容枯槁，出门嘘气却如贯日长虹。
> 身世虽微不甘虚度岁月，明主见用可使乱世太平。
> 自信诗句不同凡世流俗，醉后吟歌超过一般人声。
> 功业未就东辽西夏仍在，渴望靖边博得万古英名。

【赏析】

　　王令的志趣不在通过科举博取高官厚禄，而在"正己以待天下"（见王令《答刘公著微之书》），这首诗表现了他的这种志向。首联先勾勒自己的形象与气质："二十男儿"正血气方刚，而他却形容枯槁、面色如冰，可见贫困的生活给予他的折磨多么无情；但他没有被压倒，却锻炼出一股如贯日长虹的浩然正气，"出门嘘气玉霓横"写出了他的不凡气质。二联写他的志向：身世虽低微，但不甘心虚度此生而时刻等待君主任用治理乱世。王令生活的年代，北宋积贫积弱，每年要向辽国和西夏进贡大量绢银屈辱求和。王令决心用自己的才干改变这种局面，使国家返回太平盛世，"待见天心却太平"是他的一贯志向。三联用他的诗句写他的秉性："狂去诗浑夸俗句"是说自信自己不同于碌碌无为的流俗；"醉余歌有过人声"是说他的忧国忧民之情超过一般人。尾联直接述志：渴望像窦宪那样驱逐"胡雏"、立功边塞，并博得万古英名。"胡雏"指辽国与西夏，表现了对强敌的蔑视。

　　王安石称赞王令"卓荦（luò）高才"。他确实心有大志，他的诗也有股奋发向上的刚正之气。这首诗直抒胸臆，意蕴深厚。

荆州十首（选二）(苏轼)

游人出三峡，楚地尽平川①。
北客随南贾，吴樯间蜀船②。
江侵平野断，风卷白沙旋③。
欲问兴亡意，重城自古坚④。

朱槛城东角，高王此望沙⑤。
江山非一国，烽火畏三巴⑥。
战骨沦秋草，危楼倚断霞⑦。
百年豪杰尽，扰扰见鱼虾⑧。

【题解】

苏轼，字子瞻，号东坡居士，眉州眉山人（今四川眉山市）。出身于书香门第，与父苏洵、弟苏辙合称"三苏"，同列"唐宋八大家"。进士及第，历任翰林学士、吏部尚书等职。政治上倾向于保守派，与改革派新党政见不和，屡遭贬谪；新党失败，被召回朝，又不同意司马光完全恢复旧制，再次遭贬。再后来，皇帝重新起用新党并将苏轼逮捕入狱，其险些死在狱中。苏轼在各种政治势力倾轧中度过坎坷的一生，最后以"讥斥先朝"罪名被流放海南岛，晚年遇赦，北归途中死于常州。苏轼是个艺术全才，散文、诗、词、书法、绘画兼擅，均有很高造诣与成就。其中，散文为"唐宋八大家"之一；书法与米芾、蔡襄、黄庭坚并称"宋四家"；词是豪放派创始人与代表者。他的诗题材广泛，风格多样，或豪迈奔放，或清新秀丽，或恬淡飘逸，既有现实主义的务实又有浪漫主义的潇洒，诗的风格很难用几个字准确概括。有些诗揭露时弊反映民间疾苦，但也有些诗流露出消极情绪，这是苏轼与王安石的最大不同。

宋仁宗嘉祐四年，苏轼是年二十岁，与父苏洵、弟苏辙一同取水路出三峡赴京（开封），从此开始了他坎坷的宦海生涯与辉煌的创作道路。赴京途中，于江陵写下了《荆州十首》，这里选的是第一首和第四首。荆州，指湖北省汉南地区，治所在江陵。

【释疑】

① 楚地：荆州一带古属楚国，故称楚地。平川：平原。

② 客、贾：都指商人。吴樯、蜀船：指湖北、四川等地的船。间：间杂。

③ 江侵：指长江流过。平野断：指长江将大地南北分开。旋：飞旋。

④ 重城：指江陵，江陵自古是军事重镇。

⑤ 朱槛：红色栏杆。高王：指唐末曾在荆州一带建立地方政权的军阀高季兴。望沙：望沙楼，高季兴所建。

⑥ 非一国：指荆州地区不归一国所有。三巴：指巴郡、巴东、巴西，即四川。

⑦ 战骨：战士的尸骨。危楼：高楼。断霞：一片一片的云霞。

⑧ 扰扰：纷乱的样子。

【今译】

游人走出三峡层峦，楚地尽是一平原。

南商北客熙来攘往，吴帆之中夹杂蜀船。

一江横穿大地中断，旋风时起白沙冲天。

六、宋辽金诗

历代兴亡在此上演,军事重镇自古依然。

红栏绿瓦城东头,高王建此望沙楼。
大好江山多国有,三巴烽火畏如虎。
秋草萋萋埋白骨,高楼片片云霞浮。
百年豪杰浪淘尽,唯见鱼虾江中游。

【赏析】

　　第一首开头写初到荆州的感受:三峡层峦叠嶂,悬崖峭壁;走出三峡,则是一望无际的江汉平原,豁然开朗,由衷地发出"楚地尽平川"的感叹。二联写荆州水陆繁忙的景象:陆上有南来北往的商贾,水上有吴地蜀川的客船,舟车相接,熙熙攘攘,好不繁华。三联写荆州的自然景色:千里平原,大江穿流而过;旋风平地而来,卷起冲天沙柱。四川无平原也无沙尘,荆州的这种景象对初次出川的人自有一种见所未见的新鲜感。尾联换一个角度,对荆州地区作了一个历史回顾:自三国到唐末五代,荆州都是兵家必争之地,许多朝代兴亡的故事在这里上演。所以这里的城池格外雄伟坚固,江陵这所军事重镇不能不引起诗人的思古幽情。这一联是《荆州十首》的纲,以下各首所写都是与荆州有关的历代兴亡之事。

　　第二首登上望沙楼回顾历史,写五代时期军阀高季兴割据荆州的往事。首联先交代望沙楼的位置——江陵城东角,以及望沙楼的由来——高季兴所建。二联嘲笑高季兴胆怯无能:高季兴虽然在荆州建立了地方政权,但他对后梁、后唐、南汉、蜀国都曾称臣,人称"高无赖",他的政权是听别人摆布的,所以诗人嘲笑他"江山非一国";到了高季兴的儿子高从诲吹牛说要讨伐蜀国,但蜀兵一来就马上乖乖投降了,这就是诗中所说的"烽火畏三巴",诗人把高家父子的丑行记录在这里以警后世。北宋政权对辽与夏也畏之如虎,不正与高家父子相似。三联是诗人发出的感叹：荆州古战场如今已是秋草萋萋，那草下一定埋葬很多无辜士兵的白骨吧；望沙楼已今非昔比，主人早已逝去，只有楼头的片片白云在飘浮。尾联是诗人对历史现象的评论：五代十国，群枭争雄，豪横一时，当年那些"豪杰"人物如今都像江中的泥沙一样被冲刷殆尽了，只剩下一些鱼虾在江中挤来挤去。末句的"鱼虾"应是诗人在楼头所见当是写实，又和上句的"豪杰"对举相映成趣，含有诗人的讥讽之意。

《荆州十首》是组诗，诗中提到的所谓"百年豪杰"后来都被宋灭掉了。回忆这段历史，当然有赞扬宋朝一统天下的意思，也有诗人初出江湖想一展宏图的雄心。此时的苏轼血气方刚，指点江山，评论历史，傲视群雄，这十首诗是他青年时期的代表作。

61. 春　宵（苏轼）

春宵一刻值千金，花有清香月有阴①。
歌管楼台声细细，秋千院落夜沉沉②。

【题解】

这首诗当是苏轼青年时期的作品。对这首诗历来有两种解读，这里一并介绍在下面，不知你同意哪种？或者还另有第三种解读。

【释疑】

① 春宵：春夜。一刻：形容时间很短。古代一昼夜共计百刻。有：第一个"有"是散发之意，第二个"有"是具有。阴：同"荫"。

② 歌管：歌声与管弦声。夜沉沉：夜已很深了。

【赏析】

第一种解读：这首诗咏春日之夜，花儿送来幽香，月儿投下清荫，景色宜人。楼台中传来悦耳的歌管声，一群女子在院落里荡秋千，一直到深夜。表现了诗人对美好生活的追求。

第二种解读：这首诗劝人们要珍惜大好春光，"春宵一刻值千金"点明春宵（光阴）的珍贵价值，"花有清香月有阴"写春宵的美好，因此人们应如古人所说"惜寸阴，惜分阴"。但是有人却迷恋于"歌管"与"秋千"，昼夜嬉戏，醉生梦死，浪费光阴。

在这两种解读中，我觉得后一种更有意义，也更符合苏轼的气质，因为苏轼不是那种贪图生活享受的人。苏轼资质聪颖是其先天的禀赋，珍惜光阴、勤奋苦读是其后天的努力。这二者相辅相成，最后他才能成为伟大的文学家。

62. 和子由渑池怀旧（苏轼）

人生到处知何似？应似飞鸿踏雪泥①。

泥上偶然留指爪②，鸿飞那复计东西。

老僧已死成新塔，坏壁无由见旧题③。

往日崎岖还记否，路长人困蹇驴嘶④。

【题解】

子由，苏轼的弟弟苏辙的字。苏轼被任命为凤翔府通判去凤翔赴任时，苏辙来送行，送至郑州分手时他写下《怀渑池寄兄子瞻》，苏轼写此诗答和，抒发了对人生的感悟。渑池即今河南省渑池县。

【释疑】

① 踏雪泥：指鸿鸟飞过后在泥土上留下的痕迹。

② 指爪：指鸿鸟的爪印。

③ "老僧""旧壁"句：苏轼三父子出川时途经渑池，曾在老僧奉贤的寺庙投宿并在壁上题诗，苏辙《怀渑池寄兄子瞻》即写此事。新塔：僧死后修塔藏骨灰。

④ 崎岖：形容道路不平坦。蹇驴：瘸驴。嘶：驴的叫声。

【今译】

人生经历像什么？就像飞鸿踏雪泥。

泥上留下鸿爪印，鸿飞再不管东西。

老僧已死添新塔，旧壁也坏不见诗。

　　　　道路崎岖还记否，路远人乏蹇驴嘶。

【赏析】

　　苏辙写给苏轼的诗开头说"相携话别郑原上，共道长途怕雪泥"，苏轼就承"雪泥"写起而创造出"雪泥鸿爪"的著名比喻，同时还发了一通大议论。前四句议论的意思是说：人生经历有许多偶然性与不定性，就像鸿飞千里，在"泥上偶然"留下的"指爪"不过是暂时歇脚，不是终点更不是目的地。这番议论，表现了苏轼初入仕途的迷惘，是他对人生的思考。后四句转入题目中的"怀旧"：想起五年前曾在渑池奉贤的寺庙投宿，可如今奉贤已死，只留下一座"新塔"，而曾经题诗的墙壁连壁与诗都不见了。这种时过境迁的经历加上前面说的"雪泥鸿爪"，不能不让人发出人事变幻无常的感叹；再加上此去凤翔前途未卜，更让人觉得人生飘忽不定。所以尾联以"崎岖"概括这段经历，并用"路长人困蹇驴嘶"表示今后行程的艰难。

　　苏轼对人生的思考，是从具体的生活经验与感受而来，而且都伴随着生动的形象，而不作抽象的思辨与推理，所以他的诗既包含哲理又不是道德说教，耐人寻味，启人心智。

惠崇 《春江晓景》（苏轼）

竹外桃花三两枝,春江水暖鸭先知①。
蒌蒿满地芦芽短,正是河豚欲上时②。

【题解】

这是一首题画诗。惠崇是北宋的一个和尚,著名画家,《春江晓景》是惠崇所画的一幅画。苏轼的这首诗就题写在这幅画上,原诗二首,这里选一首。

【释疑】

① 先知:首先感知。
② 蒌(lóu)蒿:一种野菜,开淡黄色的花。芦芽短:指芦笋刚刚露出幼芽,因此幼芽故"短"。河豚:一种大鱼,形状如猪(豚)。欲上时:想要逆江而上。

【今译】

翠竹旁又绽开数枝红桃,春江水变暖鸭子最先知。
蒌蒿花满地芦笋正抽芽,胖河豚正想要逆江而上。

【赏析】

惠崇的原画现已失传,从诗句看应是一幅春江鸭戏图。诗题在画上,不应有题目,诗题是后人所加。诗写的时间是初春,四句诗写了六种景物:竹、桃、鸭、蒌蒿、芦笋、河豚,鸭是中心,其他都是陪衬鸭的,是鸭的嬉戏背景。第一句写翠竹红桃,红绿相映,这是江岸之景；第二句写江中之景，一群鸭子在水中嬉戏，可见春水已暖。"水暖"本是诗人的判断，偏说"鸭先知"，这是拟人手法，显得更有情趣。第三句又回到岸边，蒌蒿已茂盛，芦笋刚抽芽，显然是初春景象。第四句再回到江上，从"欲"字看，画面上应没有河豚，诗人见鸭玩得开心，联想到河豚也想参与鸭的嬉戏，所以说"欲上时"，这一联想使画中景物更加情趣盎然。六种景物看来互不相关，但以鸭为中心组织起来就疏密相间、动静互衬而意趣盎然。惠崇的画已失传，画上的诗却流传下来，可见人们对这首诗的喜爱。

这是一首饶有情趣的名作，但却引来不少争论。清人毛奇龄《西河诗话》指责说："水中之物，皆知冷暖，必先及鸭，妄矣。"有人引申出"鹅也先知"，成为笑谈。诗中的艺术形象总是个别的、最具有代表性的，它不可能也没有必要把所有相关现象都写进去，比如"鹅也先知""鱼也先知""虾也先知"，从生物学角度评论诗是名副其实的"风马牛不相及"。何况惠崇的画本来是画鸭的，与鹅何干？毛奇龄不懂诗却写《诗话》，这才是真正的"妄矣"。

赠刘景文（苏轼）

荷尽已无擎雨盖①，菊残犹有傲霜枝。
一年好景君须记，正是橙黄橘绿时②。

【题解】

　　这首诗写于杭州通判任上。刘景文名季孙，是将门之后，博学能诗，苏轼重其才而推荐他做了官，二人经常有诗唱和。苏轼到杭州时，刘景文任两浙兵马都监，时年他已近六十岁了，而苏轼写这首诗相赠是勉励他老当益壮。

【释疑】

　　① 擎雨盖：指荷叶，荷叶如盖（伞）。
　　② 君：指刘景文。橙、橘：两种水果。

【今译】

　　荷花开过已没有如伞的叶，菊花凋零只剩下傲霜的枝。
　　请记住这是一年最好季节，正是橙黄橘绿成熟收获时。

【赏析】

　　在人们通常的观念中，春天是一年中最好的季节，韩愈就有"最是一年春好处"的诗句。苏轼却说深秋最好，因为这是收获的季节。诗的第一句写"荷尽"，第二句写"菊残"，好像有些煞风景。但第三句马上一转提出"一年好景君须记"。为什么这样说呢？第四句道出理由："正是橙黄橘绿时"。这里以"橙""橘"为代表，说明万物在成熟。一年四季，春华秋实，各有千秋。秋是收获的季节，内容更为充实。正如一个人，青春固然好，生机勃勃，但中老年时期各方面都成熟了，正是为社会做贡献的时候。刘景文年轻时未做官，中年后苏轼才将他举荐为官。此诗头两句是对刘景文的安慰，不要因年老而气馁，后两句则鼓励他在晚年能取得更大成就。扩而观之，可以把此诗看作是献给那些经过风霜磨炼而有所建树的人的赞歌。

诗题是《赠刘景文》，却写了"荷""菊""橙""橘"，初看与刘景文无关，细一咂摸才知道另有深意。读了苏轼的几首诗，不知你发现没发现苏诗有个特点：就是不管写什么题材，总是将眼前景、身边物信手拈来，好像没加思索就写入诗内，竟居然满篇锦绣，如前首的竹、桃、蒌、蒿，这首的荷、菊、橙、橘。其实这些眼前景、身边物，对写诗来说都是素材。素材无所谓好坏，全看怎样组织、怎样运用。正如同一块布料，有人可以做成漂亮的短裙，有人只能做个仅可遮体的裤衩，这全看设计与剪裁的功夫。写诗同样，生活中的素材是多种多样的，如何选择，如何构思，如何组织，全看诗人的文学功底。苏轼是写诗圣手，所以眼前景、身边物任他随意运用，看似信手一拈，实则其中的锤炼功夫是早已练就了。要想写诗，必先加深文学修养，加上勤于动脑、勤于动笔，写诗就不是难事。

望湖楼醉书（苏轼）

黑云翻墨未遮山，白雨跳珠乱入船①。
卷地风来忽吹散，望湖楼下水如天②。

【题解】

　　这首诗写于杭州通判任上，望湖楼在西湖边。醉书：醉后所写。诗题前原有"六月二十七日"六个字，表明游望湖楼的时间，因为时在六月才有诗中的"黑云翻墨"和"白雨跳珠"。苏轼写望湖楼的诗共五首，这里选一首。

【释疑】

　　① 翻墨：打翻墨汁，形容天黑。未遮山：没把山完全遮住。跳珠：跳动的珍珠，形容雨急。
　　② 水如天：水像天空一样蔚蓝。

【今译】

　　乌云像打翻的墨汁遮住半个山，雨点像跳动的珍珠落入游人船。
　　忽然一阵卷地风将云吹散，望湖楼下水像天一样蔚蓝。

【赏析】

　　诗人游西湖，船行至望湖楼下，忽然涌来一片乌云像墨汁那样黑，半个天空顿时昏暗；一眨眼间，倾盆大雨铺天盖地而来，那雨点像粒粒珍珠纷纷落入游人船内。有人害怕了，惊呼快找地方避雨，但诗人却心里坦然，因为他分明见到乌云虽黑却"未遮山"，此处下雨而别处还艳阳高照，这不过是过眼云雨。果然，霎时又刮来一阵卷地风，云散天晴，天照着水，水映着天，望湖楼下水面像天空一样蔚蓝。这就是这首诗所写的景象，六月的雨来得猛去得也快，诗人将这一场风雨变幻写得十分生动，而且都是写实，看似随笔挥洒、信手拈来，其实这里面包含着诗人深厚的文学功底，只是不露痕迹罢了。这就是艺术造诣，也是写作技巧。

饮湖上初晴后雨（苏轼）

水光潋滟晴方好，山色空蒙雨亦奇①。
欲把西湖比西子，淡妆浓抹总相宜②。

【题解】

苏轼在杭州做通判时，与杭州知州陈襄关系不错，经常诗酒唱和。一次陈襄约苏轼游西湖，正赶上初晴又雨，苏轼写了两首绝句记其事，第一首写西湖的朝景与晚景，第二首写西湖的晴景与雨景，这里选的是第二首。

【释疑】

① 潋滟（liàn yàn）：形容水波动荡的样子。空蒙：形容烟雨迷茫的样子。
② 西子：指春秋时越国美女西施。相宜：合适。

【今译】

天晴时水波荡漾景色正好，阴雨天山色迷蒙同样称奇。
我想将西湖之美比作西施，淡装饰浓脂粉总是相适宜。

【赏析】

依着诗题，前两句分别写西湖"初晴"与"后雨"两种景色，先写晴时"水光"，后写雨时"山色"，用"潋滟""空蒙"来形容，用"方好""亦奇"来评价，捕捉住西湖晴雨交错中景色的变化，写出西湖之美的本质特征。后两句把眼前的西湖与传说中的西施相比较，二者哪一点相似呢？西湖是"晴方好""雨亦奇"，西施是天生丽质，淡扫蛾眉漂亮，浓抹粉黛也漂亮，在"任何时候都美"这一点上二者统一起来了。这一奇妙的比喻，真是美景、美人、美句美不胜收，由此西湖得了个西子湖的美称，湖以人传，人以湖传，西子湖誉满天下。人们对这首诗历来评价甚高，宋人武衍说："除却淡妆浓抹，更将何语比西湖？"宋人陈善说："要识西子，但看西湖。"王文浩评价更高，他说："此是名篇，可谓前无古人，后无来者。"的确，在汗牛充栋的咏西湖诗中，苏轼此诗堪称出乎其类、拔乎其萃。

【阅读延伸】

对"淡妆浓抹"四字有多种理解，有人说"淡妆"指雨天，"浓抹"指晴天；有人说"淡妆"指山色，"浓抹"指水光；还有人说"淡妆"指第一首的朝景，"浓抹"指第一首的晚景，争论不休，貌似认真。其实，诗人之意是说西湖在任何境况下都是美的，因为是用西施作比而信手拈来"淡妆浓抹"四字，"水光潋滟""山色空蒙"也只是略举一例。写西湖之美，其他林木、峰峦、堤岸、风雪等等，尽在不言中；写西施也同样，"淡妆浓抹"也只是举例，西施即使不妆不抹也不失其国色天香。拘泥于字面解诗，反而失去诗的涵盖意义，正如成语"胶柱鼓瑟"所说，不知变通而反受其害，这是读诗时应当禁忌的。

系御史台狱遗子由（苏轼）

圣主如天万物春，小臣愚暗自亡身①。
百年未满先偿债，十口无归更累人②。
是处青山可埋骨，他年夜雨独伤神③。
与君世世为兄弟，再结来生未了因④。

【题解】

宋神宗元丰二年，苏轼调任湖州知州。因为他有些诗文讽刺借变法而爬上去的权贵人物，这些人恼羞成怒屡屡弹劾他"作为诗文讪谤朝政及中外臣僚，无所畏惮"。这年八月，苏轼在湖州被捕，然后被押解到京城御史台监狱囚禁，而审讯他的人罗织许多罪名想置他于死地。被囚禁时，狱吏"顾盼狞恶"，曾问他"五代有无誓书铁券"。宋代对功勋卓著的大臣赐"誓书铁券"，五代以内家属可以免死。按惯例，"有尤誓书铁券"是对死囚的问话，所以苏轼认为此次必死无疑，于是写这首诗给苏辙，这是一首绝命诗。此案牵涉甚广，苏辙、司马光等人都受到株连。所幸后来有些元老重臣设法营救，宋神宗的祖母太皇太后曹氏又出面干预，宋神宗才从轻处理，把苏轼贬到黄州做团练副使去了。这就是文学史上有名的"乌台诗案"。御史台又名乌台，是封建社会的中央机关。这首诗原题很长，可看作诗序："予以事（因事）系（囚禁）御史台狱，狱吏见侵（威胁我），自度（自己衡量）不能堪（不能活），死狱中不得一别子由,故作二诗授狱卒梁成,以遗(留给)子由。"

【释疑】

① 圣主:指宋神宗。万木春:给万木带来春天,意即皇恩浩荡。小臣:诗人自称。愚暗:愚昧。自亡身:自己找死。

② 百年未满:还没到寿终的时候。十口:指家人。累人:连累他人。

③ 独伤神:指苏辙独伤神。

④ 未了因:永远结束不了的因缘。

【今译】

圣明君主如天神万物蒙恩,愚昧小臣遭杀祸罪在自身。
寿命未满先行死提前还债,十口之家无归宿连累他人。
处处青山可埋骨别无遗怨,只恨他年夜雨时弟弟伤神。
但愿与你做兄弟永世不变,再结来生不了缘万年相亲。

【赏析】

苏轼大苏辙四岁,兄弟俩自小一起生活一起读书,感情甚笃。苏轼被捕时苏辙任应天府(今河南商丘)判官,听到此消息后苏辙知道事情的严重性,立即上书神宗要求用自己的官职替兄赎罪,并把苏轼的家属接到自己的任所商丘去了。苏轼在狱中首先想到的是弟弟,所以写了这首诗。

这是首绝命诗,所以开头便对自己的不幸做哭诉:说皇帝是圣主,像春天一样给万物带来恩惠;又说自己愚昧而罪有应得,无非是想得到皇帝的恩赦。在那种境况下,除了做忏悔还能让苏轼说些什么呢?他怕的是连累弟弟和家人,所以二联说自己死了是"先偿债"无所谓了,可是丢下十口之家要由弟弟照管了。三联写自己的遗恨"是处青山可埋骨",自己一死不可怕,怕的是弟弟"他年夜

六、宋辽金诗 149

雨独伤神"。苏轼早年与苏辙夜间一同读韦应物的一首赠人诗,其中有这样的诗句:"哪知风雨夜,复此对床眠",兄弟俩为此非常感动,当时就约定做官后早些退休回家,享受"复此对床眠"的团圆之乐。此时苏轼想到了那个"风雨夜",早年的约定无法实现了,弟弟只能一人"夜雨独伤神"了。尾联写自己的愿望,祈求上天让他和苏辙世世做兄弟永结不了缘。

　　苏轼反对变法是他思想上的局限,但变法派大兴"文字狱"陷害苏轼是残酷且不道德的。"文字狱"一兴就无人敢说话了,文坛也将陷入沉寂。"乌台诗案"与王安石无关,此时的王安石也已下野被贬到外地去了,命运比苏轼好不了多少。

68. 东 坡（苏轼）

雨洗东坡月色清，市人行尽野人行①。
莫嫌荦确坡头路，自爱铿然曳杖声②。

【题解】

"乌台诗案"后，苏轼被贬黄州（今属湖北）弃置闲散，生活困窘。老朋友马正卿同情他，替他从郡里申请下来一块撂荒的旧营地，苏轼加以整治躬耕其中，这块撂荒空地就是东坡。苏轼在这里不仅种禾种果，还筑一居室并亲自写"东坡雪堂"四个大字，自称东坡居士。他对这块土地倾注着爱，写下了《东坡》一诗。

【释疑】

① 市人：指追逐利禄的人。野人：指甘守清贫的人。
② 荦确：形容石头路凸凹不平。铿然：形容声音清脆。曳杖：拄着拐杖。

【今译】

月下东坡雨洗后格外澄明，市人不来只有野人在躬耕。
莫要嫌那石头路凸凹不平，我爱那清脆的拄拐杖响声。

【赏析】

第一句"雨洗东坡月色清"写东坡清幽的环境：东坡虽然是僻冈荒坡，但皎洁的月光铺洒在上面，又恰逢是新雨之后碧空一尘不染，何等澄明的境界啊，自然当得上一个"清"字。二句说这种境界非"市人"所能享有,"市人"整日追名逐利,只能在尘嚣中奔波;唯有"野人"清心寡欲、远离名利,才能享受这种清幽。"市人行尽野人行"平平淡淡一句诗,让人从"市人"身上嗅到一股铜臭气,又从"野人"身上觉察出一股以贫为乐的洁雅气息。这种看似清幽实是清贫的生活,难道没有遗憾吗?有的,那个"荦确坡头路"凸凹不平就够折磨人的了。"莫嫌"二字又将这种遗憾一扫而光,诗人的心境是坦然的。四句抛出"自爱"二字,从那"铿然曳杖声"中,人们看到一个意气昂扬的孤独者正在那段石头路上悠闲地散步。一个"莫嫌",一个"自爱",写出了诗人以贫为乐、视险为夷的豪迈精神。诗人对仕途挫折抱乐观态度,毫不气馁,这一点与王安石相同。

　　这首诗将这种乐观精神和开朗心胸与东坡的自然环境交融为一,构成了浑然一体的境界,寓情于景,寄意深远,耐人咀嚼。诗人在《定风波》词中说:"莫听穿林打叶声,何妨吟啸且徐行,竹杖芒鞋轻胜马,谁怕?一蓑烟雨任平生。"词与诗异曲同工,拿来对照着读,对苏轼的认识当更为深刻。

69 海 棠（苏轼）

东风袅袅泛崇光，香雾空蒙月转廊①。
只恐夜深花睡去，故烧高烛照红妆。

【题解】

这首诗也写于被贬黄州时。《王直方诗话》记载，苏轼贬黄州，"寓居定惠院之东，杂花满山，有海棠一株，土人不知贵也"。而苏轼把这株幽居独处的海棠视为知己，数次独酌花下为之赋诗。这首诗咏的就是这株海棠。

【释疑】

① 袅袅：轻盈的样子。泛：透出，崇：高贵。香雾：指海棠花的香味。转：转移，指月色转移到长廊。

【今译】

东风荡漾，海棠花高贵端庄，月色空蒙，长廊里飘溢花香。
最担心海棠花深夜睡去，点高烛照花容通宵观赏。

【赏析】

第一句写花姿，用"泛崇光"形容海棠的高贵端庄。第二句写花香，用"空蒙"形容香飘四溢。"东风袅袅"和"月转廊"写幽静的环境。第三句"只恐夜深花睡去"写人爱花的心理活动，"睡去"是用拟人手法写花的闭合。为防止花闭合，所以第四句"故烧高烛照红妆"，要红烛高照让花打起精神连续绽放，并通宵观赏。高

六、宋辽金诗

烛照花看似痴语，正是这种痴语才能写出人爱花、惜花的深情。末句构思别致，历来脍炙人口。苏轼为什么如此偏爱这株海棠？大概因为"士人不知贵也"。苏轼遭贬，同样是"士人不知贵也"，咏海棠也是咏自己。

70. 过惶恐滩（苏轼）

七千里外二毛人①，十八滩头一叶身。
山忆喜欢劳远梦②，地名惶恐泣孤臣。
长风送客添帆腹，积雨浮舟减石鳞③。
便合与官充水手，此生何止略知津④。

【题解】

　　神宗死，哲宗继位，又起用章惇、蔡京之类新党，章惇为相。他们一上台就专门整治与他们不和的旧臣，苏轼成为重点打击迫害对象，且一贬再贬由黄州而英州（今广东英德），由英州而惠州（今广东惠阳），越放越边远越荒凉，最后流放到儋州（今海南岛儋县）。这首诗是诗人赴惠州贬所路过惶恐滩时所写。诗题前面原有"八月七日初入赣"七字，标明写作时间和惶恐滩的位置。据江西《万安县志》记载："赣州二百里至岑县，又一百里至万安，其间有滩十八……滩水湍急，惟黄公为最甚。"南方人读"黄公"如"惶恐"，这里的惶恐滩即黄公滩。

【释疑】

　　① 二毛：指头发斑白，有黑有白，故曰"二毛"。
　　② 喜欢：苏轼自注："蜀道中有错喜欢铺，在大散关上。"苏轼是蜀人，用"喜欢"代指故乡山水。
　　③ 添帆腹：指帆被风吹得如大腹鼓起。减石鳞：积雨暴涨已看

不见水流石上的波纹。石鳞,指石上波纹。

④ 合:应当。与:替。知津:知道渡口,即识途。津,渡口。语出《论语》,孔子向人问路,那人说:"你不是孔子嘛,你应当'知津'(识路)。"

【今译】

被贬七千里外的鬓发斑白人,像树叶在十八滩波浪中翻滚。
想起故乡山水忧思成梦,地处惶恐孤臣悲泣担心。
大风送我船帆满如鼓腹,积雨暴涨不见石上水纹。
我应当替官爷充当水手,论识路我岂止略微知津。

【赏析】

诗题是《过惶恐滩》,开篇由惶恐滩写起。首联写处境,二联写心境。处境是险恶的:"七千里"写贬地之远,"二毛人"写年龄之大,"十八滩"写行程之险,"一叶身"写形影之单。一个鬓发斑白的老人(苏轼此年六十岁)被贬往七千里外的荒远之地,像一只孤零零的树叶在十八滩湍急的波涛中颠簸飘零,其处境是何等险恶。此时的心境也是凄苦的:"山忆喜欢劳远梦"写思乡之凄苦,有家难归,只能梦中思念;"地名惶恐泣孤臣"写前景之凄苦,惶恐滩中思惶恐,让一个被抛弃的"孤臣"悲泣。"惶恐"二字不仅写出行途的险恶,也写出仕途的险恶,奸佞小人心狠手毒,今后不知还将罗织什么罪名进一步迫害,想起了怎能不悲泣忧愤呢。三联写水上行舟,心情转向高昂:"长风送客添帆腹",顺风行舟,帆如鼓腹,增添了快意;"积雨浮舟减石鳞",积雨水涨,舟浮江面,不见了礁石,减少了危险。一"添"一"减",使诗人的心情由凄苦转向豪放。苏轼向来心胸旷达,不会把自己总陷在凄苦中。尾联格调更加高昂,简直是向陷害他的人宣战:我本应当替朝廷做水手,因为我久经风浪,在险恶的波涛中锻炼成搏击风浪的老手了,岂止是略微"知津"呢。这话说得委婉,其实那意思是说你们将我一贬再贬,而这点打击是区区小事,我不会被压倒的。这首诗前面写凄苦后面写旷达,显示了苏轼一贯的开阔胸怀;"二毛人""充水手""略知津"等语,也显示了苏诗一贯潇洒而诙谐的风格。

纵笔三首（苏轼）

寂寂东坡一病翁，白须萧散满霜风①。
小儿误喜朱颜在，一笑那知是酒红②。

父老争看乌角巾，应缘曾现宰官身③。
溪边古路三叉口，独立斜阳数过人④。

北船不到米如珠⑤，醉饱萧条半月无。
明日东家知祀灶，只鸡斗酒定膰吾⑥。

【释疑】

① 萧散：形容须发稀少而散乱。

② 朱颜：相貌年轻。酒红：饮酒后脸色暂时发红。

③ 乌角巾：儒生经常戴的黑头巾。缘：因为。宰官身：官员的身份。

④ 过人：路过的行人。

⑤ 米如珠：形容米价昂贵。

⑥ 膰（fán）：原意是祭灶的腊肉，这里用作动词，意思是送腊肉。

【今译】

我是寂寞多病一老翁，白须稀乱又面带病容。
小儿误认为我还年轻，哪知是酒后脸色发红。

父老争看我的儒生头巾，因为我曾经是官员身份。
独立在溪边古路三叉口，斜阳中我数着过路行人。

北船不到米如珠贵，半月挨饿难得一醉。
明日东家要祭灶神，只鸡斗酒送我填胃。

【赏析】

  这三首诗写于儋州，这年苏轼六十四岁。第一首自嘲衰老：须发斑白稀疏，而且面呈病容，正是一个多病的老翁了。但小儿认为我还年轻，笑我酒后脸上泛起红色。"小儿误喜朱颜在"，也许是为了安慰老人，但一个"误"字指明"酒红"是假红而不是真红，诗人是货真价实的多病老翁了。年衰多病是令人感伤的事，但用风趣的笔调写来，表现了诗人心胸的豁达。

  第二首写处境寂寞。第一首由开头的"寂寂"到下面的"误喜""一笑"，是从寂寞到热闹；第二首先写"争看"后写"独立斜阳"，是由热闹到寂寞。苏轼虽是"罪人"，但"父老争看乌角巾"不认为他是"罪人"，仍认为他是"宰官身"。由此看出苏轼与"父老"关系密切，也看出苏轼名声在外而人人仰慕。这足以使苏轼感到温暖，但"曾现宰官身"又使他感到辛酸。"独立斜阳"写出其孤单，"数过人"写出其无聊。这首诗用恬淡的笔调含蓄地写寂寞悲凉的处境，显示出了无奈之感，更能引起读者同情。

  第三首写与儋州乡民的感情：儋州当时农业落后，苏轼在《和陶劝农六首》小序中曾说："海南多荒田，俗以贸香为业，所产秔（粳）稻不足于食。"因此"北船不到米如珠"，诗人要半年都挨饿。所喜明天就是祭灶日，乡民会把祭灶的"只鸡斗酒"送给诗人饱餐一顿。通过一件小事，诗人真切地写出了与儋州乡民深厚的感情。

　　这三首小诗,第一首写得风趣,第二首写得含蓄,第三首写得真率,共同特点是轻松幽默,体现了苏诗的一贯风格。

72 六月二十日夜渡海（苏轼）

参横斗转欲三更，苦雨终风又解晴①。
云散月明谁点缀，天容海色本澄清②。
空余鲁叟乘桴意，粗识轩辕奏乐声③。
九死南荒吾不恨，兹游奇绝冠平生④。

【题解】

苏轼被贬颍州、惠州、儋州，前后七年。哲宗死，徽宗继位，想缓解新党与旧党的尖锐矛盾，于是下令赦免一批旧党官员，苏轼才得以离开海南岛北还，此时他已经六十四岁了。这首诗写于北归渡海时，是对这七年流放生活的一个总结。诗题中特意注明"六月二十日夜"这个日期，表明他对遇赦的欣喜。

【释疑】

① 参横斗转："参"与"斗"是星辰，"参横斗转"在中原地区是天近黎明时的景象。苦雨：连绵不断的雨。终风：大风。

② 天容：天的景象。海色：海的色调。

③ 鲁叟乘桴："鲁叟"指孔子，孔子是鲁国人。"乘桴"典出《论语·公冶长》，孔子说："道不行，乘桴浮于海。"意思是，我的主张在海内无法实行，就坐上木筏子漂洋过海。轩辕奏乐：典出《庄子·天运》："北门成（人名）问于黄帝曰：'帝张（奏）咸池（乐曲名）之乐于洞庭之野，吾始闻之惧，复（再）闻之怠，卒

（最后）闻之而惑，荡荡默默，乃不自得（不能领会）。'"轩辕，即黄帝。

④ 九死：多次死。南荒：指广东、海南诸地。兹游：指在广东、海南的经历。冠平生：一生最值得记忆的。

【今译】

参横斗转快到三更，苦雨大风开始放晴。
云散月明是谁点缀，天容海色本来澄清。
孔子乘桴空有大志，轩辕奏乐领会颇精。
九死南荒我不怀恨，经历奇绝冠盖一生。

【赏析】

前四句不好理解，纪昀评这首诗说："前半纯是比体。"所谓"比体"，就是"以彼物比此物"。纪昀的意思是说，前四句的"参横斗转""苦雨终风""云散月明""天容海色"都是比喻苏轼的遭遇与心情的。我们就从"比"入手来解析这首诗。

首句"参横斗转"是夜间渡海所见，从星象判断天已接近黎明，也就是"欲三更"。其表达的意思是黑夜过去大半了，天放亮了，前面的路应该好走了。二句"苦雨终风也解晴"，是用"苦雨终风"比喻七年来的遭遇，"也解晴"是说这种遭遇终于结束了。这两句诗表达了诗人渡海北归时的欣喜心情，也表明他对徽宗抱有幻想。苏轼在海南，不仅政治上受迫害、精神上受折磨，生活也非常凄苦，按他自己的话说是"饮食不具，药石无有"，所以用"苦雨终风"比喻并不为过。

二联两句看似写景，其实另有深意。王文浩评论说，上句"问章惇也"，下句"公自谓也"。"云散月明谁点缀"，意思是说，现在云开雾散，月色明朗，我已遇赦，是章惇、蔡京这类奸佞之徒对我的宽大("点缀")吗？不是的。"天容海色本澄清"，意思是说，我本来就非常"澄清"，原本无罪，遇赦是当然的。这两句是自我申述，也是对章惇之类人的嘲笑。

三联引用两个典故，写渡海时的感慨：孔子之道博大精深，在海内尚不能实行，乃至要"乘桴浮于海"，而我也曾提出一些治国方略，在海南又做了一些传播文化的工作，但于国无补，现在同孔子一样有志难酬；北门成闻轩辕奏乐，始而"惧"，复而"怠"，卒而"惑"，他不理解轩辕之乐。同样，让人们理解我，就更难了。"空余""粗闻"四字写出了内心的感慨。

尾联是对海南生活的总结：在海南九死一生我并不怀恨，因为这一段"奇绝"的经历，让我对社会、对人生、对人性有了更深刻的理解；章惇们把我流放海南是想惩罚我，其实对我来说这是人生偏得，"冠平生"写出了诗人的自豪。苏轼的自信与旷达令人钦佩，只可惜这次北归竟死于途中了。

这首诗有写景，有议论，有感慨，内容丰富，意蕴深广。诗人旷达的胸怀、豪放的性格，以及对政敌的调侃都跃然纸上。苏轼确实是大手笔。

题西林壁（苏轼）

横看成岭侧成峰①，远近高低各不同。
不识庐山真面目，只缘身在此山中②。

【题解】

苏轼曾畅游庐山十余日，所到之处各有题咏，前后写诗八首，诗人《庐山二首》小序说："余游庐山，南北得十五六（游程达全山十分之五六），胜景殆不可胜记。"《东坡志林》又说："最后与总长者同游西林。"可见这首诗是最后写的，是游庐山的综合性总结。西林，即西林寺，又名乾明寺，位于庐山七岭之西。这首诗原题写在西林寺墙壁上，故名《题西林壁》。

【释疑】

① 横看：从正面看。侧：从侧面看。岭：指连绵不断的山峦。峰：指高出的山尖。

② 缘：因为。

【今译】

正面看长岭连绵横半空，侧面看气势峭拔成奇峰，
远近高低轮番来看，千姿百态各有不同。
游十日不识其真实面目，只因为身陷在庐山之中。

【赏析】

开篇连用"横、侧、远、近、高、低"六个方位词，写从各个

角度观赏庐山，看到庐山千姿百态"各不同"，变化万端，不可琢磨。所以结论是"不识庐山真面目"，而"不识真面目"是说没看清庐山全貌，没把握住庐山的精神实质。为什么呢？原因是"只缘身在此山中"，就是说站在一隅看山看到的只是局部，虽然变换了各种不同的观看角度，但看到的仍然是各种不同的局部，缺乏综合的整体呈现，所以"不识庐山真面目"了。这首诗的后两句蕴含着一条认识论哲理，即要认清一个事物的真面目，必须有一个由局部到整体、由微观到宏观、由具体对抽象、由分析到综合的认识全过程。可见，观山如此，观察万事万物也都如此。这首诗结合庐山的具体形象，阐发哲理是宋代盛行的典型的理趣诗。

琴 诗（苏轼）

若言琴上有琴声，放在匣中何不鸣？
若言声在指头上，何不于君指上听？

【赏析】

　　这也是一首理趣诗，是用琴作比喻阐释一个深刻的哲理，即外因是变化的条件，内因是变化的依据，外因通过内因起作用。琴尽管是乐器，但放在匣中就不鸣，因为人没有用手指去弹它。这么说手指是琴鸣的关键了，其实也不是，如果是的话就用不着琴而只捧着手指去听好了。琴是内因，手指是外因，手指弹琴铮然作声，是外因通过内因起作用，二者缺一不可。这条后来被称作马克思主义的哲理，远在九百多年前苏轼就悟到了，而且用风趣、含蓄、简练的诗的形式表述了出来。

75. 花　影（苏轼）

重重叠叠上瑶台，几度呼童扫不开。
刚被太阳收拾去，却教明月送将来。

【赏析】

　　写"花"容易写"影"难，"花"有花姿、花色、花香、花品具体可写；影子则恍惚迷离可见而不可触，如何去写？苏轼调动形象思维，抓住影子随光而现、随光而隐这一特点，赋予影子某种感情，就把影子写活了。首先"扫影"这一构思就非常新奇，"影"如何去扫？苏轼却不仅扫，而且呼童"几度"扫，表示了对影的厌恶；后两句又把太阳、月亮请进来帮忙。太阳落了，影子没了；月亮出来，影子又来了。如果仅仅表示光去影去、光来影来，这是对物理现象的阐释而不是诗。苏轼说太阳把影"收拾去"，月亮又把影"送将来"，物理现象就具有了人的感情色彩，这是拟人化的形象描绘，如此就是诗了。扫了半天影子，想说明什么问题？有人说苏轼是用"花影"暗喻王安石的新法，虽然前面冠以"花"字，也只是虚影而已。这是说王安石的新法中听不中用，从"扫"来看，苏轼要荡平新法。但神宗支持新法，苏轼自然"扫不开"；神宗死，高太后废除新法，这就是"刚被太阳收拾去"；高太后死，哲宗继位，新法重新抬头，就是"却教明月送将来"了。假如这首诗的含义真是这样，仅是一种政治纷争，其思想意义就不大了。我们抛却诗的政治背景不谈，只把它看作诗的话就包含着深刻的哲理：即有些事物

六、宋辽金诗　167

积重难返，仅凭着主观愿望去做（比如扫影）是很难成功的。通过"花影"形象阐释哲理，生动贴切又让人不觉言理，是这首诗的成功处。

【阅读延伸】

宋人崇尚"以理入诗"，理趣诗风行。上面选了三首理趣诗，想以这三首为例，对理趣诗作一小结。诗本性情，在心为志（性情），发言为诗，但也并非与理无涉，好的诗都是情与理的融合。关键在于，诗中之理不是用诗的形式干巴巴地谈经论道，而是融理于诗。"状理则理趣浑然，状事则事理昭然，状物则物态宛然"，这是诗的艺术特质。纪昀说："诗可以含理趣，但不能作理语，故理趣最难。""理语"就是干巴巴说教。所谓理趣，就是透过诗情、诗境、诗意巧发议论、妙谈哲理。好的理趣诗至少具有三个特点：第一，运用形象思维构思，融理于景，融理于情，融理于形象，兼得形象与哲理之妙。《题西林壁》融理于庐山形象，《花影》融理于花影形象，而《琴诗》虽然也在议论，也是利用琴音议论，含有琴的形象，不是纯议论。第二，多运用比兴手法，用具体可感的事物为喻，比如庐山、琴、花影等。第三，语言生动活泼，有情趣，且通俗易懂，以上三首诗都具有这种特点。"以理入诗"也有失败的例子，比如东晋的玄言诗，用诗来图解老庄哲学，深奥而无味；再比如宋诗中有些诗，理学气十足，板起面孔做道德说教。这类诗没有生命力，早就没人去看它了。

76. 吴中田妇叹（苏轼）

今年粳稻熟苦迟，庶见霜风来几时①。

霜风来时雨如泻，耙头出菌镰生衣②。

眼枯泪尽雨不尽，忍见黄穗卧青泥③。

茅苫一月陇上宿④，天晴获稻随车归。

汗流肩赪载入市，价贱乞与如糠粞⑤。

卖牛纳税拆屋炊，虑浅不及明年饥⑥。

官今要钱不要米，西北万里招羌儿⑦。

龚黄满朝人更苦，不如却作河伯妇⑧。

【题解】

这是苏轼的一首政治诗，诗的大背景是：王安石的新法正在施行，对缓解当时的社会矛盾有积极作用，但也有些弊端。苏轼对新法有不同看法，在这首诗中他谴责了他认为的新法弊端。诗的具体背景是：江浙（吴中）一带秋雨成灾，这首诗描写了雨灾给农民造成的灾难。

【释疑】

① 庶几：含有"希望"的意思。霜风：秋风，在这一句指代秋天。

② 耙、镰：都是农具。出菌：指发霉。生衣：指生锈。

③ 忍：（怎能）忍心。黄穗卧青泥：稻穗倒伏在泥水中。

六、宋辽金诗

④ 苫（shàn）：搭起茅草棚。

⑤ 赪（chēng）：赤红色，指流血。粞（xī）：碎米。

⑥ 拆屋炊：拆下屋子的木头做饭。虑浅：顾不上考虑。

⑦ 招羌儿：招抚羌儿。羌儿，指西夏。

⑧ 龚黄：指汉代渤海太守龚遂与颍川太守黄霸，他们是以恤民宽政著称的官吏。这里用"龚黄"指代推行新法的人，讽刺新法以"恤民宽政"为名而坑害百姓。河伯妇：《史记》载，战国时邺县的豪绅与女巫相勾结，假托为河伯娶妇敲诈迫害百姓。西门豹任邺县县令，施计把巫婆投入河中，治服了豪绅，为民除害。

【今译】

今年粳稻成熟太晚，希望秋天早些到来。
秋天来了大雨如泻，不能耕作耙镰生锈。
眼泪哭尽大雨不停，不忍看到稻穗倒伏。
搭棚一月田头看护，天晴收稻运回家中。
流汗流血运到市场，米价太贱不如秕糠。
卖牛纳税拆屋做饭，不顾明年挨饿无粮。
官家要钱不要稻米，招抚西夏花费高昂。
效仿龚黄人民更苦，不如嫁作河伯妻房。

【赏析】

　　这首诗分两段，前八句写天灾，后八句写人祸，天灾人祸接踵而来，农民无法生活了。开头交代今年粳稻成熟太晚，人们希望秋天早些到来；哪知秋天来了，"大雨如泻"，农民无法耕作，耙镰之类的农具都发霉生锈了，可见水灾之严重。农民们面对水灾，眼泪哭干了，但大雨仍然不停，只得眼看着稻穗倒伏在泥水中，一个"忍"字写出了农民的痛苦。为了抢救水稻，农民们在田垄搭茅棚，用一个月的时间日夜守护,好不容易天放晴了,急忙收割把稻子运回家,以为至此得救了。

下面转入写人祸:农民们手抬肩扛、汗流浃背,运粮入市,以为能卖个好价钱,岂知价钱奇贱,上好的大米卖不上秕糠的价钱。农民们同天灾做斗争,千辛万苦收获的大米只换来如此微薄的收入,被逼无奈只好卖牛纳税、拆屋做饭以解燃眉之急,暂时顾不上明年无粮挨饿了。明明是灾年,应该米珠薪桂,而米价为什么如此低呢?因为新法中的青苗法、免役法都规定农民交田赋只要钱不收米,因而造成钱荒而米价奇低。这是苏轼在谴责新法伤农的弊端之一,还有第二就是"西北万里招羌儿"。王安石为了减少边患,对西夏实行招抚政策,苏轼认为这是劳民伤财,也是新法的弊端。诗末引用两个典故,讽刺变法的人同龚遂、黄霸一样打着恤民宽政的幌子实际是在害民,实行的苛政逼得百姓都要跳河,甘做河伯妇了。

这首诗反映了苏轼对新法的偏见,夸大了新法的弊端,也反映了苏轼对农民困苦生活的同情,这后一点应该肯定。苏轼就是这样,总在他的诗文中直接地或间接地讽刺当权者,因而在改革派与保守派眼中他都是"讥谤朝政"的"罪人",乃至遭到一贬再贬的惩罚而困苦一生,由此可以见到苏轼正直的人品与率真的性情。

【阅读延伸】

苏轼富有艺术天赋,有很深的艺术造诣,是个艺术全才。仅就他的诗而论,有其他诗人很难具备的三大特色:

第一,题材广泛。国家大事,比如新法与旧制之争;社会生活,比如吴中水灾、朱陈村的逼赋;个人经历,比如历次被贬;人际关系,比如兄弟、朋友,以及与黎人的情谊;祖国山水,比如写西湖、庐山的诗;以及怀旧思古、谈诗论画等等,大至政治斗争小到牛屎、狗肉都写进了诗，视野之深广、兴趣之宽泛而非一般诗人所能。读他的诗，如读苏轼全传，也如读百科全书。

第二，风格多样。有的诗清新秀丽，赏心悦目；有的诗雄伟峭拔，振奋精神；有的诗议论精辟，振聋发聩；有的诗蕴含哲理，启迪心智；有的诗刺世愤俗，掴掌见血；有的诗哀婉凄切，让人落泪；有的诗又风趣幽默，让人捧腹。在这诸多风格中，以乐观旷达、风趣诙谐为主流，其选材、造句、用词都体现着这一特点。

第三，随意率真。苏轼写诗，无论什么题材，总是将身边物、眼前景信手拈来、举重若轻，常能妙得而就地成章，像是随意而为，但在随意中又显示了苏轼性情的率真。这一方面是性情使然，更需要深厚的艺术功力。

以上说的是苏轼的诗，再看苏轼的为人。苏轼出身世儒家庭，忠君爱民是他的主导思想，他的政治主张有正确的一面，也有偏执的成分。他反对王安石变法，也反对司马光复旧，无论正确或偏执，基本出发点都是忠君爱民，与个人利害或喜恶无关，这从他与王安石、司马光个人关系都很好可以证明。苏轼是聪明的，这种聪明成全了他的艺术成就，也伤害了他的政治生涯。苏轼有诗说："人皆养子望聪明，我被聪明误一生。惟愿孩儿愚且鲁，无灾无难到公卿。"话虽如此说，苏轼一生并没停止政治抗争，更没停止文学创作。在频繁的政治抗争中，经历如此坎坷，生活如此凄苦，文学成就竟如此巨大，实在佩服苏轼的乐观旷达与刚毅坚强。苏轼是个感情丰富的人，他诗风诙谐而个性更诙谐，喜开玩笑，所以后人派生出许多与他的个性与诗风有关的故事。传说他有个名叫苏小妹的妹妹（苏氏家谱中并无此人），聪明善诗，思路敏捷。小妹额头凸出，眼睛深凹，苏轼拿她的长相开玩笑，作诗曰："未出堂前三五步，额头先到画堂前。几回拭泪深难到，留得汪汪两道泉。"苏轼脸长耳大，又是络腮胡子,小妹微微一笑反唇相讥:"一丛衰草出唇间,须发连鬓耳杏然。口角几回无觅处,忽闻毛里有声传。"稍一思索,又占一首:"天平地阔路三千,遥望双眉云汉间。去年一滴相思泪,至今流不到腮边。"人们凭空给苏轼杜撰出一个这么聪明的妹妹,用意是什么呢?有人写诗说:"文章自古说三苏,小妹聪明胜丈夫。三难新郎真异事,一门秀气世间无。"原来杜撰出苏小妹的用意是夸耀老苏家"一门秀气世间无",可见人们对苏轼是多么热爱。

77. 次韵子瞻好头赤（苏辙）

沿边壮士生食肉，小来骑马不骑竹①。

翩然赤手挑青丝，捷下巅崖试深谷②。

牵入故关榆叶赤③，未惯中原暖风日。

黄金络头依圉人，俯听北风怀所历④。

【题解】

　　一个叫李伯时的画家画了一匹名叫好头赤的马，苏轼写了一首诗题在这幅马画上，诗前两句是"山西战马饥无肉，夜嚼长秸如嚼竹"。苏辙也为这匹马写了一首诗，并且用苏轼诗的原韵，故曰"次韵"。苏辙诗风自然朴实，名望虽不如乃兄，但诗与散文都有所成就。

【释疑】

　　① 骑竹：儿童以竹代马做游戏。

　　② 青丝：指马缰。捷：敏捷。

　　③ 故关：指中原地区。榆叶赤：此马本是红色（"好头赤"），这里用"榆叶赤"表示红色减退了。

　　④ 圉（yǔ）人：养马的人。所历：在北方的经历。

【今译】

　　北方边地壮士生吃肉，从小习惯骑马不骑竹。

　　手持缰绳飞身跨上马，身手敏捷翻山越深谷。

马到中原地区红色减,反嫌气候温暖不舒服。

低垂络头依偎养马人,追怀随北风自由驰骋。

【赏析】

  头两句不写马先写人,表现边地壮士生吃肉并从小骑马的豪迈气概,塑造了边地人粗犷、彪悍的形象。三、四句写他们手持马缰翻山越岭,身手敏捷,胆量超人。五、六句转入写马,说此马来到中原不适应这里的温暖气候反而红色减退了,也就是瘦了。虽然戴着黄金络头,但仍不舒心而低垂着头,好像在怀念当年北风中驰骋于大草原上的经历。这里是以马衬人,使人想到那些不畏严寒风沙的北方壮士。这首诗纯用口语,不事雕琢,很能体现苏辙的诗风。

神水馆寄子瞻兄 （二首）（苏辙）

夜雨从来相对眠，兹行万里隔胡天。
试依北斗看南斗，始觉吴山在目前①。

谁将家集过幽都，逢见胡人问大苏②。
莫把文章动蛮貊③，恐妨谈笑卧江湖。

【题解】

苏辙曾奉旨出使契丹（辽），其间写诗二十八首，其中四首是写给苏轼的，这里选四首中的两首。神水馆当是苏辙在辽的住处。

【释疑】

① 北斗：指北方。南斗：指南方。吴山：代指祖国山河。
② 大苏：指苏轼。
③ 蛮貊（mò）：古时称东北方的民族为"蛮貊"。

【今译】

风雨夜兄弟一直对床而眠，这次出使却远隔万里江山。
身在北方遥望着南方星斗，祖国的大好河山就在眼前。

是谁将我家文集带到辽都，每遇到契丹人都问起大苏。
千万莫要因苏文撩动辽人，妨碍我兄弟两人笑谈江湖。

【赏析】

第一首写对祖国和兄长的思念。一个风雨之夜，苏辙在契丹夜不能眠，遥望南天，想起年幼时与兄长一起读韦应物的诗，当读到"宁知风雨夜，复此对床眠"两句时很受感动，当时就"相约早退为闲居之乐"（见苏辙《逍遥堂会宿》诗序）。可现在却远隔万里不能享受"对床眠"之乐，心中很是惆怅。又望望北斗，再看看南斗，觉得祖国大好河山就在眼前，心里又有些慰藉。这一心情变化，把诗人对祖国和兄长的思念充分表现出来了。"对床眠"之事，二苏在他们的诗词中屡屡提到，可见兄弟感情深笃。

第二首赞扬苏轼的文名。首句"谁将"二字写出诗人心中的惊喜，没想到苏氏父子的文集竟传到被人们认为是"蛮貊"的契丹，每遇到契丹人都向他打听苏轼的近况，可见苏轼在契丹人心目中的崇高地位。"谁将家集过幽都"，这一疑问既有惊喜又含自豪。末两句进而自豪地提出一个新的假设问题：莫要让苏轼的诗文撩动起契丹人觊觎中原的念头，如果他们因思慕苏轼而领兵到中原来，那将打破我们兄弟高卧谈笑、纵情江湖的平静生活。这一假设，在赞扬苏轼的同时，又含着对契丹人的蔑视。苏辙受苏轼影响，心胸同样乐观旷达，诗风也富有幽默感。三苏父子作为宋代文坛的代表人物，货真价实而并非浪得虚名。

雨中登岳阳楼望君山（黄庭坚）

投荒万死鬓毛斑，生出瞿塘滟滪关①。
未到江南先一笑，岳阳楼上对君山②。

【作者简介】

　　黄庭坚，字鲁直，号山谷道人。受苏轼提携，与秦观、张耒、晁补之并称"苏门四学士"。进士出身，曾任秘书省校书郎、著作佐郎等职。黄庭坚的政治态度、仕途遭遇都与苏轼相似，也同苏轼一样，诗词书画俱佳。政治上属于保守派，受新党打击，屡次被贬往黔州（今重庆市彭水县）、戎州（今四川省宜宾市）等边远地区。黄庭坚诗学苏轼，又能自成一派，世称"苏黄"。其诗多写个人生活遭遇，讲究修辞，诗风奇拗瘦硬，是宋代江西诗派的创始人。

【题解】

　　黄庭坚被贬四川八年，宋徽宗继皇帝位才在戎州遇赦回家。路过岳阳楼，登楼望君山，思前想后，感慨万千，写了这首诗，表达了他此时的复杂心情。岳阳楼在今湖南省岳阳市，君山又称洞庭山，在岳阳市西南洞庭湖内，与岳阳楼遥遥相对。

【释疑】

　　① 投荒：被抛弃到荒远的地方。斑：形容须发黑白相间。瞿塘：指瞿塘峡。滟滪：指滟滪堆，位于瞿塘峡口的一堆黑色巨礁，是船只航行的危险地带。

② 对：面对，遥望。

【今译】

> 被贬荒远，死里逃生鬓发白，
> 瞿塘滟滪，侥幸活着渡过来。
> 未到江南，遥望家乡先一笑，
> 岳阳楼上，面对君山情满怀。

【赏析】

　　首句以"投荒万死"感慨八年的流放生活，此年黄庭坚五十七岁，故曰"鬓毛斑"。二句紧接上句，写回家时路过瞿塘峡滟滪堆，侥幸没遇险才得以"生出"。之所以有这种感觉，一是写渡瞿塘峡不易，如闯鬼门关，二也是对流放生活心有余悸。如今到了湖南，虽然还没到家，但离家乡不远了（诗人家在江西），不由"先一笑"，这是死而复生的苦笑。"一笑"之后，心有余兴，于是登上岳阳楼想放松一下心情。岳阳楼素有"洞庭天下水，岳阳天下楼"之称，"文人墨客咸聚于此"吟诗赋文已成传统，何况诗人九死一生后来到岳阳楼，虽然下着小雨但也要登楼赋诗。登上楼后，遥望君山，只见洞庭湖碧波万里，烟雨浩渺。再回想流放中的窝居生活，心潮澎湃，百感交集。遇赦的喜悦、流放的辛酸、对以往的后怕和对未来的憧憬，都包含在"楼上对君山"这默默地遥望中了。这首诗以景寓情，感情凝重。黄诗多有艰涩毛病，写这首诗时也许感情过于激动而来不及咬文嚼字，读起来倒也流畅清爽。

80. 寄黄几复（黄庭坚）

我居北海君南海，寄雁传书谢不能①。
桃李春风一杯酒，江湖夜雨十年灯。
持家但有四立壁，治病不蕲三折肱②。
想见读书头已白，隔溪猿哭瘴溪藤。

【题解】

写这首诗时，黄庭坚在山东德平县任县令。黄几复是他的同乡朋友，当时在广东四会县任县令。这首诗赞扬黄几复的人品与才学，为朋友才高而位低鸣不平。

【释疑】

① 北海：指渤海，诗人的任地山东德平靠近渤海。谢：谢绝，拒绝。

② 但有：只有。蕲（qí）：求。三折肱（gōng）：指胳膊断了三次。肱，胳膊上从肩到肘的部分，泛指胳膊。

【今译】

我在北海你远在南海，求雁寄书雁却说不能。
桃李春风共饮一杯酒，江湖夜雨独守十年灯。
主持家务只有四面墙，给人治病不求三折肱。
一心读书鬓发已斑白，瘴溪对岸传来猿哀鸣。

【赏析】

　　黄庭坚主张写诗要"无一字无来历",包括用典又不完全同于用典,还要求自己诗中的用字都能从前人的诗句中找到出处。如果真这样,那不是在炒古人的冷饭,而诗歌还能发展吗?所以他又提出"点铁成金""夺胎换骨",也就是要从古人的诗句中翻出新意,他说:"古之能为文章者,真能陶冶万物,虽取古人之陈言,入于翰墨(文章),如灵丹一粒,点铁成金也。"这理论很有点后来所说的"活学活用"的味道。有许多人追随黄庭坚的这一创作理论成为一个诗派,因黄庭坚是江西人,所以这一诗派称作江西派。《寄黄几复》充分体现了江西派的诗风,我们可以从这首诗看一看什么叫"无一字无来历",什么叫"点铁成金"。

　　首联说他与黄几复一个在北海一个在南海,相隔万里;想求大雁传信却被大雁拒绝了,因为大雁也无能为力。诗中用雁无法传书,委婉地表达了对朋友的思念。"我居北海君南海",化用了《左传》中楚成王与齐桓公的对话:"君处北海,寡人处南海,惟是风马牛不相及也。""寄雁传书"的典故出自《汉书·苏武传》,苏武被匈奴羁留北海(贝加尔湖)牧羊,曾托大雁传书请求汉武帝设法救他归汉。据说雁南归只能飞到湖南衡阳,而黄几复远在广东,大雁无法将书信传到。诗人由此生发联想,与大雁对话:我托你捎封信给朋友,大雁拒绝说我飞不到南海。"鸿雁传书"的典故已经被前人用烂了,但黄庭坚却通过将雁拟人化的手法从旧典中翻出新意,这就是"点铁成金"。二联转入回忆:"桃李春风一杯酒",是说从前我们在一起的时候在"桃李春风"中开怀畅饮,是何等的愉快;"江湖夜雨十年灯",是说现今却寄身江湖十年之久,度过了只能面对"孤灯"的不眠雨夜,这是何等的孤寂。上句的"乐"与下句的"哀"形成鲜明对照,酸甜苦辣,五味俱全。这一联的桃李、春风、江湖、夜雨等词是唐诗中的常用字，看后使人想起"春风桃李花开日""劝君更尽一杯酒""落魄江湖载酒行""巴山夜雨涨秋池"等诗句，可以说"无一字无来历"。但黄庭坚把这些陈熟的名词连缀在一起，六个名词六个意象，中间不用任何关联词，然后构成了全新的意境，可以说是"点铁成金"。三、四联转入写黄几复的人品：三联上句说黄几复持家甘守清贫，家中只有四面墙而别无长物；下句说黄几复主政能力超群，用不着像"三折肱"那样经过挫折才能悟出道理。"四立壁"引用司马相如"家徒四壁立"的典故；"三折肱"语出《左传》"三折肱，知为良医"句，意思是一个人断了三次胳膊就能成为良医，比喻人经过挫折磨炼会积累很多经验，现在的"久病成医"一语说的也是这个意思。末联写想象中黄几复的处境：他远在边地，年岁已老，做个小官，只能用读书排遣郁闷；在一片瘴雾中，从隔溪时而传来几声攀藤猿猴的哀鸣与他的读书声相应和。韩愈有诗"好收吾骨瘴江边"，李白诗中屡次写到猿鸣，这是后两句诗的来历。

　　这首诗写对朋友的思念，也为朋友才高位低鸣不平。虽然"无一字无来历"，但不露斧凿痕迹，算得上"点铁成金"的佳作，这就是"百炼钢化为绕指柔"的功夫，充分体现了江西诗派的风格。

登快阁（黄庭坚）

痴儿了却公家事，快阁东西倚晚晴①。
落木千山天远大，澄江一道月分明②。
朱弦已为佳人绝，青眼聊因美酒横③。
万里归船弄长笛，此心吾与白鸥盟④。

【题解】

此诗写于黄庭坚在吉州（今江西省泰和县）做县令时，快阁在吉州县城东边赣江边上。

【释疑】

① 痴儿：黄庭坚自称。了却：结束。东西：指东西眺望。
② 澄江：水很清的江，指赣江。
③ 朱弦：指琴弦。佳人：指知音者。聊：姑且。
④ 盟：结盟。

【今译】

痴呆儿应付完官家公事，趁晚晴登快阁眺望夜景。
千山树飞落叶云高天远，一轮月照赣江水清波平。
断琴弦不复弹世无知音，有美酒姑且把青眼一横。
吹长笛万里行乘船归去，与白鸥同隐居永结宾朋。

【赏析】

首联首句以自嘲口吻称自己是"痴儿"，意思是说不是当官的材料,只能用"了却"的态度来应付"官家事",表现了对官场的厌恶。正因为厌恶官场,所以二句接着说草草应付完"官家事"后就登上快阁欣赏晚景去了,"依晚晴"写出了游兴之浓。"痴儿"引用《晋书·傅咸传》中的话:"生子痴,了官事,官事未易了也。""未易了"诗人也把它"了却"了,可见"痴"得有理。

二联写在快阁上所见到的景色:天高地阔,落叶纷纷;明月悬空,赣江澄清。"落木"句让人想起杜甫的"无边落木萧萧下",但黄诗与杜诗意境不同,杜诗写秋天的萧索感,黄诗则表现天地广阔,可以让人自由呼吸。"澄江"句让人想起谢朓的"澄江静如练",黄诗与谢诗意境也不同,谢诗重在表现"静",黄诗则重在表现"明"。这就是黄庭坚所说的"夺胎换骨",他活用前人诗句,表现他思慕高远、屏尘绝俗的心情,是诗人胸襟旷达的写照。

三联写独自登临的孤寂感。"朱弦"句出自《吕氏春秋·本味篇》:俞伯牙善弹琴,钟子期善听琴,钟子期死而俞伯牙就"断弦"再不弹琴了。故而表明自己"痴",缺乏知音。"青眼"句出自《晋书·阮籍传》:阮籍能以青、白眼看人,对喜欢的人用青眼看,对不喜欢的人用白眼看。故而表明自己孤傲,不与俗人交往,只有对酒才聊且"青眼"一"横"(斜睨)。"聊"与"横"二字活画出诗人的孤傲神态。

尾联写今后的打算:驾一叶扁舟,悠闲地吹着笛子回到遥远的家乡,与白鸥为友过悠闲的隐居生活。"白鸥盟"语出《列子·黄帝篇》:鸥鸟只同没有欺诈心的人为友,所以诗人隐居选鸥鸟为伴。

这首诗同样体现了江西派"无一字无来历"与"夺胎换骨"的风格,同时写得风趣幽默、意境旷达,与苏轼诗很接近。

82. 病起荆江亭即事（黄庭坚）

翰墨场中老伏波，菩提坊里病维摩①。
近人积水无鸥鹭，时有归牛浮鼻过②。

【题解】

黄庭坚在戎州遇赦回家，沿江东下至江陵，得了一场病不得不卧床二十余日。病愈后游荆江亭，作组诗十首，这里选一首。即事，指眼前事。

【释疑】

① 翰墨场：指文坛。伏波：后汉名将马援，因开拓疆土有功，封伏波将军。菩提坊：相传是释迦牟尼成佛的地方。维摩：全名维摩诘，是释迦牟尼的大弟子，在佛经上是最有学问的人。

② 鼻：指牛鼻。

【今译】

　　我是老当益壮老伏波，又像菩提坊里病维摩。
　　住处积水成池无鸥鹭，只见老牛浮鼻池中过。

【赏析】

写这首诗时，黄庭坚刚刚遇赦，心里自然欣喜，但得了一场病，病中又没得到朝廷新的任命，心情又有些抑郁。这首诗写的就是这种心态。首句说自己是文坛老将，像伏波将军马援那样老当益壮，又像维摩诘那样有学问。"病维摩"是照应诗题中的"病起"。马援少有大志，老而不衰，曾说："丈夫为志，穷当益坚，老当益壮。"诗人以马援自比，表示有报国之志；以维摩诘自比，表示才能出众。但不能被重用，只能滞留荒江，心中有些不平。末两句说住处附近积水成池，但没有我一向视为知音的鸥鹭，只有老牛浮水而归露出又大又黑的牛鼻子。这两句看似写景，实则别有寄托，抒发世无知音不被人理解的落寞心情。"归牛浮鼻"是个隐喻：你瞧，那些愚蠢的老牛在一个死水塘里浮来浮去，不知污浊还洋洋自得呢。"归牛"显然比喻那些官运亨通的小人。后两句是点化唐朝进士陈咏的诗而成，陈咏诗曰："隔案水牛浮鼻过，傍溪沙鸟点头行。"陈诗是单纯写景，有景无情，黄诗则景中有情，妙趣横生，所以有人将黄的这两句诗推为"点铁成金"的范例。这首诗仍具有苏轼诗旷达风趣的特色。

83. 题胡逸老致虚斋 （黄庭坚）

藏书万卷可教子，遗金满籯常作灾①。
能与贫人共年谷，必有明月生蚌胎②。
山随宴坐画图出③，水作夜窗风雨来。
观山观水皆得妙，更将何物污灵台④。

【题解】

胡逸老，生平不详，从诗的内容看是一位不慕荣利、乐施好善的隐士式人物。黄庭坚由谪居已久的蜀川回家，后又被贬往广西宜州，这首诗写于这两次被贬之间。当时其生活较为安定，所以能以轻快的笔调赞扬胡逸老的高洁品质，抒发自己对未来生活的向往。

【释疑】

① 籯（yíng）：箱笼一类的竹器。

② 共年谷：指用自己的粮食救济贫民。明月：指珍珠。生蚌胎：蚌是生活在淡水中的软体动物，有种蚌可产珍珠。蚌含珍珠如人怀胎，比喻生贵子。

③ 宴坐：静坐，如僧人坐禅。宴，安闲。

④ 灵台：心灵。

【今译】

家藏万卷书，教子可成才；金银满箱笼，往往招祸灾。

粮食分贫人，行善不爱财；必能生贵子，明珠出蚌胎。

静坐观山景,如画巧安排;临水窗前立,夜听风雨来。

观山又观水,妙趣满胸怀;心如明镜台,洁白无尘埃。

【赏析】

首联赞美胡逸老是书香人家,家藏万卷书教子成才,而不留满箱金银招致祸灾。这一正一反的议论,是从生活实践中总结出来的哲理。"藏书"及"遗金满籝"语出《汉书·韦贤传》:"遗子黄金满籝,不如一经(经书)。"二联赞扬胡逸老的人品,他乐施好善,家有余粮就救济贫民,因而祝愿他好心有好报,像"生蚌胎"那样必生贵子,照应首句的"可教子"。"生蚌胎"语出《三国志·荀彧(yù)传》裴松之注引孔融的话:"不意双珠(两个儿子),近出老蚌,甚珍贵之。"三联转入写诗题中的"致虚斋",此斋面临山水,胡逸老静坐斋内,白天映入眼帘的是像图画一样的山景,晚上依于窗前又隐隐听到风雨声飒飒而来,充满了山野隐士的雅趣。尾联赞美胡逸老与世无争、洁身自好,以闲逸之心观山观水,皆得其妙,乐趣无穷,而山水的清秀之气又荡涤心胸,使心灵洁白无瑕、一尘不染。

黄庭坚一生仕途坎坷,受尽折磨,在许多诗中都流露出归隐之意。这首诗虽然赞扬的是胡逸老,实际也是写自己内心的向往。宋人推崇"以理入诗",这首诗以议论为主,阐发人生哲理,黄庭坚的诗也具有宋诗的普遍风格。

84. 跋子瞻和陶诗（黄庭坚）

子瞻谪岭南，时宰欲杀之①。
饱吃惠州饭，细和渊明诗。
彭泽千载人②，东坡百年士。
出处虽不同，风味乃相似③。

【题解】

苏轼喜好陶渊明诗，不仅读陶诗而且和陶诗，先写有《和陶饮酒二十首》，到了惠州又写《和归田园居八十九首》，在儋州自编成集并请苏辙写了《东坡和陶渊明诗引》。后黄庭坚读了苏轼这卷诗，写了《跋子瞻和陶诗》。放在书前面的诗文叫"引"，放在书后面的诗文叫"跋"，内容多是评价、诠释之类文字。

【释疑】

① 岭南：指苏轼流放地惠州、儋州，因地处秦岭以南，故名。时宰：指当时的宰相章惇。

② 彭泽：指陶渊明，陶曾做过彭泽县令。

③ 出处：指经历。风味：指人品与诗的风格。

【今译】

子瞻流放岭南地，章惇歹毒欲杀之。
旷达饱吃惠州饭，闲逸细和渊明诗。
渊明千载名不朽，东坡百年是名士。

六、宋辽金诗　189

经历虽然不相同,人品诗风乃相似。

【赏析】

首联介绍《和陶诗》的写作背景:被流放岭南,章惇仍处心积虑要把他置于死地,处境是何等险恶。二联写苏轼的心胸与志趣:古代岭南多瘴疠之气,大臣被流放到这里大多难以生还。唐代李德裕与北宋寇准都被贬死在这里,韩愈被流放岭南时也曾说"好收吾骨瘴江边"。虽然环境如此险恶,但苏轼不放在心里,仍然"饱吃惠州饭"而且"细和渊明诗",心胸之旷达,志趣之高雅,非同常人。苏轼在岭南还写了《纵笔三首》,表现出积极乐观的心态。据《艇斋诗话》记载,章惇读此诗大怒,立即将苏轼贬往更荒凉的儋州,确实如这首诗所写"时宰欲杀之"。三、四联将苏轼与陶渊明相比,说他俩一个是千古不朽的诗人、一个是名垂百代的高士,虽然经历不尽相同,但人品与诗风是相似的。陶渊明与苏轼从经历看确实"出处不同",陶渊明只做了一百多天彭泽令就挂冠而去归隐山林了;苏轼一生始终在宦海中沉浮,但两人都不以荣辱贫富萦怀,品格高尚,胸怀坦荡,而且诗风潇洒旷达,这一点又是多么相似啊!

黄庭坚写这首诗时,苏轼已于上年死于北归途中了。这首诗怀着真挚的感情,感慨地写出苏轼的经历、性情、品格、诗风,是对苏轼一生的总结,也是对苏轼的哀悼。

85. 泗州东城晚望（秦观）

渺渺孤城白水环，舳舻人语夕霏间①。

林梢一抹青如画，应是淮流转处山②。

【作者简介】

秦观，字太虚，后改少游，进士出身，曾任秘书省正字兼国史实录院编修。他是"苏门四学士"之一，同苏轼一样政治上属保守派，受新党打击屡次遭贬，先贬郴州（今湖南郴州）后贬横州（今广西横州）再贬雷州（今广东海康县），也是遇赦北归时死于途中。在苏轼周围的作家群中，黄庭坚以诗著称，秦观以词见长。秦观的词与诗风格相似，清新婉丽，隽秀精致，也有些诗反映人民疾苦。

【题解】

《泗州东城晚望》是一首写景诗。泗州城原址在江苏省，现已没入洪泽湖中。

【释疑】

① 孤城：泗州城四面皆水，故称"孤城"。舳舻（zhú lú）：泛指船只。舳，船尾。舻，船头。夕霏：晚上的烟雾。

② 淮流：淮河水流。转处：拐弯的地方。

【今译】

白水茫茫环绕着泗州孤城，晚霞霏霏送来了船上笑声。

林梢尽头一线青色如抹画，淮水转处应该就是此山峰。

六、宋辽金诗　　191

【赏析】

　　这首诗描绘了泗州城傍晚的景色：第一句写城外所见，四周全是一片白茫茫的大水。第二句既写"见"又写"闻"，晚霞中舟来楫往，船头笑语喧天。第三句把视线移往远处，夕阳照射下，林梢尽头青色如黛，好像是谁用笔任意"抹"上去的。用"一抹"描绘青色，显示其美，形象逼真。那"一抹"青色是什么呢？第四句作了交代，应是淮水转弯处的山峰。全诗围绕"晚""望"二字来写，"望"到的都是"晚"景，描写精致而画意甚浓，白水、孤城、舳舻、夕霏、林梢、青山用彩笔描绘下来就是一幅美丽的画卷。秦观的诗，确实清新而俏丽。

86. 春　日（秦观）

一夕轻雷落万丝，霁光浮瓦碧参差①。
有情芍药含春泪②，无力蔷薇卧晓枝。

【题解】

　　这首诗描绘春雨初晴的景色。诗题是《春日》，但诗人没对"春日"作全面描绘，而是瞄准庭院的一角，透过春雨初晴的瞬间写出自然界的美。

【释疑】

　　① 万丝：形容细雨如丝。霁光：雨后初晴的阳光。参差：形容房瓦一层一层交错排列。

　　② 含春泪：形容雨后带着隔夜雨珠的花朵。

【今译】

　　一夜雷声隐隐，落下万丝细雨；
　　晴日映照房瓦，浮起层层嫩绿。
　　芍药含雨，像有情人泪眼欲滴；
　　蔷薇静放，如弱女子卧枝不语。

【赏析】

　　一夜轻雷细雨，第二天早晨天放晴了，在春雨滋润下，庭院的一角呈现出三种景色：房瓦上泛起层层嫩绿，那是雨后新生的苔藓；芍药含着隔夜雨珠，在阳光下晶莹透明，如有情人的泪眼；蔷薇如同柔弱的女子，卧在花枝上静静开放。三种景色将庭院衬托得温馨柔和、清新雅致，这是一幅绝妙的画图。

秦观的诗，笔力纤细，用词绚丽，描绘精微。"雷"是"轻雷"，"雨"是"丝雨"，"泪"是"春泪"，"枝"是"晓枝"，加上芍药"有情"、蔷薇"无力"，极尽俏丽纤细之能事。元好问嘲笑这首诗"破却功夫，何至学妇人"。这批评有些刻薄，诗或豪放或婉约，或雄浑或绚丽，自当百花齐放，不能凭个人好恶强求一律。秦观的诗与词都属婉约派，这是他的特有风格。

次韵太守向公登楼眺望（秦观）

茫茫汝水抱城根，野色偷春入烧痕①。
千点湘妃枝上泪，一声杜宇水边魂②。
遥怜鸿隙陂穿路，尚想元和贼负恩③。
粉堞女墙都已尽，恍如陶侃梦天门④。

【题解】

秦观任蔡州（今河南省汝南县）教授时，向宗回任蔡州太守，二人过往甚密，经常在一起饮酒赋诗。向曾写《登城诗》，秦观写和诗二首，这里选一首。诗题中的"太守向公"即向宗回，"登楼"的楼指蔡州名胜嵩楼。和别人诗时用原诗的韵脚，而且韵脚的先后顺序与原诗相同，叫"次韵"。蔡州多水患，秦观在《汝水涨溢说》一文中说，"水潦为患""道路化为陂波""城堞危险，湿气熏蒸""岁岁如此"。这是这首诗的写作背景。

【释疑】

① 汝水：古河名，流经河南省汝南县（蔡州）。抱：围绕。野色偷春：指春天的绿色悄悄降临大地。烧痕：指刀耕火种的痕迹。

② 湘妃泪："湘妃"指虞舜的两个妃子娥皇、女英。《述异记》载："舜南巡，葬（死）于苍梧（在广西东部，是浔江与桂江的汇合处），尧二女娥皇、女英泪下沾竹，文（纹）悉（全）为之斑（斑点）。"相传斑竹上的斑点就是湘妃的泪痕，所以斑竹又叫湘妃

竹。杜宇魂：指杜鹃鸟的叫声。相传杜宇是古蜀国的国君，死后化为鹃鸟，叫声凄苦且一直叫到满口出血，似在召唤亡魂，所以此鸟名杜鹃，即杜宇。

③ 鸿隙陂：原是蔡州的一个水利工程。西汉末年，翟方进为相，奏请废掉鸿隙陂，从此"水无归处"，致使蔡州常年闹水灾。元和贼负恩：唐宪宗元和年间，军阀吴元济割据蔡州叛乱，为军事需要妄自改变汝水故道，使汝水泛滥成灾。

④ 粉堞（dié）：城墙上的垛口。女墙：城墙上的矮墙。陶侃梦天门：《晋书·陶侃传》载，陶侃"少时梦生八翼（翅膀）而上天门"，后来果然"位至八州都督"。陶侃是个良吏，关心民生，为民谋福祉。

【今译】

茫茫汝水环绕着蔡州城根，新春绿色装点着火种旧痕。
修竹斑斑湘妃为灾民落泪，杜鹃声声蜀王替死者招魂。
可恼庸相废鸿隙带来水害，更恨反贼改河道留下祸根。
水灾后城墙关堞俱已塌坏，祝愿向公如陶侃造福万民。

【赏析】

　　首联照应题目写"登楼眺望"，见到的是"水抱城根""野色偷春"，虽然汝水仍茫茫一片，但刀耕火种的旧痕已被新春绿色替代。"偷春"二字表明春天来之不易，是在与水灾斗争中争取来的，同时表明当地人民正在奋力重建自己的家园；"烧痕"又透露出此地农业发展落后，想重建家园不是那么容易的。二联把眼前景色与遭灾苦难结合起来写：眼前景色是片片修竹声声杜鹃，由"竹""鹃"联想到湘妃泪染斑竹与蜀王魂化杜鹃的典故，借典故写水灾给人们带来了家毁人亡、啼血招魂的灾难。三联回顾造成水灾的历史原因：

先有庸相翟方进废掉鸿隙陂，后有叛贼吴元济擅改河道，以致年年水灾贻害无穷，看来天灾源于人祸。尾联是诗人的祝愿：他看到城毁墙塌，水灾的创伤比比皆是，因而祝愿向公宗回能像陶侃那样带领蔡州百姓重建家园。这首诗对人民的苦难表示了同情，对庸相误国和叛贼作乱表示了愤恨，并规劝现任当权者为民造福，思想意义是积极的。其中，对翟方进的谴责亦不无对章惇之流的愤恨。

88. 秋 日（秦观）

月团新碾瀹花瓷，饮罢呼儿课《楚辞》①。
风定小轩无落叶②，青虫相对吐秋丝。

【题解】

秦观三十七岁中进士，先在定海任主簿，再调蔡州任教授，后进京官至秘书省正字。在京期间是他生活最安定的时期，虽然他自己说"日典春衣非为酒，家贫食粥已多时"，但从《秋日》诗看生活还算安逸闲适。之后就连续三贬，再也没有安定日子好过了。《秋日》诗写于在京时，反映了其乐融融的家庭生活。

【释疑】

① 月团新碾：指拿来新茶。月团，是茶叶名。瀹（yuè）：泡茶。花瓷：有花纹图案的精细茶碗。课：督促考核。
② 小轩：指自己住的小屋。

【今译】

手捧花瓷茶碗悠闲品茶，叫来小儿考核《楚辞》功课。
小屋风静悄悄没有落叶，一对秋虫正在吐丝营巢。

【赏析】

诗题是《秋日》，写的是秋天的日常生活。闲暇无事，泡一壶"月团"新茶，手捧花瓷茶碗在悠闲地品茗。茶足之后，叫来儿子考核他的《楚辞》功课。虽是秋风呼号、落叶纷飞的季节，但小屋内风静气爽没有一片落叶，只见一对秋虫的在吐丝营巢。一切都那么从容静谧，那对秋虫更增添了无限人生乐趣。一、二句写人情，三、四句写秋景，气氛和谐，情景交融，达到了物我两忘的境界。全诗语言朴素，画面生动，极富生活气息，显示了秦观深厚的文学功力。

【阅读延伸】

　　秦观的诗词风格俏丽，他的词又多写爱情生活，《鹊桥仙》词有"两情若是久长时，又岂在朝朝暮暮"的名句。也许因为这些，秦观给人留下一个风流才子的印象，再加上他与苏轼交往甚密，于是后人杜撰了秦观与苏轼妹妹苏小妹的爱情传说，明人冯梦龙的《醒世恒言》记有苏小妹三难新郎的故事。传说苏小妹与秦观新婚之夜，小妹洞房紧闭且门前桌上摆着三道考题，还有一个玉盏、一个银盏、一个瓦盏。丫鬟传达考试规则，三题俱中用玉盏饮酒，请进洞房；三题中二，用银盏饮茶，来宵再试；三题俱不中，用瓦盏饮水，罚外厢读书三月。秦观前两题都中，第三题是一副对联，上联是"双手推出门前月"，要求写出下联。这一下秦观为难了，苦思冥想好长时间对不出妥切下联。正苦思间，见苏轼在墙头微微一笑，将一粒小石子投入水池。秦观恍若大悟，马上对出"一石击破水中天"。于是用玉盏饮了三盏美酒，琴瑟和之入洞房了。苏小妹这个人物是杜撰的，而她与秦观的爱情故事当然更是杜撰的。人们杜撰这类故事，说明太多人仰慕才子佳人，但将秦观想象成风流才子是种误解。秦观一生受党争之害一再遭贬，遭遇是很凄苦的，死时才五十二岁。

十七日观潮（陈师道）

漫漫平沙走白虹，瑶台失手玉杯空①。
晴天摇动清江底，晚日浮沉急浪中②。

【作者简介】

　　陈师道，子无己，号后山居士。起初由苏轼举荐，任徐州教授，后任太学博士、秘书省正字等职。政治上不得意，家境贫困，生活穷愁潦倒。陈师道是江西派重要诗人，一生闭门苦吟，追求"无一字无来历"，其诗风古朴，但有的诗流于生硬艰涩。黄庭坚说："闭门觅句陈无己，对客挥毫秦少游。"即"陈无己平时出地（出门），觉有诗便急归，拥被卧而思之，呻吟如病者，或累日而后起，真是闭门觅句者也"。

【题解】

　　《十七日观潮》写在浙江钱塘江观潮的情景。"十七日"指农历八月十七日，八月钱塘江潮汛最大。

【释疑】

　　① 平沙：平坦的沙滩。钱塘江入海口形如喇叭，宽阔平坦，都是松软的沙地。走白虹：如白虹在跑动。《辞海》说："涌潮来袭时，潮头壁立，波涛汹涌，有如万马奔腾，成为自然界之壮观，潮头高度可达3.5米，潮差可达8.9米。"走：古代是跑的意思，这里形容潮涌迅急。瑶台：传说中仙人的居所。失手玉杯：打破了

玉杯。

② 摇动清江底：在清澈的江底摇动。浮沉：上下翻腾。

【今译】

潮头如白虹在沙滩急速翻腾；潮浪像仙人将玉杯琼浆倒空。

晴天的天空在清江底摇动，西下的晚日沉浮在急浪中。

【赏析】

钱塘江大潮是闻名中外的自然景观，这首诗从潮头、潮浪、潮的倒影三个方面描写江潮的壮丽奇伟景象，赞叹祖国山水的美好。首句写潮头，像白虹在沙滩上急速地翻腾；二句写潮浪，像仙人在瑶台打破了玉杯，琼浆玉液倾盆而下；三、四句写潮的倒影，晴空在江底摇动，晚日在浪中沉浮。前两句用比喻，后两句用描摹，写出潮满时的瑰丽景象。全诗没出现"潮"字，诗题中的"观潮"二字已经告诉读者这首诗在描写什么了。

90. 田 家（陈师道）

鸡鸣人当行，犬吠人当归。
秋来公事急，出处不待时①。
昨夜三尺雨，灶下已生泥。
人言田家乐，尔苦人得知②。

【题解】

这是首五言古诗，揭露徭役给农民造成的苦难。徭役即劳役，指官府强制百姓承担的无偿劳动，俗名叫出官差，是统治者剥削人民的一种方式。

【释疑】

① 公事：指为公家（官府）服徭役。不待时：不按时。
② 尔：你，你们，指田家。

【今译】

凌晨鸡鸣时人当出行，日落犬吠时人当回归。
秋来官家劳役逼得急，不分白天黑夜不定时。
昨夜大雨积水达三尺，锅灶底下淤积一层泥。
人们常说田家生活乐，田家苦难你们哪得知。

【赏析】

开头两句，用农村常见的鸡鸣狗叫点明田家日常的生活规律，即鸡鸣时出门，狗叫时回家，早出晚归，日复一日。三、四句一转，说秋天以来官家逼着田家服劳役，正常的生活规律被打破了。"不待时"，表明田家要不分白天黑夜地服劳役，自家的农事被耽搁了。五、六句举一个具体例子：昨夜一场大雨，屋里积水三尺，锅台底下一层淤泥。为什么不注意防雨呢？因为全家人整夜在服劳役，自家房倒屋塌都顾不上了。"三尺水""已生泥"表明家中连日不见炊火，老少何以果腹？屋里一层淤泥，全家何处安身？这都是徭役给田家带来的灾难。最后两句诗人反问：人人都说田家乐，田家的痛苦你们知道吗？

  陈师道是江西派诗人，这首诗却没有丝毫江西派味道，全诗都是口语，质朴自然，读来亲切。陈师道本人生活非常窘困，谈到穷人家的事自然感情激动，也顾不上"无一字无来历"了。

91 新　晴（刘攽）

青苔满地初晴后，绿树无人昼梦余①。
惟有南风旧相识②，偷开门户又翻书。

【作者简介】

刘攽（bān），与兄刘敞同年中进士，曾任国子监直讲、中书舍人等职。刘攽博学强记，曾协助司马光编著《资治通鉴》，是汉代部分的主笔。他精于史学，诗不多，但有新意。

【释疑】

① 昼梦余：午睡醒来后。
② 旧相识：老朋友。

【今译】

久雨初晴后满地青苔，午睡刚醒来绿林无人。
唯有南风是旧日朋友，偷偷挤进门将书翻开。

【赏析】

首句入题，交代天气情况：雨后初晴，青苔满地。"苔"是喜阴植物，苔已"满地"表明雨下得太久了，难得一晴心里自然非常欣喜。二句说午睡刚刚醒来，只见雨后的树林更加郁郁葱葱，但空无一人非常寂静。三句紧承"无人"说，只有南风是老朋友了，没打招呼就偷偷挤进门来翻开书在那里阅读。"偷偷"与"又"都在说明是"旧相识"，在幽默中表现了对南风的喜爱。平和的南风象征着晴天，对南风的喜爱就是对诗题所说"新晴"的喜爱。

这首诗的新意是把风比作喜欢读书的人，将风拟人化不是刘攽的创造。李白《春风》诗就有"春风不相识，何事入罗帏"的诗句；曹邺《老圃堂》诗也有"昨日春风欺不在，就床吹落读残书"的句子。这里曹诗表现的是对春风的不满，而刘诗则用"旧相识"表示对南风的喜爱，又有"偷偷"作情态描写，如此刘诗显得更加高明。到了清代，又有人写了"清风不相识，何故乱翻书"的诗句，因"清"字而被人牵强附会地指责讽刺满人无知而遭到灭顶之灾，看来诗人运用拟人手法真得小心一些。

92. 题　画（李唐）

云里烟村雨里滩①，看之容易作之难。
早知不入时人眼，多买燕脂画牡丹②。

【作者简介】

李唐，画家，善画山水画和人物画。他的山水画很注重意境的营造，据说他的画能使"观者神惊目眩"。李唐初到杭州时无人赏识，靠卖纸画糊口，生活十分艰苦，他写了这首诗讽刺当时社会上崇尚艳丽花鸟画的风气。

【题解】

画上题诗是我国绘画艺术的一大特色。早期的题画诗大多由诗人为画家或收藏家题写，到了宋代画家开始为自己的画题诗，形成画、书、诗三位一体的艺术传统，李唐是较早的为自己的画题诗的人。

【释疑】

① "云里"句：这句诗描绘的是所题之画的内容。

② 不入时人眼：不符合社会流俗。燕脂：即胭脂，画画的颜料。

【今译】

烟云小雨笼罩山村沙滩，看起来容易画起来却难。
早知道庸俗人看不上眼，就多买些胭脂去画牡丹。

【赏析】

　　从第一句看，李唐的这幅画是山水画，画面上是烟云缭绕的山村、小雨淅沥的沙滩，一静一动相映成趣，意境朦胧且富有立体感，是江南山村的生动缩影。这是画家经过精心构思才创作出来的高雅艺术品，"看之容易作之难"就交代了这一艰辛的创作过程，但没想到"时人"却看不上眼。"时人"是轻蔑语，指追求时尚的庸俗之人。"时人"为什么看不上眼？从末句的"画牡丹"看，牡丹是富贵花，庸俗之人贪图荣华富贵、醉心声色犬马而没有审美能力，岂能看上情趣高雅的山水画！"多买燕脂画牡丹"是反语，饱含着带泪的幽默，亦庄亦谐，是对庸俗人的讽刺。这首诗题目是《题画》，只有第一句涉及画，其余三句都是议论，借题发挥而富有弦外之音。这种弦外有音的写法几乎成了后来题画诗的普遍风格，比如郑燮的《题竹》："咬定青山不放松，立根原在破岩中。千磨万击还坚劲，任尔东西南北风。"再如王冕的《题梅》："猎猎西风吹倒人，乾坤无处不生尘。胡儿冻死长城下，始信江南别有春。"还有徐渭的《题墨牡丹》："五十八年贫贱身，何曾妄念洛阳春。不然岂少胭脂在，富贵花将墨写神。"

春日游湖上（徐俯）

双飞燕子几时回？夹岸桃花蘸水开①。

春雨断桥人不度，小舟撑出柳荫来②。

【作者简介】

徐俯，黄庭坚的外甥，在舅舅熏陶下七岁能诗，诗属江西派。

【题解】

《春日游湖上》是首写景诗，又名《春湖游》。

【释疑】

① 回：指燕子由南方返回。蘸（zhàn）水开：紧贴着水面开放。蘸，沾着、贴着。

② 断桥：指雨水漫过了桥。撑：用篙抵住水底使船前进。

【今译】

双飞燕子不知何时返回来？夹岸桃花紧贴水面又盛开。

春雨漫桥游湖之人度不得，柳荫深处一只小船飘过来。

【赏析】

诗人游湖上，见燕子成双成对自由飞翔，不禁发问：燕子是什么时候南回的？燕子是候鸟，秋天北归，春天南回，燕子回来意味着春天来了，用疑问句式表示对春天悄悄到来的惊喜，更富有意蕴。春天来了，夹岸皆桃，花蘸水，水托花，艳丽无比，景色绝妙，极想多游几个地方，但春水漫桥游人无法走过，不免游兴大减。恰在此时,忽见"小舟撑出柳荫来",游人的心情只能用大喜过望来形容了;而且绿色的柳荫与红色的桃花相互映衬,景色更加雅致。这首小诗,在结构上层层推进,语言明快。徐俯的诗,颇有乃舅之风。

94. 三衢道中（曾几）

梅子黄时日日晴，小溪泛尽却山行①。
绿荫不减来时路，添得黄鹂四五声②。

【作者简介】

曾几，生当北宋、南宋之间，历任江西、浙西提刑，因主张抗金受秦桧排挤而离职。曾几是陆游的老师，诗属江西派，诗风淡雅。

【题解】

《三衢道中》是首写景诗。三衢，指浙江三衢山。这首诗写旅行于山道上的乐趣。

【释疑】

① 梅子黄时：指农历五月份，梅子发黄即将成熟。泛尽：指乘船到了小溪尽头。却：改换。

② 黄鹂：黄莺。

【今译】

五月梅子熟，天气日日晴；泛舟小溪尽，改道上山行。
比较来时路，绿荫更深浓；喜见黄莺飞，偶尔叫几声。

【赏析】

首句用"梅子黄"交代时令，五月的江南多雨，现在难得地遇上"日日晴"的好天气，正是旅游的大好时机，这一句写出了心情的欣喜。二句说先是在小溪乘舟水行，两岸绿树成荫风景宜人；到了小溪尽头弃舟登山改换成山行。三句说山道上的绿荫比来时路上更浓，风景越发优雅。四句是优雅上再加优雅，偶尔飞来几只黄莺啾啾啼鸣，"鸟鸣山更幽"，又增添了无限情趣。这首小诗将山行道上的景色写得优美如画，趣味无穷。有人评价曾几的诗风"清于月白初三月，淡似汤烹第一泉"。从这首诗看，确实清如明月、淡似泉水。

小斋即事（刘一止）

怜琴为弦直，爱棋因局方①。
未用较得失，那能记宫商②。
我老世愈疏，一拙万事妨③。
虽此二物随，不系有兴亡④。

【作者简介】

刘一止，进士出身，曾任监察御史，为官正直，为文敏捷。他的诗往往别出心裁，寓意深刻。刘一止生当北宋末年，目睹了北宋的灭亡。

【题解】

《小斋即事》是用来揭露北宋世风日下而非亡不可的。

【释疑】

① 怜：爱。局：指棋盘。方：正方形。

② 得较失：指下棋较胜负。宫商：我国古代以宫、商、角、徵(zhǐ)、羽为五音，这里用"宫商"代指音乐曲谱。

③ 疏：疏远。妨：妨碍，有害。

④ 不系：没有关系。

【今译】

爱琴由于琴弦直，喜棋因为棋盘方。
有棋不用较胜负，爱琴不懂宫与商。

年老与世更疏远，性拙万事难顺畅。

虽有琴棋随身带，无关国家兴与亡。

【赏析】

　　诗题是《小斋即事》，当然要写斋中事物，诗人选择了琴与棋来写，好像是首咏物诗，读后才知另寓深意。首句交代喜爱琴棋的原因：爱琴由于琴弦直，喜棋因为棋盘方。二联补充说，喜棋不用来较胜负，爱琴不懂得曲谱，也就是不弹奏。这就很令人纳闷了，喜爱琴棋什么呢？原来另有寓意，诗人咏物咏的不是物"体"而是物"品"，是以物品喻人品。

　　"直"就是正直，不奸邪；"方"就是方正，不圆滑。这是诗人用琴棋来述志，说自己品行正直、方正。三联转入写自身：古谚说："直如弦，死道边；曲如钩，反封侯。"在一个动乱社会，品行直且方，处处碰壁；品行曲且奸，也就是曲意逢迎、拍马溜须、奸诈无耻反倒飞黄腾达。诗人因为直且方，所以"我老世愈疏，一拙万事妨"。"世与疏"就是被世人疏远，"万事妨"就是事事不顺当，万途不通。"拙"是性情愚直、笨嘴拙舌，自然无人喜欢；"拙"对面是"巧"，"巧"是奸巧圆滑、八面玲珑，而这样的人反倒讨人喜欢，万事亨通。这里字字都在说自己，又处处无不刺世风。世风如此低下，一个直且方的人已无容身之处了，所以尾联说虽然琴棋二物随身带，但也只能把自己关在小斋里，与国家兴亡没有关系。末句话外有音，什么人关系着国家兴亡呢？自然是那些奸巧圆滑的政客，现在国家在他们手里是非亡国不可了。

病 牛（李纲）

耕犁千亩实千箱，力尽筋疲谁复伤①？
但得众生皆得饱，不辞羸病卧残阳②。

【作者简介】

　　李纲曾是北宋的丞相，因积极主张抗金受到以皇帝（宋徽宗）为首的投降派的排斥，只为相七十天就被贬到武昌。后又多次上疏陈说抗金大计，均未被采纳，最后郁郁而死。

【题解】

　　《病牛》写于李纲被贬后，诗人以病牛自比，表达爱国爱民的情怀。

【释疑】

　　① 实千箱：收获很多粮食。实，果实。复伤：表示哀伤。
　　② 众生：百姓。羸（léi）：瘦弱。卧残阳：病倒在残阳下。

【今译】

　　耕种千亩田，收获粮万担；筋疲又力竭，谁曾表哀怜？
　　但求百姓饱，只知埋头干；病倒残阳下，累死也情愿。

【赏析】

　　这首诗是作者以病牛自比，诉说自己一生的遭遇与愿望。首句写牛的功劳，耕地打粮，为民造福。二句提出问题，如此勤苦操劳到头来精疲力竭，有谁表示哀怜呢？三、四句以牛的口吻回答：我不图希谁来哀怜,只求百姓温饱,即使在残阳下病累而死也绝不推辞。后两句是诗的精华,"牛"的形象更为突出高大。诗的自比寓意是明显的,"病卧残阳"既渲染了悲凉气氛把耿耿爱国爱民之心表露出来,又暗喻政治形势的危机。李纲的一生确如一头埋头苦干、死而后已的老黄牛。李纲是政治家不是诗人,他写诗是直抒胸臆、不事雕琢的,其诗风古朴。

 花 石（晁说之）

花石倡优乐未央，四维忽绝失皇纲①。
犬戎便欲据中国，鹤驾知谁从上皇②。
云外安妃情已断，尘中仙伯恨空长③。
岂无拨乱济时策，久弃蒿莱不得将④。

【作者简介】

晁说之，在北宋末年曾任著作郎、中书舍人等职，因主张抗金而被免职。北宋亡后流寓江南，死于漂泊途中。他的诗锋芒毕露，反对投降妥协，斥骂误国奸臣，哀叹国运民生，成为南宋时期爱国诗歌巨流的先声。

【题解】

《花石》即《水浒传》所写杨志运送的花石纲。宋徽宗为了追求享受，不惜人力物力到处搜集奇化异石，大兴土木，营造宫殿。当时太湖石最有名，徽宗便命令大量采运，称作"花石纲"（"纲"的意思是成批运送）。其对东南一带危害极大，著名的方腊起义就因"花石纲"而发。《花石》诗揭露的就是这一事实。

【释疑】

① 倡优：歌舞艺人。未央：未尽，没停止。四维：古时称礼、义、廉、耻为四维。《管子·牧民》："四维不张，国乃灭亡。"失皇纲：就是失去统治权，即国家灭亡。皇纲，指皇帝用来治理天下的

纲领。

② 犬戎：周代的一个民族，游牧于陕西一带，曾侵入中原，灭亡了西周，这里用犬戎指代金人。中国：指黄河流域的中原地区。鹤驾：据《列仙传》载，王子乔被道士接走成仙，三十年后乘鹤归来，因而后人称仙人为鹤驾。宋徽宗迷信道教，天天与道士一起修炼，幻想成仙，诗人用"鹤驾"讽刺他。上皇：太上皇。宋徽宗晚年传位于宋钦宗赵桓，自称"教主道君太上皇帝"。从：陪伴。

③ 安妃：本姓刘，原是酒家女子，被宋徽宗宠幸，封为安妃。诗人写此诗时安妃已死，故称"云外安妃"。尘中：人世间。仙伯：指宋徽宗宠信的那帮道士。

④ 蒿莱：野草，比喻地位低下。将：参与。

【今译】

　　运花石宠倡优纵乐荒唐，忘礼仪无廉耻导致国亡。
　　金国人逞凶狠侵占中原，仙人中又有谁陪伴上皇。
　　阴曹下安贵妃情义已断，人世间众道士空怀愁肠。
　　难道说无良策救济时政，有策人弃草野不得伸张。

【赏析】

　　首联直斥宋徽宗荒淫误国，运花石、宠倡优，追求歌舞声色，搞得四海不宁、天下大乱，最后导致亡国。宋徽宗是历史上有代表性的荒淫皇帝，其昏庸无能，自己连同儿子宋钦宗都成了金人的俘虏，最后死在被囚地即今日的黑龙江省阿城，落了个可耻下场。诗人用忘"四维""失皇纲"指斥他，表现了无法压抑的义愤。二联进一步指出金人乘虚而入，侵占中原，北宋灭亡。"鹤驾知谁从上皇"是对宋徽宗的嘲笑，这个迷信道教、一心成仙的皇帝成仙未成，却做了俘虏被囚敌国，而他宠信的那些道士们作鸟兽散没有一人陪伴他。三联上句斥责徽宗好色宠幸安妃，安妃却死了；下句斥责徽宗信道把道士视为神仙，道士却救不了他，他现在成了名副其实的"孤家寡人"。尾联说难道就没有良策拯救危局吗？有的，只是有良策的人被弃置草野，因而亡国的命运就在所难免了。这首诗谴责矛头直指宋徽宗，揭露直率，用语尖刻，骂得痛快，可谓掴掌见血。

次韵公实雷雨（洪炎）

惊雷势欲拔三山，急雨声如倒百川①。
但作奇寒侵客梦，若为一震静胡烟②。
田园荆棘漫流水，河洛腥膻今几年③。
拟叩九关笺帝所，人非大手笔非椽④。

【作者简介】

洪炎，黄庭坚的外甥，与兄洪朋、洪刍及弟洪羽都有才名，时称"四洪"。金兵南侵，攻破汴京（开封），掳徽、钦二帝，北宋灭亡，这就是历史所说的"靖康之变"（"靖康"是宋钦宗年号）。康王赵构渡江南逃，在杭州建立南宋政权，称宋高宗。洪炎也随之南逃，在途中遇大雷雨，写了这首诗。洪炎是江西派诗人，诗颇多国破家亡之叹，笔力雄健，回荡着爱国激情，具有南宋诗的普遍风格。

【题解】

公实，即郑公实，洪炎的朋友。郑写了一首《雷雨》诗，洪炎依其韵脚再写一首，故称"次韵"。

【释疑】

① 三山：指传说中的蓬莱、瀛洲、方丈三山。倒：倾泻。
② 侵客梦：惊扰客游之人的睡梦。若为：怎能。胡烟：指入侵金兵的战乱。
③ 漫流水：指水患。河洛：指开封、洛阳周围的中原地区。腥

膻（shān）：腥膻气味，指代金人，这是对金人的轻蔑说法。

④ 九关：即九重门。古称"天门九重"。这里用"九关"指代朝廷。笺帝所：给皇帝写奏章。大手：大手笔。椽（chuán）：房梁。

【今译】

惊天雷欲拔掉三座仙山，倾盆雨如崩泻灌满百川。
只能够惊客梦带来奇寒，却无法去荡平胡人兵患。
故乡田遍荆棘洪水漫漫，中原地陷敌手腥膻多年。
拟呈文奏朝廷陈情讽谏，只可惜笔太小人也微贱。

【赏析】

首联写雷雨的声势：上句写雷，惊天动地，破空而来，有拔掉海上仙山的威势；下句写雨，急如天漏，倾盆而下，霎时灌满百条大河。二联写对雷雨的感受：如此吓人的雷雨带来的是什么呢？只是带来寒冷侵扰客游人的睡梦，却不能荡平金人的兵患，北方仍在水深火热中。前两联是隐喻手法，借对雷雨的抱怨隐含对朝廷的不满，朝廷有些人像雷声雨声那样天天空喊北伐却不见行动，只是在扰民和虚张声势而已。三联转入写实：由于金兵入侵，故乡的田园荒芜了，荆棘遍野，洪水漫漫，河洛地区人民遭受金人血腥屠杀，这种国亡家破的苦难什么时候才能结束呢？尾联写自己的愤慨与无奈：本想奏请朝廷北伐，但皇门深高九重，自己人微言轻，空有报国之心却无回天之力。

诗题是《雷雨》，由雷雨想到国家与民族的灾难，感叹"河洛腥膻""田园荆棘"，表达了忧国忧时的忠愤之情。

99. 早　发（宗泽）

伞幄垂垂马踏沙①，水长山远路多花。
眼中形势胸中策，缓步徐行静不哗②。

【作者简介】

宗泽，南宋著名将领，曾屡败金兵，并极力推荐岳飞，多次上书宋高宗力主北伐、收复失地，但都被投降派所阻挠，最后忧愤成疾而死。临终之时其连呼三声"过河"，然后气绝，民间呼为"宗爷爷"。他的诗多写戎马生活。

【题解】

《早发》写行军途中的感受。早发，指早晨军队出发。

【释疑】

① 伞幄（wò）：官员出门用来蔽日、避雨的工具，实际是一种仪仗。垂垂：严整，威严。

② 形势：指敌我双方力量的对比。策：退敌的策略。不哗：不喧哗，没有声音。

【今译】

　　仪仗威严，战马踏着沙石行；
　　水长山远，一路山花相逢迎。
　　细观形势，胸中早有退敌策，
　　缓步徐行，军纪严明静无声。

【赏析】

　　首句用"马踏沙"点明是在行军途中，用"伞幄垂垂"形容军容严整威壮。二句写行军途中状况："水长山远"表示征途遥远，"路多花"一是实写一路有山花陪伴，二是显示必胜信心。三句写对军事形势的判断：敌我双方军情都了如指掌，收复失地的策略早已成竹在胸。四句用"静不哗"写军纪严明，"缓步徐行"则写出临阵不惧、指挥若定的大将风貌，这样的军队这样的将领定当战无不胜。这首诗写出了北伐的必胜信心，显示了将士爱国的赤子之心。读了这首诗，再联系宗泽临终时"过河"的呐喊，钦敬之意油然而生；对北伐不成、大将无用武之地感到无限惋惜；同时对朝廷的昏庸又充满义愤。

100. 己酉乱后寄常州使君侄（汪藻）

草草官军渡，悠悠敌骑旋①。
方尝勾践胆，已补女娲天②。
诸将争阴拱，苍生忍倒悬③。
乾坤满群盗，何日是归年④。

【作者简介】

汪藻，北宋时任著作郎，南宋时官至翰林学士。一生博览群书，老不释卷，《四库全书总目》说他"学问博赡，为南渡后词臣冠冕"。汪藻是黄庭坚的外甥，诗学江西派。

【题解】

己酉，指宋高宗建炎三年。时年十月，金兵渡江南侵，先攻陷金陵（南京），又攻陷临安（杭州），宋高宗再次南逃。"乱后"即指此事。这首诗是写给当时任常州使君（即知州的雅称）的侄子的，记叙了"己酉之乱"的灾难性后果。

【释疑】

① 草草：匆忙慌乱。悠悠：从容不迫。
② 勾践胆：勾践是春秋时越国国君，被吴国灭亡后卧薪尝胆立志复仇，后果然灭吴兴越。女娲：传说中炼石补天的女神。
③ 阴拱：指暗自敛手，比喻袖手旁观。拱，敛手。倒悬：头朝下倒挂，比喻处境痛苦。

④ 归年：指北归中原的日期。

【今译】

> 皇家军渡江南逃慌慌张张，敌骑兵跟踪追击趾高气扬。
> 学勾践卧薪尝胆立志复仇，效女娲炼石补天挽救危亡。
> 诸将领拥兵自重袖手旁观，众百姓头若倒悬倍遭灾殃。
> 普天下群盗横行烧杀掠抢，何日能收复失地重返家乡。

【赏析】

  "己酉之乱"是继"靖康之变"的第二次国耻，汪藻如实记叙了这段可耻的历史。首联从宋、金双方的表现写起，宋军是"草草"逃命，何等无能；金人是"悠悠"追击，何等猖狂，诗一开头就描绘出令人忧心的时局。二联是倒装，追叙"己酉之乱"前的局面：上句引勾践卧薪尝胆的历史，说宋高宗好像要立志复国；下句引女娲补天的传说，说宋高宗好像要挽救危亡。这一局面来得多么不容易，给人们带来一丝希望。三联形势急转直下，金兵南侵，诸将领不敢交战，对朝廷危亡袖手旁观，高宗则南逃，老百姓陷入水深火热的"倒悬"中，一个"争"字一个"忍"字写出了诸将的丑态和百姓的苦难。高宗南逃时，汪藻曾以翰林学士身份上书，指斥诸将或"为逃遁之计"或"拥兵相望"，致使刚刚建立的南宋政权又岌岌可危，三联记叙的就是这一历史事实。尾联与首联呼应，宋军草草战败，高宗仓皇南逃，江南大片国土又沦于敌手，盗贼遍野而复国遥遥无期，哪一天才是到处逃亡的人返回家园的日子呢？

  北宋时，汪藻曾依附蔡京，人品固然有可讥之处，但南渡后有悔意并主张北伐，诗歌多有揭露时弊之作，像这首诗就是忧国忧时的现实主义作品。

101. 送胡邦衡之新州贬所 （二首）（王庭珪）

囊封初上九重天，是日清都虎豹闲①。
百辟动容观奏牍②，几人回首愧朝班。
名高北斗星辰上，身堕南州瘴海边③。
不待他年公议出，汉廷行召贾生还④。

大厦元非一木支，欲将独力拄倾危⑤。
痴儿不了公家事⑥，男子要为天下奇。
当日奸谀皆胆落，平生忠义只心知⑦。
端能饱吃新州饭，在处江山足护持⑧。

【作者简介】

王庭珪，曾做过茶陵丞小官，为人正直，因与上司不合而年不到五十就弃官而去归乡隐居。他家在卢溪，筑草堂自居，号卢溪先生。王庭珪在经学、文学方面都有很深造诣，他的诗风格多样，时有讽喻。

【题解】

《送胡邦衡之新州贬所》是送别诗。胡邦衡，即胡铨，任南宋枢密院编修，他反对秦桧的妥协投降政策，上书高宗请斩秦桧，秦桧大怒将胡铨贬往新州（在南海边）欲置之于死地。据岳珂《桯（tīng）史》载，"胡忠简铨既以乞斩秦桧掇新州之祸，直声震天壤，一时士大夫畏罪箝舌，莫敢与立谈，独王卢溪庭珪诗而送之"。写诗送胡铨，表现了王庭珪的正直品格与无畏精神，是替天下人说话。

【释疑】

① 囊封：秘密奏折。九重天：指朝廷，君门九重，大臣的奏折极不易上达。清都：神话中上帝居处，据说重重关门都有虎豹把守。这里指朝廷。虎豹：指秦桧及其爪牙。闲：原义是栅栏，这里作动词，意思是关起来。由于把守的虎豹关起来了，胡铨的奏折才能送到皇帝那里。

② 百辟：百官。

③ 南州：指新州。此地多瘴雾毒气，故称"瘴海"。

④ 公议：公正评议。贾生：指汉代贾谊，贾谊为了汉室久安上疏议政而得罪权贵，被贬为长沙王太傅，后来汉武帝又将他召回。

⑤ 倾危：指危险的政局。

⑥ 痴儿：指秦桧。

⑦ 奸：指秦桧等奸臣。只心：此心。

⑧ 端能：真能。足：能够。护持：保护。

【今译】

奏折闯过关卡送达朝廷，恰好这天虎豹被关禁闭。
百官们惊恐地看着密奏，却没有几人为怯懦羞愧。
胡铨公忠义心名高北斗，却身堕南海边毒瘴之地。
用不着几年后公正评议，朝廷会将胡公重新召回。

大厦倾明知道独木难支，却仍然尽全力支撑危局。
秦桧辈如痴儿难办大事，男子汉就要做天下雄奇。
上书日众奸贼心惊胆战，忠义心昭日月人人皆知。
真的能到新州有饭可吃，所到处有天地保佑安居。

【赏析】

第一首第一联记叙上书皇帝的艰难历程：皇门九重，像传说中的"清都"那样，重重有"虎豹"把守把皇帝与臣民隔离开；幸好上书这天"虎豹"被关起来，秘密奏折才送达皇帝手。用"虎豹"比喻秦桧及其爪牙，用"虎豹闲"比喻躲过秦桧们的监视，形象而贴切，表现了上书皇帝的艰难与危险。二联写秘密奏折的威力：因为秘密奏折奏请斩杀秦桧而震动朝廷，众大臣惊恐地看着奏折，人人自危却无一人为自己的怯懦而羞愧。胡铨当时不过是个秘书院编修官且胆敢上书直言，而朝堂上那些滚滚诸公却尸位素食，只求自保却还不感羞愧。这话说得虽然含蓄，也揭露了整个朝廷的昏庸与无能。三联从正反两面写胡铨：人们通常赞颂名望高的人为泰山北斗，胡铨仗义执言的勇敢精神使他名在北斗群星以上，而这样一个名高北斗的人却被贬往瘴气弥漫的新州，天理何在？这一联既赞颂胡铨又为胡铨鸣不平。尾联用贾谊比胡铨写诗人的信念：天理不可欺，公理不可泯，总有一天胡铨会像贾谊那样被朝廷召回，以荡清朝廷的乌烟瘴气。这一联既表达了诗人的希望与祝福，也含有对朝廷无"公议"的含蓄批评和对奸臣当道不会长久的坚定信念。整首诗爱憎分明，正义凛然，敢写敢说，回肠荡气。

第二首赞扬胡铨的忠义，痛斥秦桧的无耻。首联说国势濒危、大厦将倾，明明知道独木难支却仍然竭尽全力挽救危局。知其不可为而为之，胡铨的忠义中心可昭日月。二联是个对比，上句讥刺秦桧"痴儿不了公家事"，下句赞扬胡铨"男子要为天下奇"。"痴儿不了公家事"是黄庭坚的诗句，黄庭坚是用"痴儿"自喻，王庭珪引用黄庭坚原句而喻义却不同，这就是江西派所谓的"换骨"。因为骂秦桧为"痴儿"，被无耻文人欧阳识告密，秦桧将王庭珪流放到辰州，可见这句诗骂得痛快，但王庭珪"换骨"换来了一场灾难。秦桧死后，王庭珪写诗曰："我曾道汝不了事，唤作痴儿果是痴。"可证明这首诗的"痴儿"确指秦桧。三联仍从正反两面写，"当日奸诿皆胆落"是指秦桧们做贼心虚,在正之士人面前胆战心惊;"平生忠义只心知"是赞扬胡铨忠义可嘉。王庭珪的这首诗写于胡铨上书四年后,所以说"当年";"只心知"是天知、地知、你知、我知、天下人皆知。尾联是对胡铨的勉励:黄庭坚曾用"饱吃惠州饭"赞美苏轼胸怀坦荡,王庭珪活用黄庭坚诗句,改为"饱吃新州饭"赞美胡铨心胸坦荡,同时勉励胡铨像苏轼一样不以贬谪为意,并祝愿天地江山会保佑他安全。

两首诗题目相同、内容相连,写法却有所不同:第一首侧重写上书情景,第二首侧重写胡铨的忠义胸怀,用鞭挞秦桧反衬赞扬胡铨,最后以勉励作结。两首诗都义正词严、伸张正义,道出了许多人想说而不敢说的话。

【阅读延伸】

上面选了李纲、晁说之、洪炎、宗泽、汪藻、王庭珪等人的诗,这些人都是忠义之士,他们的诗真实地反映了南宋初期的社会状况与人心所向,也反映了主战与投降两派的殊死斗争。南宋时期,半壁江山沦于敌手,这一严酷的社会现实使南宋诗歌以爱国为主导思想、以收复失地为重要主题,而陆游的"王师北定中原日,家祭无忘告乃翁"可以概括南宋大多诗人的思想面貌,可以沿着这一线索读下面的诗。

102. 牡　丹（陈与义）

一自胡尘入汉关，十年伊洛路漫漫①。
青墩溪畔龙钟客②，独立东风看牡丹。

【作者简介】

陈与义，由北宋逃往南宋的诗人，北宋时任大学博士，南宋时任参知政事。他亲历国破家亡，南渡后诗多感慨国事、悲叹人生，诗风也较朴实。陈与义是江西派重要诗人，时称"一祖三宗"。"一祖"指杜甫，"三宗"是黄庭坚、陈师道、陈与义。

【题解】

《牡丹》写于南渡后，借牡丹写思念中原家乡之情。

【释疑】

① 胡尘：胡人入侵荡起的尘土，指金兵。伊洛：伊河与洛河，二河都流经洛阳，这里指代洛阳。

② 青墩溪：在今浙江省桐乡县以北。龙钟客：老态龙钟的人。

【今译】

自从金人起兵犯我中原，洛阳路远十年未能回还。
青墩溪畔我已老态龙钟，面对东风独自观看牡丹。

【赏析】

陈与义南渡后做过几年官，后因病辞官寓居浙江省桐乡县的墩溪。春天到了，牡丹花开，而诗人家乡洛阳的牡丹号称"天下第一",现在有家归不得却在异乡见到牡丹,不免勾起思乡之情,于是写了这首诗。开头从金兵入侵写起,靖康元年金兵攻陷汴京,靖康二年掳走徽、钦二帝,诗人也南逃,至今不觉已十年。《国语·周语》说:"昔伊洛竭而夏亡。"思念洛阳不言洛阳而说"伊洛",用《国语》之意暗寓亡国隐痛。"路漫漫"语出屈原诗"路漫漫其修远兮,吾将上下而求索"。用在这里有两层含意,一是说离家万里路程漫漫,二是说国破家亡,收复失地"漫漫"无期。前两句诗既表达对金人的愤恨,又表达对故国的怀恋。三句自称"龙钟客",其实这年诗人才四十多岁,只是多年漂流、孤苦伶仃又加多病,已是老态龙钟了。末句的"看牡丹"是凄苦语,此"看"不是欣赏而是看牡丹思家乡,哀叹身世。这首诗语言平白,寓意深广,写出了诗人的悲凉心境。

103. 伤 春（陈与义）

庙堂无计可平戎，坐使甘泉照夕烽①。
初怪上都闻战马，岂知穷海看飞龙②。
孤臣霜发三千丈，每岁烟花一万重③。
稍喜长沙向延阁，疲兵敢犯犬羊锋④。

【题解】

前面汪藻诗所写"己酉之变"发生在宋高宗建炎三年，金兵攻陷临安（杭州），宋高宗逃往明州（今浙江宁波）躲到了海上。建炎四年，金兵又攻陷明州并用舟师追击高宗，高宗又逃往温州（今浙江温州）。此时，陈与义在湖南听到这个消息，写这首诗抒发内心的不安与愤慨。这首诗写于春正月，内容写伤感之事，故名《伤春》。

【释疑】

① 庙堂：指朝廷。平戎：战胜金兵。甘泉照夕烽：《史记·匈奴传》载，汉文帝时，"胡骑入代句注边，烽火通于甘泉、长安数月"。甘泉，在今陕西淳化，汉代有行宫在此。这句是用匈奴入侵比况金兵的追击。夕烽：战争的烽火。

② 上都：京都。岂知：不料，没想到。穷海：深海。飞龙：语出《周易》乾卦爻辞："九五，飞龙在天。"我国一向用"龙"象征皇帝。此处引用《周易》爻辞比喻高宗四处逃难。

③孤臣：诗人自称。霜发三千丈：语出李白《秋浦歌》诗"白发三千丈"，表示自己已老迈。烟花一万重：语出杜甫《伤春》诗"关塞三千里，烟花一万重"。杜甫写此诗时身在四川阆州（今四川阆中），听说吐蕃攻陷长安，唐代宗逃往陕州。这两句诗的意思是说，阆州离长安很远，有重重"关塞"与"烟花"相隔，不知代宗的近况如何而表示忧虑。此情况与陈与义在湖南不知高宗的近况一样，所以引用杜甫诗表示对高宗的忧虑。

④"稍喜"句：向延阁指向子諲（yīn），当时任谭州（长沙）知州。建炎三年，金兵攻谭州，向子諲率军民坚守。金兵围城八日，城陷。子諲督兵巷战，夺南门突围而出，后又组织溃兵继续抗金。"疲兵敢犯犬羊锋"即指此事。延阁，本是汉代官名，向子諲当时的官衔是直秘阁学士，陈与义借用汉官"延阁"称之。犬羊锋，指金兵，"犬羊"是蔑称。这一联借用杜甫《诸将》中的诗句"稍喜临边王相国，肯销金甲事春农"。

【今译】

朝廷没有良策荡平金兵，坐看敌军烽火烧到京城。
正惊敌人战马逼近首都，不料皇帝又在深海失踪。
我已老迈白发三千余丈，总为远方皇帝忧心忡忡。
可喜长沙知州向君子諲，敢率疲兵与之较输赢。

【赏析】

首联感慨朝廷没有对抗金人的策略，借用汉代"甘泉照夕烽"的往事叹惋战火烧到京城，"坐使"二字写出朝廷的懦弱与无能。二联写为时局而痛心：正在惊怪敌人的"战马"逼近京都，没想到皇帝（"飞龙"）竟然逃到深海之中。"初怪"与"岂知"相呼应，表达了深切的哀痛。三联转向写自己，我已白发苍苍还天天为皇帝担忧，实在无奈。引用李白、杜甫诗句，不仅贴切而且意蕴深远。尾联来了个惊喜：喜闻长沙知州向子諲率疲惫之军与金人奋战不息，表现了南宋人应有的抗金决心与志气。言下之意是，假如朝廷有向子諲的胆略与志向，时局何至如此呢。

  这首诗雄浑豪放，感情深挚，音调高亢，表现了陈与义的爱国精神与忧国忧时之心。在写法上，上学杜甫，下效黄庭坚、陈师道，全诗"字字有来历"，又比黄庭坚、陈师道的诗声调响亮，陈与义不愧为江西派的"三宗"之一。

兵乱后杂诗（吕本中）

晚逢戎马际，处处聚兵时①。
后死翻成累，偷生未有期②。
积忧全少睡，经劫抱长饥③。
欲逐范仔辈，同盟起义师④。

【作者简介】

吕本中，字居仁，是北宋末逃往南方的诗人，北宋时任祠部员外郎，南宋时任中书舍人。他诗学黄庭坚，是江西派著名诗人，曾作《江西诗舍宗派图》。

【题解】

诗题中的"兵乱"指"靖康之变"，金兵攻陷汴京，掳徽、钦二帝。吕本中目睹京城破败不堪，触景伤怀，写组诗抒发感慨。这一组诗共二十九首，所以称为"杂诗"。这里选的是第一首。

【释疑】

① 晚：晚年，这一年吕本中四十多岁了。戎马：即兵乱。聚兵时：到处兵荒马乱的时候。

② 翻：同"反"，反倒。累：累赘。偷生：忍受耻辱，苟且活命。未有期：没有终止的日子。

③ 抱长饥：长年挨饿。

④ 逐：追随。范仔：指河北省普通百姓范仔。诗人原注："近

闻河北布衣范仔起义师。"范仔不畏强暴，组织村民起义，抗击金军。同盟：共同结盟，即参加起义军。

【今译】

　　到晚年又遭逢金兵南犯，处处是战火飞兵荒马乱。
　　战乱中没死掉反成累赘，忍辱生苟且活未有期限。
　　经洗劫历兵灾长年挨饿，忧国事心如焚难得入眠。
　　听人说河北民范仔起义，想追随结同盟奋起抗战。

【赏析】

　　这首诗写于北宋灭亡后。首联入题，交代战乱的背景：晚年不幸，遭遇金兵南侵，处处兵荒马乱。二联写自己的哀痛心情：战乱中虽侥幸活下来，但苟且偷生的滋味更让人难受。三联写战乱带来的灾难：自己忧国难眠，百姓忍饥挨饿。据南宋徐梦莘《三朝北盟会编》记载：金兵攻打汴京，"围闭旬日，城中食物倍贵，平时贫民，无所得食，冻饿死者藉于道路"。"全少睡""抱长饥"就是这一劫难的真实记录。尾联写个人的志向：范仔率民抗金，让诗人精神振奋，想加入民众的起义军队勤王报国，抗击金兵。

　　这首诗反映了战乱后的社会现实，抒发了诗人深沉的爱国情怀，感情沉痛而真挚。

读 书（吕本中）

老去有业余，读书空作劳①。
时闻夜虫响，每伴午鸡叫②。
久静能忘病，因行当出遨③。
胡为良自苦，膏火自煎熬④。

【题解】

吕本中因反对投降政策而得罪秦桧，被免职为民。时年诗人已年过半百，无事可做，只好在家读书，却又读得头晕眼花，且又听到虫鸣鸡叫，一股悲怆之感涌向心头，于是写下这首诗发出不平之鸣。

【释疑】

① 空作劳：白白操劳，没有用处。
② 时、每：都是经常的意思。
③ 因行：即因循、闲散的意思。遨：远游。
④ 膏火：油灯。膏，油脂。

【今译】

老年读书成业余，读书也是空操劳。
半夜常听虫悲鸣，正午又闻鸡乱叫。
心静能够少疾病，闲散出游更逍遥。
为何自己找苦吃，油灯夜读受煎熬。

【赏析】

读了这首诗，直感是诗人在抒发读书无用的牢骚。首联上句说读书是"业余"之事，下句说读书是"空作劳"派不上什么用场。二联又说读书是苦差事，虽然夜以继日地读，但陪伴自己的只有虫鸣鸡叫，无人理睬。三联说不读书的好处，可以静下来修身养性并减少疾病，闲散时还可以外出遨游，何等清闲自在。四联又自嘲自责，何苦自找苦吃点灯熬油地受折磨呢。粗粗一读，句句都在说读书无用；细一琢磨，文人都是书虫子，以读书为乐，吕本中为什么以读书为苦呢？吕本中的朋友谢幼槃写有《读吕居仁诗》云："今晨开草堂，草帙（zhì，包书的布套）乱无次。探囊得君诗，疾读过三四。"可见吕本中有夜间写诗读书的爱好与习惯，再结合吕本中的身世考虑，这里所抒发的读书无用的牢骚显然话外有音。首句说读书是"有业余"，那么"正业"是什么呢？二句说"读书空作劳"，那么诗人想把读书派作什么用场呢？在吕本中心目中，用读书练就的本领为国效力才是"正业"，才是读书有用场，而晚年被免职在家赋闲，书读得再多也于国无补，当然是"有业余""空作劳"了，这是英雄无用武之地的喟叹。下面几联看似自嘲强作宽解，其实都是反话，"久静"与"出遨"都不是心中所愿，"胡为良自苦，膏火自煎熬"是无可奈何的哀怨。从这种喟叹与哀怨中，隐约可见诗人胸中蕴藏着不甘终老林下而仍想为国效力的壮志。一心报国、死而后已，是所有仁人志士的共同心愿，这首诗所抒发的不是牢骚而是有志难展的不平之鸣。

106 汴京纪事 （二首）（刘子翚）

内苑珍林蔚绛霄，围城不复禁刍荛①。
舳舻岁岁衔清汴，才足都人几炬烧②。

空嗟覆鼎误前朝，骨朽人间骂未销③。
夜月池台王傅宅，春风杨柳太师桥④。

【作者简介】

刘子翚（huī），诗人。其父刘韐（gé）在汴京被围时曾出使金营，金人迫降而不从，自缢而亡。刘子翚因父荫授承务郎，南宋初任兴化军通判，后辞官退居家乡屏山（在福建武夷山下）讲学十七年，人称屏山先生。他是理学家，著名理学家朱熹是他的学生。他的诗多感慨国事，充满忧患感，风格明朗清爽，没有其他道学家那样的酸味。

【题解】

《汴京纪事》是组诗，共二十首，写于汴京沦陷、北宋灭亡后，抒发亡国之痛。这里选两首。

【释疑】

① 内苑：指皇宫的御花园。珍林：指御花园里的奇花异木。蔚：茂盛。绛霄：指御花园里的绛霄楼。刍荛（ráo）：割草打柴的人。荛，柴火。

② 舳舻：泛指船。衔清汴：指船在汴河里连绵不断。都人：指汴京的百姓。

③ 覆鼎：宝鼎倾覆。古代用鼎比喻政权，"覆鼎"即政权灭亡。前朝：指北宋。未销：没有消失。

④ 王傅：指太傅王黼（fǔ），其贪污卖国，是北宋末年"六贼"之一，他在汴京建有周围几里大的住宅。太师：指太师蔡京，其贪污骄奢，是北宋末年"六贼"之首，建有豪华住宅且内有美丽的花园，汴京失陷后被烧得只剩一座桥了。

【今译】

御花园绛霄楼茂盛的奇花异树，京城被围不能禁止打柴人进入。
想当年汴河舟船连绵运送花木，尽被京城百姓焚烧掉化为尘土。

莫嗟叹政权颠覆奸臣葬宋，尸骨溃烂人世间仍留骂名。
夜月下美池台上嘲笑王黼，杨柳风断桥头下讥刺蔡京。

【赏析】

这两首诗总结了北宋灭亡的历史教训：北宋的覆灭，金人入侵是外因，而内因无疑是皇帝的昏庸荒淫。第一首诗谴责矛头直指宋徽宗。首句揭露徽宗不顾国家安危，不管百姓死活，耗费巨资修建宫苑。其御花园奢侈无比，徽宗命名为万岁山，又名艮岳，徽宗亲作《艮岳赋》夸耀其豪华，绛霄楼又是艮岳中最豪华的建筑。这样豪华的宫苑自然禁卫森严，百姓偷看一眼便有杀身之祸。二句说金兵围城了，徽宗保命不暇顾不了御花园，打柴人也可以随便出入了，作为皇帝是多么可悲又可笑。三句追述当年徽宗大兴花石纲，汴河舟船相接运送花石劳民伤财。而今呢？末句讥刺说"才足都人几炬烧"。汴京被围，百姓凿下万岁山上的石块作为炮石抵抗金兵。汴京十一

六、宋辽金诗

月失守，天气寒冷，百姓拆掉绛霄楼和砍光艮岳中的树木当作柴烧，御花园变成一片废墟。"才足"二字力重千钧，是对宋徽宗的无情嘲笑，这样的皇帝成为敌人俘虏是自食恶果。

  第一首抨击昏君，第二首则鞭笞奸臣。昏君荒淫，使奸臣得售其奸；奸臣弄权，又使昏君得逞其昏，君臣沆瀣一气葬送了大好河山。首句"覆鼎误前朝"语意沉痛，奸臣误国，人人可得而食之。二句"骨朽人间骂未销"，奸臣留下万世骂名，可见百姓仇恨之深，也可见奸臣罪孽之重。"空嗟"二字是说这种人骂不足惜，骂得有理，骂得解气。末两句牵出王黼、蔡京二贼，用"夜月池台""春风杨柳"的幻灭唾骂这种人丑恶而短暂的一生。

  两首诗的共同特点是语言犀利，鞭笞加嘲笑，刺得深，骂得妙，将昏君与奸臣永远钉在了历史的耻辱柱上。

107. 策 杖（刘子翚）

策杖农家去，萧条绝四邻①。
空田依垄峻，断蒿布巢匀②。
地薄唯供税，年丰尚苦贫。
平生饱官粟，愧尔力耕人③。

【题解】

刘子翚晚年隐居故乡屏山，与农民有交往，了解农民受赋税盘剥挣扎在死亡线上的境况。这首诗揭示了这一严酷现实，表现了对农民的同情。

【释疑】

① 策杖：拄着拐杖。萧条：寂寞冷落，毫无生气。
② 空田：指田野空空的，没有几棵禾苗。垄峻：田里无禾苗，所以田垄显得高了。峻，高。断蒿布巢：农民的房子用断蒿建成。
③ 饱官粟：享受官家俸禄。尔：指农民。

【今译】

拄拐杖访农家心情寂寥，四邻家无生气人烟稀少。
田野里少禾苗垄高草多，农家舍蒿草房风雨飘摇。
土地薄收获少不够纳税，丰收年也难得全家温饱。
一辈子享官俸免掉冻饿，有愧于种田人终生辛劳。

【赏析】

  首联"策杖农家去"表明诗中所写是亲眼目睹的事实,"萧条绝四邻"总写农村的衰败破落。二联具体写农村的破落状况:田园荒芜,苗少垄高;房舍简陋,风雨飘摇。三联点明农村破败的原因:赋税太重,收获的那点粮食交纳赋税后所剩无几了,即便是丰收之年仍然贫苦不堪、衣食无着的挣扎在死亡线上。尾联反思自己,不事耕作却饱食"官粟",觉得对不起农民。这一自责不是官样文章而是内心自白,是对自己无能为力的愧疚,表现了诗人的正义感与对农民的同情。

  刘子翚生当北宋与南宋的交替期,兵祸连年,赋税繁重,农村濒于破产,农民难以活命。诗人如实地写出了农村的破败景象,而对自己无力改变这一严酷现实深表惭愧,这正是这首诗的现实主义精神所在。

108. 乌 江（李清照）

生当作人杰，死亦为鬼雄①。
至今思项羽，不肯过江东②。

【作者简介】

李清照，号易安居士，生当北宋、南宋之间。早期生活安适，父亲李格非是著名学者，丈夫赵明诚是金石学家。金兵入侵，黄河南北相继沦陷，她与丈夫南逃，途中丈夫病亡。她奔走流离于江南各地，生活凄凉，最后依附弟弟而终老于浙江金华。李清照以词著称，是婉约派代表词人。诗不多，但诗风豪放，与词风大不相同。

【题解】

《乌江》又名《夏日绝句》，是首怀古诗，评价项羽之死。有人赞赏这首诗"压倒须眉"。乌江，在今安徽和县，是项羽自杀之地。

【释疑】

① 人杰：人中豪杰。鬼雄：鬼中英雄。
② 江东：江南，指项羽的家乡。

【今译】

　　活着当做人中豪杰，死了也为鬼中英雄。
　　至今思慕霸王项羽，不肯过江苟且偷生。

【赏析】

开头豪语惊人，"人杰""鬼雄"是李清照提出的做人标准，她认为项羽就是这样的人。楚汉之争，项羽与刘邦苦战多年，最后决战于垓下（在今安徽省灵璧东南沱河北岸），项羽战败逃至乌江，乌江亭长劝他渡江回家以图东山再起，但项羽认为无颜见江东父老，最后自刎而死。对项羽之死，大多历史学家持否定评价，认为项羽是个刚愎自用的莽汉，死不足惜。对李清照的不同评价应持两点看法：第一，李清照写的是诗不是史评；第二，李清照没对项羽作全面评价，只是肯定他的不怕死精神，这样的评价是另有寄托。宋高宗是个典型的孬种，畏金人如虎，金人一来就只知逃跑保全性命。南宋前有李纲、宗泽，后有岳飞、张浚、韩世忠，他们都是抗金的民族英雄，高宗不仅弃而不用反而百般加害。因为这些人的抗金旗帜是"收复失地，迎还二圣（徽、钦二帝）"。高宗为了保住他的小皇帝宝座，最怕的是"迎还二圣"，所以与投降派秦桧一拍即合陷害打击抗金将领，把南宋朝廷搞得乌烟瘴气。李清照亲历"靖康之变"，饱尝战乱之苦，面对高宗这样一个懦夫自然会想到项羽"不肯过江东"的不怕死的无畏气概，"至今思项羽"的"至今"二字已透露出这首诗的寓意：她是用项羽比照宋高宗，讥刺高宗苟且偷生。作为一位女诗人，有这等气魄实在难能可贵。

【阅读延伸】

　　李清照的词与诗风格明显不同，她的词婉约妩媚，而诗豪放雄壮。词原本脱胎于民歌，多写男女情爱，所以有"诗庄词媚"的说法。自苏轼开创豪放词风，词的创作分为婉约与豪放两派，"诗庄词媚"的现象也就不存在了。不过受传统的创作习惯影响，写男女情爱的还是词比诗多。

109. 池州翠微亭（岳飞）

经年尘土满征衣①，特特寻芳上翠微。
好山好水看不尽，马蹄催趁月明归②。

【作者简介】

　　岳飞，字鹏举，佃农出身，二十岁投军，在抗金战场上战斗了一生。他率领的岳家军纪律严明，英勇善战，屡败金兵，连续收复失地。当进军到朱仙镇（在今河南省开封市西南，离开封只有二十多公里）且马上就要收复汴京时，昏君赵构与奸相秦桧连下十二道金牌将岳飞召回临安（杭州），以"莫须有"罪名将其杀害，年仅三十九岁。岳飞是我国历史上杰出的民族英雄，以"精忠报国"为人敬仰；诗文也佳，一曲《满江红》（怒发冲冠）传唱千古，激发着历代人的爱国精神，

【题解】

　　这首《池州翠微亭》同样洋溢着岳飞的爱国热情。池州在今安徽省贵池县南，翠微亭在贵池县南齐山顶。

【释疑】

　　① 经年：常年。征衣：战袍。
　　② 归：指回军营。

【今译】

　　　　南征北战常年战袍满尘灰，

忙中偷闲特地赏花上翠微。
祖国好山好水总是看不尽，
为了军务趁月催马快回归。

【赏析】

　　岳飞的诗文多写戎马生活，这首诗虽是游览之作，但也带着浓厚的戎马风味。首句"经年尘土满征衣"，确实是常年征战、戎马倥偬。二句说"特特寻芳上翠微"，是忙中偷闲登上翠微亭观赏风景，调剂一下紧张的军事生活。"特特"表明是好不容易的特意安排。三句连用两个"好"字，又用"看不足"作补充，表示对祖国山河的热爱。四句说"马蹄催趁月明归"，这与"看不尽"相矛盾，既然"看不尽"为什么又急忙归去呢？因为有许多军务等待处理，失陷的山河等待收复，所以稍微放松一下疲惫的身心又投入到紧张的战斗中去了。读了这首看似悠闲的诗，一位日夜为国操劳、紧张战斗的民族英雄形象赫然挺立在我们面前了。

110. 送紫岩张先生北伐（岳飞）

号令风霆迅，天声动北陬①。
长驱渡河洛，直捣向燕幽②。
马蹀阏氏血，旗枭可汗头③。
归来报明主，恢复旧神州④。

【题解】

紫岩张先生，指南宋名将张浚，号紫岩居士。北伐，指收复中原失地的战斗。赵构南渡建立南宋政权后，金兵元帅耶律兀术联合由他们扶植的伪齐政权大举南侵，张浚被任命为宋军元帅迎战金军，岳飞随军参战，最后大败伪齐军队，收复了襄阳、信阳等六州，战果辉煌。这首诗是岳飞在这次战斗中写给张浚的，勉励张浚率领军队彻底击败金兵光复中原。

【释疑】

① 风霆迅：像大风雷霆那样迅猛。北陬：指被金兵占领的北方边远地区。陬，角落。

② 河洛：黄河与洛水，指代中原地区。燕幽：古代的燕国、幽州，在今河北省一带，当时是金人的巢穴。

③ 蹀：践踏。阏氏（yān zhī）：匈奴的皇后，这里指代金人。枭（xiāo）：枭首，即把头割下悬挂起来示众。可汗：古代北方少数民族称他们的首领为可汗。

④ 明主：指宋高宗。神州：中国的代称。

【今译】

>号令一下风雷吼，北疆天摇地在抖。
>长驱直入渡河洛，神兵天降捣燕幽。
>马踏金人血溅地，旗杆高悬敌首头。
>胜利归来报君主，还我昔日旧神州。

【赏析】

首联写出师北伐的浩大声势：号令一下，如雷霆万钧威震中原大地。北伐是爱国壮举，代表着全国人民的愿望，自然士气高涨。二联写北伐的进军路线：渡过黄河、洛水，直达燕幽捣毁金人巢穴。三联表达对敌人的仇恨："马蹀阏氏血，旗枭可汗头"，擒贼先擒王，将仇恨集中在敌人头面人物身上。这一联可与《满江红》"壮志饥餐胡虏肉，笑谈渴饮匈奴血"媲美。尾联写北伐的最终目的：收复失陷的河山，重振神州雄威向"明主"报捷。《满江红》末句说"待从头收拾旧山河，朝天阙"与这一联同义。诗中称昏君赵构为"明主"，读者一定感到很别扭，但在封建时代，"君"是"国"的象征，所以"爱国"与"忠君"总纠缠在一起，岳飞很难跳出这一历史局限。他最后被赵构的十二道金牌追回临安受陷害而死，同样表明这一历史局限，这也是时代的悲剧。

【阅读延伸】

李纲、宗泽、岳飞都是爱国将帅，他们的诗有共同的特点，都是直抒胸臆、不作雕饰，洋溢着豪迈的英雄气概和爱国激情，读后让人回肠荡气、精神振奋。读他们的诗，主要着眼于这一点。

111. 枕　上（陆游）

枕上三更雨，天涯万里游①。
虫声憎好梦②，灯影伴孤愁。
报国计安在，灭胡志未休③。
明年起飞将，更试北平秋④。

【作者简介】

　　陆游，字务观，号放翁。父亲陆宰是具有爱国思想的知识分子，他在父亲熏陶下从小就胸怀救国救民大志。二十九岁应礼部考试，初试名列榜首，居秦桧孙子之前，复试时被秦桧除名，秦桧死后才被起用，做过朝官也做过地方官，还曾在川陕任过军职。陆游一生坚持抗金，不断受到投降派打击。晚年退居家乡山阴（今浙江绍兴），但仍念念不忘收复失地，为国家不能统一而苦闷。

　　陆游诗词文俱佳，并长于史学。他是文学史上罕见的高产作家，今存诗近万首。他的诗内容丰富，现实性强，反映人民疾苦，批判卖国投降，爱国思想贯彻始终。其诗风悲壮豪放，浪漫色彩浓，且题材多样，有些写景抒情小诗委婉清新。陆游的诗，在内容与形式上都代表着南宋的最高成就。陆游另著有《南唐书》《老学庵笔记》《放翁词》等。

【题解】

　　《枕上》是首抒情诗。陆游生活的年代是宋孝宗执政时期。孝宗隆兴二年，南宋政权与金人签订妥协和约向金人称侄（儿皇帝），每年向金贡纳银二十万两、绢二十万匹以换得暂时的偏安。陆游对此愤愤不平，这首诗抒发的就是这种心情。

【释疑】

① 万里游：指梦中万里游。

② 虫声：虫的叫声扰人睡眠，这里用拟人手法说"虫"好像不愿意让人入眠。

③ 灭胡：消灭入侵的金人。

④ 起：起用。飞将：指汉代李广。他屡败匈奴，人称"飞将军"。这里用"飞将"指代抗金良将。北平：指今北京一带，当时陷于金人手中。

【今译】

深夜枕上听风雨，梦中天涯万里游。
虫声唧唧扰好梦，灯影摇摇让人愁。
报效祖国计何在，不灭金人誓不休。
盼望明年选良将，纵马北平踏清秋。

【赏析】

前四句写心情：夜不能寐，朦胧中听着外面的雨声，心随着雨声飞往万里天涯，飞向中原大地去看望沦陷区的父老乡亲。窗外虫声唧唧更无法入眠，干脆披衣而起，面对孤灯愁苦地思考着何时才能把失陷的山河收复回来。后四句写心愿：一心报国却报国无门、无能为力，但报国杀敌的意志永不泯灭；盼望朝廷能改变妥协投降的政策，毁掉屈辱卖国的和约，选派良将趁秋高气爽出师北伐，把金人赶到北京以北的长城以外去。

陆游一心报国，驱逐金人、收复失地一直是他的心愿，但不被重用而壮志难酬，于是写了多首梦寐中杀敌立功的诗。这是陆游强烈的爱国思想的表露，也体现着他的诗歌的浪漫主义精神。

醉中感怀（陆游）

早岁君王记姓名，只今憔悴客边城①。
青衫犹是鹓行旧，白发新从剑外生②。
古戍旌旗秋惨淡，高城刁斗夜分明③。
壮心未许全消尽，醉听檀槽出塞声④。

【题解】

高宗时期，秦桧当权，陆游一直被排斥在朝廷之外。秦桧死，其才被任命为福州宁德县主簿。高宗死，孝宗即位，调任陆游代理嘉州（今四川乐山）知州，这首诗是到嘉州后写的。

【释疑】

① 君王：指宋孝宗。边城：指嘉州。

② 青衫：低级官员的服色。鹓（yuān）行：又称鹓雏，这种鸟飞行时总排成一行，先后有序，这里比喻官员的序列。剑外：指剑阁以南的蜀中地区。

③ 古戍：驻军的城堡。刁斗：古代军中用具，白天用来烧饭，晚上敲击巡更。

④ 檀槽：用檀木做的弦乐器上的格子，这里指代军乐。

【今译】

年轻时蒙君王记起陆游，现如今居边城憔悴哀愁。
依旧是穿青衫位列八品，早已剑阁门外白发满头。
古堡上飘旌旗秋色惨淡，深更夜响刁斗声震城楼。

怀壮志收失地此心未灭,醉梦中闻军乐出塞伐胡。

【赏析】

　　孝宗即位后,曾召见陆游赐进士出身,任命为枢密院编修。这就是第一句所说的"早岁君王记姓名",皇帝终于记起陆游这个人了。看来孝宗似乎很重视陆游,其实并非如此,朝中掌权的仍是那些投降派人物,陆游坚决抗战的主张依旧遭到排斥。不久被调往四川,一年之内改调了三个地方,这使陆游感到疲于奔命、一事无成,心中自然很苦闷,所以二句说"只今憔悴客边城",陆游对孝宗失望了。二联进一步申述当前处境:从任命陆游为八品主簿到赴四川上任,十年过去了穿的依然是"青衫",就是说官职没得到升迁,不同的是"白发新从剑外生",如今已经老了。陆游的这种不满并不是嫌官小发牢骚,而是慨叹英雄无用武之地,是报国无门的怨愤。前两联写自己的遭遇和感慨,三联转入写景:秋风萧瑟,旌旗在戍楼上飘扬;夜色朦胧,刁斗在军营中传响。这一联借写景隐寓内心的向往,他渴望奔赴伐金战场过战斗生活。尾联则明确说"壮心未许全消尽,醉听檀槽出塞声",年纪虽老却壮心未已,他又披挂上阵奔向杀敌战场了。从"醉听"二字看,这只是梦寐中的向往而已,朝廷并没给他这种机会。陆游的诗总是这样,字里行间洋溢着坚贞的爱国激情和壮志难酬的激愤不平。

哀 郢（陆游）

远接商周祚最长，北盟齐晋势争强①。
章华歌舞终萧瑟，云梦风烟旧莽苍②。
草合故宫惟雁起，盗穿荒冢有狐藏③。
离骚未尽灵均恨④，志士千秋泪满裳。

【题解】

陆游被任命为夔州（今重庆奉节）通判，他从家乡沿长江入蜀路过荆州，此地是战国时楚国的都城郢都，楚国灭亡后屈原曾写《哀郢》诗，陆游固仰慕屈原便以屈原的诗《哀郢》为题写了这首诗，借古吊今。

【释疑】

① 祚：君主的位置。北盟齐晋：楚国曾与齐国、晋国结盟，共同抗秦。

② 章华：即章华台，楚国的离宫。萧瑟：形容景色凄凉。云梦：楚国的两个湖，云泽与梦泽。旧：依旧。莽苍：空阔辽远。

③ 故宫：指郢都的楚宫。荒冢：指楚怀王的墓。

④ 离骚：屈原的代表作。灵均：屈原的字。

【今译】

业承商周楚国运最长，联齐晋抗暴秦战国争强。
章华台旧歌舞终究冷落，云梦泽起风烟依旧阔广。

郢古都埋荒草群雁栖居,楚王墓被盗掘内藏狐狼。

写《离骚》难宣泄屈原遗恨,千百年有志人泪洒襟裳。

【赏析】

　　首联回顾楚国的历史,楚本是商的属国,周又将它封为周侯国,建国由来已久,所以说它"远接商周祚最长";在强盛时期曾与齐晋联盟,同秦国霸主争夺地位。这样一个强国应该长久强盛下去,可结局如何呢?二联写楚国的衰败:离宫章华台的旧时歌舞早已萧瑟冷落了,只剩下云梦泽依然风烟迷蒙、苍苍茫茫,但已归他人所有了。三联由回顾历史转到对眼前景物的描写:当年豪华的郢都故宫,如今野草丛生,只有群雁飞来飞去;楚怀王的墓穴也被盗掘,成了野狐出没的场所。昔日强大的楚国为什么衰败到如此程度?尾联借屈原的《离骚》道出其原因:屈原在《离骚》中说楚怀王昏庸,宠信奸佞,对强秦实行屈膝妥协政策,致使一败再败,最后覆灭。这是屈原的遗恨,也是历史的教训。末句说"志士千秋泪满裳",这是对屈原的同情之泪,也是对历史教训的扼腕哀叹。楚国的衰败已成历史了,南宋小王朝又在重蹈楚国灭亡的覆辙对金屈膝妥协,与楚国临近灭亡的局面完全一样。这是陆游写这首诗的起因,他在警示宋孝宗请看看楚怀王的下场吧!

114 金错刀行(陆游)

黄金错刀白玉装,夜守窗扉出光芒①。

丈夫五十功未立,提刀独立顾八荒②。

京华结交尽奇士,意气相期共生死③。

千年史策耻无名④,一片丹心报天子。

尔来从军天汉滨,南山晓雪玉嶙峋⑤。

呜呼!楚虽三户能亡秦⑥,岂有堂堂中国空无人。

【题解】

　　《金错刀行》是首歌行体古诗。金错刀,是用黄金镶饰的宝刀,名贵华美,在汉代就很有名。这首诗借宝刀抒发报国壮志,意不在刀,其中只有两句写刀,其他都写自己。陆游曾在南郑(今陕西汉中)任四川宣抚司干办公事兼检法官,这是军职,实现了他多年想从军的愿望,这首诗写于此时,表达了亲赴战场、杀敌报国的决心。

【释疑】

　　① 出光芒:指宝刀的光芒。

　　② 八荒:八方荒远之地,极言地域辽阔。《说苑·辨物》:"八荒之内有四海,四海之内有九州。"

　　③ 相期:互相约定。

　　④ 史策:史书。古代用竹简写字,将竹简编成一束称"策"。

⑤ 尔来：近来。天汉滨：汉川之滨。"汉川"即今流沙河，在四川境内，这里借指川陕一带的汉中地区。南山：指终南山。嶙峋：原形容山石突兀重叠，这里形容积雪峥嵘。

⑥ 楚虽三户：战国时楚国被秦灭亡后，楚地有民谣说"楚虽三户，亡秦必楚"，后来秦果然被项羽所灭，项羽即楚人。

【今译】

金错宝刀镶白玉，夜穿窗棂放光芒。

丈夫五十未建功，提刀独立望八方。

在京结交皆志士，意气风发约共死。

史册无名不为羞，一片丹心报国耻。

近来从军在汉中，南山积雪露峥嵘。

呜呼，楚虽三户能亡秦，难道我堂堂中华空无人。

【赏析】

开头入题，前两句写宝刀，"黄金""白玉""出光芒"，极力渲染宝刀的宝贵与锋利，语外隐寓惋惜之意：宝刀虽锋利，可惜没用于杀敌，反映了英雄不得重用的愤慨。所以三句接着说"丈夫五十功未立"，孔子说"三十而立"，如今五十了还寸功未立，心情极不平静，于是"提刀独立顾八荒"。"提刀"表现了渴望杀敌的意志，"独立"写出旁若无人的决心，"顾八荒"则活画出跃跃欲试的神态。当权者打击陆游，他既不屈服更不消沉，"京华"一联由个人写到友人，用"奇士"赞扬友人志向远大，用"共生死"赞扬友人都富有牺牲精神，表明中华不乏民族精英，北伐必能取胜。"千年"一联表明自己的胸怀，不求青史留名只求报君报国。"尔来从军天汉滨"写在汉中从军，在陆游看来汉中是收复中原的重要根据地，他说过："经略中原，必自长安始；取长安，必自陇右（汉中）始。

当积粟练兵,有隙则攻,无则守。"(见《宋史·陆游传》)。俗语也说汉中是"汉家发祥地,天下聚宝盆",在这里从军即是北定中原的大好时机。"南山晓雪玉嶙峋",是借终南山之雪突现汉中地理形势上的战略优势。结尾用感叹词"呜呼"领起,振臂呼唤"楚虽三户能亡秦",我堂堂中华难道"空无人"吗!这呼唤振聋发聩,用毋庸置疑的口气表达了必胜的信念。这首诗写得慷慨激昂、气势磅礴,语句中蕴含着排山倒海的力量,充分显示了陆游的必胜信念与民族自豪感。

剑门道中遇微雨（陆游）

衣上征尘杂酒痕，远游无处不销魂①。
此身合是诗人未②？细雨骑驴入剑门。

【题解】

这首诗写于《金错刀行》之后，这年陆游在汉中任军职，随四川宣抚使王炎出师北伐，参与收复长安的军事行动。本想奔赴战场杀敌报国以随多年心愿，但投降派从中破坏，王炎被调往京城临安，陆游被调往成都，收复长安成为泡影。陆游赴成都途中怀着沉痛的心情写下这首诗。剑门，指四川剑门关，又称剑阁。此处形势险要，是由汉中赴四川的必经之路。

【释疑】

① 征尘：征途中身上沾染的尘土。销魂：有两种解释，一是心情陶醉，二是黯然神伤。

② 合：应该。未：同"吗"。

【今译】

征衣上沾满了尘土与酒痕，
这次远游无处不让人着迷。
我这个写诗人应该这样吗？
细雨天骑毛驴独自入剑门。

【赏析】

　　首句说满身的"征尘"与"酒痕",一幅风尘仆仆、十分落魄的样子。二句说"远游无处不销魂",随王炎北伐时是"远游",那时的"销魂"是心情陶醉;现在远离战场去成都又是"远游",此时的"销魂"变成黯然神伤了。三、四句把此时的心情明确写出来:"骑驴"引用杜甫诗:"骑驴十三载,旅食京华春。"杜甫一生志在天下却失意潦倒,陆游现在的境遇不也如此。这里的"细雨骑驴入剑门"是一个行吟诗人的形象,陆游问自己难道诗人都应该这样吗?他本来可以挥戈跃马驰骋沙场的。陆游在《即事》诗中说:"渭水岐山不出兵,却携琴书锦官城。"他对远离战场深感痛心。这末二句看似自嘲,实是寓沉痛于幽默之中,他的报国理想被无情的现实击碎了,在《嘉州铺得檄逆行中夜次小柏》中他悲愤地写道:"渭水秦关原不远,着鞭无日涕自横。"可知陆游此诗是自嘲抒愤。

116. 书　愤（陆游）

早岁那知世事艰，中原北望气如山^①。
楼船夜雪瓜洲渡，铁马秋风大散关^②。
塞上长城空自许^③，镜中衰鬓已先斑。
出师一表真名世，千载谁堪伯仲间^④。

【题解】

陆游因力主抗金遭投降派排挤，被罢职回家。六年后朝廷又起用他，任命他为严州（今浙江省建德县）知州。这一年陆游六十二岁了，接到任命令后心情激荡，写了这首诗回忆往事，感慨万千。《书愤》的意思是抒发内心的怨愤。

【释疑】

① 早岁：年轻的时候。气：指抗金的豪壮之气与心中的悲愤之气。

② 楼船：高大的战船。瓜洲：在今江苏镇江对岸的长江边上，陆游曾任镇江通判。大散关：在今陕西省宝鸡县西南，宋时是宋金对峙的重要关口。

③ 塞上长城：比喻保卫祖国的屏障。南朝刘宋时宋文帝杀大将檀道济，檀在临刑前怒斥宋文帝："乃坏汝万里长城。"自许：自认为。

④ 出师一表：指诸葛亮的《出师表》。诸葛亮北伐前曾给后主

刘禅上表章，表示自己要"鞠躬尽瘁，死而后已"。真名世：确实举世闻名。谁堪伯仲间：谁可以相比。堪，可以。伯仲，古时称兄弟俩中的兄为伯（老大）、弟为仲（老二）。

【阅读思路】

诗题《书愤》，"愤"是这首诗的灵魂。全诗都在写"愤"，但含而不露，要仔细体味。

【今译】

> 年轻时哪知道世事艰难，望中原豪气壮坚定如山。
> 乘战船冒大雪瓜洲夜渡，跨铁马迎秋风大散关前。
> 最可惜空自许塞上长城，志未酬岁月逝鬓发已斑。
> 诸葛亮《出师表》垂名后世，千百年谁能够与他比肩。

【赏析】

　　首联反思个人的认识过程：回顾青年时期血气方刚、壮志如山，渴望收复失地、救国救民；然而阻力重重、壮志难酬，历经沧桑后才认识到"世事艰"。看似懊悔当年少不更事，其实是正话反说，委婉地表达出"愤"之一。二联回顾当年的两大战役："瓜洲"与"大散关"都是战略要地，陆游四十岁时任镇江通判，那时抗战派首领张浚在镇江策划北伐，"楼船夜雪瓜洲渡"指此；陆游四十八岁时在汉中随四川宣抚使王炎出师收复长安，"铁马秋风大散关"指此。南宋将士本来眼看收复失地有望，却遭到投降派的破坏，胜利成果被葬送了，这是"愤"之二。三联转写自己：空有收复失地之志，虽"自许"长城但时日匆匆，转眼壮士迟暮，对镜自照已两鬓斑斑，六十二岁还能实现当年壮志吗？这是"愤"之三。尾联将视野投向历史：诸葛亮壮志凌云，在《出师表》中发誓要北定中原、复兴汉室，名垂千古。这等英雄如今还能出现吗？言外之意是出师北伐将化为泡影,这是最大的"愤"之四。

这首诗写得浑厚沉郁,声情激越,沉郁多年的忧愤一吐方快。

【阅读延伸】

清人李慈铭评这首诗说:"全首浑成,风格高健,置之老杜集中,直无愧色。"将陆诗比杜诗,一赞其内容深厚,二赞其风格沉郁。陆游的爱国思想与杜甫相同,诗歌创作也继承了杜甫的现实主义传统,李慈铭可谓知陆游,对陆诗的评价同样"直无愧色"。

117 临安春雨初霁（陆游）

世味年来薄似纱，谁令骑马客京华①？
小楼一夜听春雨，深巷明朝卖杏花。
矮纸斜行闲作草，晴窗细乳戏分茶②。
素衣莫起风尘叹，犹及清明可到家③。

【题解】

这首诗与上首写于同时，陆游接到新的任命，赴任前先到京城临安，住在客栈里等待皇帝召见，皇帝却迟迟不见他。在等待中感到无聊，写了这首诗。初霁，指雨后刚晴。

【释疑】

① 世味：人世的情味，即人与人之间的关系。客京华：在京城客居。

② 矮纸：短纸。作草：写草字。细乳：据说，好的茶叶沏出来后呈乳白色，水面飘着一层乳状物。分茶：宋时茶道的一道手续，即用茶匙将茶水分到茶杯里。

③ 素衣：白色衣服。风尘叹：叹息尘土沾染衣服。犹及：还赶得上。

【今译】

今年来人情世态薄如纱，谁让你骑马赴京又离家？
小楼内彻夜渐渐听春雨，明清晨小巷深处卖杏花。

铺短纸闲来无事写草字,晴窗下消磨时光戏分茶。

莫叹息白衣将被灰尘染,赶得上清明节前快回家。

【赏析】

  首联写自己的矛盾心情:这年陆游六十二岁,对官场的尔虞我诈和人间的世态炎凉体会非常深刻。上句用"薄如纱"比喻这种"世味",下句责问自己:"世味"既然如此淡漠,谁让你匆匆忙忙骑马来京城做官呢?这是一个矛盾,诗人对官场已经十分厌恶,对这次任命也不太感兴趣,但他又极想为国效力,不出来做官就更无机会了,带着这种矛盾心情来到了京城。

  二联写夜间的境况:一夜不眠,在小楼内听着淅淅沥沥的春雨,联想到春雨滋润万物催开了杏花,明晨小巷内该都是卖花声了。这一联写得比较轻快,不仅紧扣诗题的"春雨初霁",也显示诗人对这次任命心存一丝希望,也许上任后能像春雨滋润万物那样对国家有所作为呢。

  三联写白天的境况:一是"闲作草",二是"戏分茶"。"作草"引用东汉张芝的典故,张芝擅长草书但平时不写,他解释说:"匆匆不暇草书",意思是说写草书太费时间,有空暇的时候才写。"作草"前加"闲",表示无事可做,用写草书排遣心头的郁闷;"分茶"前加"戏",表示并不是对茶有特殊爱好,而是穷极无聊的用一小匙一小匙地分茶来消磨时光。

  陆游一生总想为国干一番轰轰烈烈的事业,现在正当国家危难之际,自己却无事可做的待在客栈里等待皇帝召见,内心自然会萌发无限感慨。这种感慨在尾联说得更直露了,"素衣"句化用陆机诗:"京洛多风尘,素衣化为缁(黑色)",表面是说京城风尘多,会把白衣服弄黑;内寓意义是说京城官场风气污浊,住得时间长了会污染自己纯洁的灵魂。"莫起风尘叹"是说用不着担心了,因为

"犹及清明可到家"，诗人想回家过清明节了。这末句是自嘲，事实上陆游并没回家而是上任去了，为国效力的赤子之心战胜了对官场的厌恶。

这首诗首尾两联相呼应，中间两联一轻快一沉重，把诗人既忠于国事又有些心灰意冷的矛盾心情曲折委婉地表露出来了。

十一月四日风雨大作（陆游）

僵卧孤村不自哀，尚思为国戍轮台①。
夜阑卧听风吹雨②，铁马冰河入梦来。

【题解】

陆游晚年被罢职，退居家乡绍兴，这首诗写于此时。"十一月四日"是写诗的日子，"风雨大作"是写诗时的天气状况。诗人由自然界的"风雨大作"想到国家的风雨飘摇，于是写了这首诗，这年陆游六十八岁。

【释疑】

① 僵卧：僵硬地躺着。戍（shù）：防守，保卫。轮台：今新疆轮台县，这里指代边疆地区。
② 夜阑：夜深。

【今译】

僵卧在孤山村并不哀伤，仍想着为国家保卫边疆。
深更夜静听着风吹雨打，睡梦中乘铁马驰骋沙场。

【赏析】

这首诗借梦境表达报国的耿耿忠心。首句"僵卧"是说年老体衰，"孤村"是说孤立无助，处境十分艰难，但"不自哀"是说报国之心没减退，意志没消沉。二句说"尚思为国戍轮台"，人老雄心在，还要奔赴保卫祖国的战场。三句一转将这种雄心导入梦境，"风吹雨"照应题目中的"风雨大作",这是自然界的"风雨",而四句则是战场上的"风雨","铁马冰河"显然是与金人作战,是收复国土的战争。陆游经历过"铁马冰河"的战斗生活,现在这种生活重新入梦,仿佛又重返杀敌战场了。一、二句写昼思,三、四句写梦想,昼思夜想都离不开战场,陆游就是这样一个人,心目中只有"国"。"入梦来"三字所包含的内容,可以说反映了陆游的整个人格。

119. 秋夜将晓（陆游）

三千里河东入海，五千仞岳上摩天①。
遗民泪尽胡尘里，南望王师又一年②。

【题解】

这首诗是陆游晚年作品，是从沦陷区"遗民"角度写的，表达了"遗民"的怨恨。

【释疑】

① 河：指黄河。岳：指华山。当时黄河与华山是宋与金的交界。仞：一仞相当于八尺。

② 遗民：指沦陷区的人民。胡尘：指沦陷区。王师：指南宋军队。

【今译】

　　黄河三万里，奔流到东海；华山五千丈，高耸入云天。
　　可怜沦陷区，百姓泪已干；南望宋军来，一年又一年。

【赏析】

　　前两句用"三万里""五千仞"形容祖国山河的壮丽，但这样壮丽的山河如今却陷入敌人之手，那里的人民成了"遗民"。"遗民"就是被抛弃的人，没人管的人，任凭敌人宰割的人。他们虽然被抛弃却仍然一心向宋，天天企足翘首"南望王师"来解救他们，一年又一年却不见"王师"的影子。皇帝连自己的亲爹亲爷（徽、钦二帝）都不顾，心目中哪有"遗民"的位置呢。"泪尽胡尘"四字既表达了诗人的同情，又写出了"遗民"的苦难，还含有对朝廷的怨愤。读到这里，令人扼腕切齿、拍案而起，这样的皇帝要他何用！难怪诗人"秋夜将晓"就夜不能寐，"出篱门迎凉"而"有感"了。只有当过亡国奴的人，才知道"遗民"是什么滋味。

120. 示 儿（陆游）

死去原知万事空，但悲不见九州同①。
王师北定中原日，家祭无忘告乃翁②。

【题解】

　　这是陆游临终前写的最后一首诗，可作遗嘱看，这年陆游虚岁八十六了。

【释疑】

　　① 但：只是。九州同：全国统一。我国上古时期，全国划分为九州，后用"九州"指代全国。

　　② 北定：指收复北方失陷的国土。乃翁：你的父亲。

【今译】

　　原本知人死后万事皆空，只悲愤没见到全国一统。
　　哪一天南宋军收回中原，上坟时别忘记告父一声。

【赏析】

　　陆游到死仍遗恨无穷，天天盼、年年盼终没能盼来祖国统一。明明知道人死以后"万事空"，还是"但悲不见九州同"，因为"九州同"是陆游的最大心愿，也是终生为之奋斗的目标，目标不得实现让他怀恨地下也死不瞑目，一个"悲"字显示了他的赤子之心。"王师北定中原日，家祭无忘告乃翁"，表明陆游对收复中原具有坚定的信念，相信这一天终能到来，这是他最后的自我安慰了。陆游用一首感情深沉真挚的《示儿》诗完成了他坎坷一生的最后一笔，一位爱国志士的高大形象永远矗立在中国文学史上，也永远矗立在中华民族的奋斗史上。

【阅读延伸】

梁启超说"亘古男儿一放翁"，主要指其爱国精神。在中华民族的奋斗史上，爱国志士举不胜举，陆游无疑是其中爱国激情最执着也最炽烈的代表。读陆游的诗，一个深刻感受是他心中只有国、为国忧、为国恨、为国泣、为国死，而且始终如一直至到死。《御选唐宋诗醇》说陆游的诗"其感激悲愤忠君爱国之诚，一寓于诗，酒酣耳热，跌宕淋漓。至于渔舟樵径，茶碗炉熏，或雨或晴，一草一木，莫不箸为歌咏，以寄其意"。钱钟书先生在《宋诗选注》中说："爱国情绪饱和在陆游的整个生命里，洋溢在他的全部作品里；他看到一幅画马，碰见几朵鲜花，听了一声雁唳，喝几杯酒，写几行草书，都会惹起报国仇、雪国耻的心事，血液沸腾起来，而且这股热潮冲出了他的白天清醒生活的边界，还迤滥到他的梦境里去。这也是在旁人的诗集里找不到的。"陆游的诗是最好的爱国主义教材，不读陆诗不知爱国的真正含义。

121. 游山西村（陆游）

莫笑农家腊酒浑，丰年留客足鸡豚①。
山重水复疑无路，柳暗花明又一村②。
箫鼓追随春社近，衣冠简朴古风存③。
从今若许闲乘月，拄杖无时夜叩门④。

【题解】

陆游在镇江任通判时，因极力辅助张浚北伐，被投降派诬为"鼓唱是非"而遭罢职回家，其间与家乡的农民交往甚密。这首诗记一次到农民家拜访，描绘了农村美好的风光与淳朴的乡情，表现了陆游与农民的深厚情谊。山西村是陆游家乡浙江山阴（绍兴）的一个普通农村。

【释疑】

① 腊酒：腊月（农历十二月）酿的酒。浑：酒质不好。豚：小猪。

② 又一村：又出现一个村庄。

③ 春社：古时把立春后的第五个戊（wù）日定为春社日，在这一天祭土地神祈求丰收。古风：古朴的民风。

④ 乘月：趁月色散步。无时：随时。

【今译】

莫嗤笑农家酒味道欠醇，丰收年杀鸡猪款待客人。

六、宋辽金诗

重重山道道水疑无去路，柳荫处花映红又现山村。

又吹箫又击鼓春社临近，旧衣冠古习俗民风可亲。

从今后有闲暇乘月散步，拄拐杖夜来访随时叩门。

【赏析】

　　首联写农民的淳朴与热情：客人来时，酒味虽薄但杀猪宰鸡热情招待。从"足"字看，已是倾家中所有；从"莫笑"看，诗人与农民之间的关系非常融洽。二联描写农村风光：江南水乡，重重叠叠的山岭，一道一道的溪流，漫步其间好像无路可通了；正疑惑间，突然见到前面柳荫深处花红叶绿、炊烟袅袅，一个小山村出现在眼前，让人心情豁然开朗。三联写民风民俗：春社将近，处处箫声鼓声相随，已准备祭祀土地神，人人心头洋溢着祈求丰收的喜悦；农民们穿戴简朴，保留着古代习俗，民风朴实可亲。尾联笔锋一转写到自己：受这种古朴民风感染，诗人陶醉在乡村生活中，很想月下出游轻叩柴扉与农民彻夜长谈，"夜叩门"表明诗人与农民亲如一家。

　　诗题是《游山西村》，全诗没出现"游"字，又处处在写"游"，从白天游写到乘月游，游兴十足，乐趣无穷。"山重水复疑无路，柳暗花明又一村"是广为流传的名句，经常为人引用。之所以有名，因为就写景看，形象鲜明，词语秀丽，还景中蕴含哲理：当人们遇到疑难时，常常感到无路可通了，但换一个角度用另一种思维深入思考，突然眼前一亮，不仅找到新的路径，还到达了一个前所未有的新天地，正如"柳暗花明又一村"。这是事物此消彼长的变化规律，人们对这两句诗的理解和引用早超出写景的范畴，赋予了它更为深广的艺术生命力。

122. 梅花绝句（陆游）

闻道梅花坼晓风，雪堆遍满四山中①。
何方可化身千亿②，一树梅花一放翁。

【题解】

诗人爱梅者甚多，但所爱却不同。林逋爱梅重在神韵，陆游爱梅重在品格，一生写了近百首咏梅诗，曾说"当年走马锦城西，曾为梅花醉如泥"。这首诗写于他七十八岁时，想把自己变成梅花。

【释疑】

① 坼（chè）：裂开，这里指花开。雪堆：形容梅花多，像雪一样白。晓风：早晨的风。

② 方：方法。

【今译】

梅花迎晨风，冒寒犹自开；花开似雪堆，群山一片白。

何时有神法，一身化千亿；一树一放翁，同开永不衰。

【赏析】

首句用"坼晓风"赞赏梅花不畏严寒敢于傲霜斗雪，毫无媚态。二句用"雪堆"形容梅花洁白繁茂，自开自守。三、四句是奇特的想象，"化身千亿"就是用分身法将自己变成千亿个陆游，分身的目的是"一树梅花一放翁"，独立寒风中傲视群花。人与梅合为一体，梅品即人品，梅花的笑迎"晓风"就是诗人的立身之德，为了祖国统一大业敢同投降派作永不妥协的斗争。

123. 沈 园（陆游）

城上斜阳画角哀，沈园非复旧池台①。
伤心桥下春波绿，曾是惊鸿照影来②。

【题解】

陆游二十一岁与表妹唐婉结婚，夫妻感情深厚，"伉俪相得"。但陆母看不上唐婉，棒打鸳鸯，逼着二人离异。十年后，二人偶然在沈园相遇，陆游非常懊悔当年的离异，在墙壁上赋《钗头凤》词一首（红酥手，黄藤酒），唐婉也和词一首（世情薄，人情恶），不久，唐婉抑郁而死。四十五年后，陆游已七十五岁，再游沈园时写下了两首诗怀念唐婉，这里选一首。沈园，故址在今绍兴市禹迹寺南。

【释疑】

① 画角：古代的一种管乐器，用来报时。哀：指画角声音沉重，给人哀痛感。非复：不再是。

② 惊鸿：比喻女人体态轻盈。

【今译】

城上夕阳斜，画角声声哀；沈园今犹在，已非旧池台。
伤心桥下水，绿波意徘徊；曾照丽人影，丽人不再来。

【赏析】

开头用"斜阳""画角"加上"哀"的形容，营造出了一种悲凉哀伤的气氛，让人心情沉痛。二句说"沈园非复旧池台"，四十五年过去了，早已人事全非，更增加了无限惆怅。三句"伤心桥下春波绿"是借景烘托，桥是伤心桥，人是伤心人；顺势引出四句"曾是惊鸿照影来"，"曾是"点明事已过去，当年伤心桥下"春波"映照的是两个伤心人，现在只剩一人了，另外一人再也不会来了。陆游是个感情丰富的人，他对前妻的一往情深从一个侧面反射出他的人品。陆游写有多首怀念前妻的诗，特别是《钗头凤》词更是哀婉凄绝，具有普遍的反封建礼教的意义。

【阅读延伸】

近人陈衍评陆游的爱情诗是"古今断肠之作"，又说"无此绝等伤心之事，亦无此绝等伤心之作。就百年论，谁愿有此事；就千秋论，不可无此诗"。这一评论道出了陆游爱情诗的意义。宋人仍沿袭"诗庄词媚"的说法，在现存宋诗中反映爱情生活的甚少，因为他们有词可以去写。陆游的爱情诗就冲破了写作习俗论，就反封建意义论都"不可无此诗"。

冬夜读书示子聿（陆游）

古人学问无遗力①，少壮工夫老始成。
纸上得来终觉浅，绝知此事要躬行②。

【题解】

子聿（yù），陆游的小儿子，学习很用功，父子间经常交流读书体会。后来曾任溧阳知县、严州太守。这首诗是陆游告诉儿子如何治学。

【释疑】

① 学问：指做学问，研究学问。无遗力：不遗余力，用全部力量。

② 绝知：彻底明白。躬行：亲自实践。躬，亲身，亲自。

【今译】

　　古人做学问，精力全投入；少年下功夫，老来出成就。
　　纸上学知识，总觉太浮浅；亲自实践后，事理才彻悟。

【赏析】

这首诗是谈如何治学的，全是议论，是深有体会的经验之谈，也是对治学规律的总结。前两句从正、反两方面谈治学态度：一要全力以赴，二不能急功近利。头句说"古人学问"是为了加强说服力，总结古人经验也包含个人体会。二句用"少"与"老"对应，说明治学有个逐步积累的过程，功到自然成，急功近利不得。三、四句谈治学途径，先指出"纸上得"的缺陷，后提出"要躬行"的必要，一正一反，说理更透彻。"纸上得"是统而言之，指的是间接知识。对"纸上得"，诗人只是说"终觉浅"，没完全否定，但有必要；但完全依靠"纸上得"就"浅"了。"浅"就是没经过验证，体会不深；要想"绝知"，也就是体会深，必须"躬行"靠实践，正所谓"不入虎穴，焉得虎子"。实践得来的知识是经过验证的，实践是判断真理的唯一标准。这首诗谈了一个很深的哲学问题，但文字通俗易懂，既有哲理又有诗味。这一方面要靠诗人的文学修养，更重要的是诗人经过数十年的学习和钻研，对治学之道积累了丰富的实践经验，把经验提升到理论高度就是哲学，就是"绝知此事要躬行"。

【阅读延伸】

陆游的诗少了些李白的狂放、杜甫的沉郁、李商隐的含蓄、苏轼的诙谐，但多了率真，这是陆诗的独有特色。陆游说："某闻文以气为主，出处无愧，气乃不挠。"所谓"气"，是爱国的正气，战士的刚气、男儿的血气，以及赤子的稚气。有这股"气"洋溢在胸中就会血液沸腾，好像没加思索、没作修饰而诗就喷薄而出。在胸为"气"，表现在诗里则是率真，天然去雕饰，将整个心和盘托出，没有一丝矫揉和虚假。他骂奸贼就说"误国当时岂一秦"，他恨金人就说"安得尺箠驱鲜胡"，他爱农民就说"生儿多以陆为名"，他反省自己就说"吾侪饭饱更念肉，不待人嘲应自知"，这样率真的诗句在旁人诗中很少见。乾隆皇帝在《御选唐宋诗醇》中说陆游的诗"脱口而出"，又说"有如弹丸脱手"。陆游自己也说："雕琢自是文章病，奇险尤伤气骨多。"又说："文章最忌百家衣，火龙黼黻世不知。谁能养气塞天地，吐出自足成虹霓。"陆游的诗确如雨后初晴挂在天空的一道虹霓，光焰万丈。所以，刘克庄说陆诗"力量足以驱使，才思足以发越,气魄足以陵暴"。在诗的率真上,也可以说"亘古男儿一放翁"。

送湖南部曲（辛弃疾）

青衫匹马万人呼，幕府当年急急符①。
愧我明珠成薏苡，负君赤手缚於菟②。
观书老眼明如镜，论事惊人胆满躯③。
万里云霄送君去，不妨风雨破吾庐④。

【作者简介】

　　辛弃疾，山东济南人，在家乡沦陷时率乡民二千余人参加耿京领导的抗金义军。后奉耿京委托到南京向宋高宗汇报军情，恰在此时耿京被叛徒张安国杀害。辛弃疾闻讯急回济南，率部下杀入金军阵地，生擒并杀掉张安国。次年，率军渡过淮河投奔南宋，历任湖北、江西、福建等地安抚使。一生积极参与抗金斗争，但不被朝廷重用，从四十三岁起免职闲居二十年，终抑郁而死。"廉颇老矣，尚能饭否"最能说明他渴望战斗的精神风貌。辛弃疾在文学创作上的成就主要是词，他是杰出的爱国词人，与苏轼同为豪放词派代表人物，诗作不多，风格与词相同，豪放雄健。

【题解】

　　辛弃疾任湖南安抚使时被投降派陷害，调离湖南。此时，他的一位部下要奔赴抗金战场，他写这首诗相送，勉励部下杀敌立功。部曲，古时大将军营设有各种属官，称"部曲"。

【释疑】

① 幕府：古代大将出征在帐幕中办公，称"幕府"。后来地方官衙也称幕府。急急符：紧急命令，又称"急急如律令"。

② 明珠成薏苡：引用东汉马援的典故。薏苡（yì yǐ）：一种草本植物，果实卵形，乳白色，似珍珠，可作为药物，吃了清火健身。据《东汉书·马援传》载，马援南征，从交趾（云南）归来带回一车薏苡果，被人诬陷带回一车明珠。后用"薏苡明珠"典故表示无中生有的诬陷。於菟（wū tú）：古代楚人称虎为"於菟"。

③ 胆满躯：有胆识。

④ 破吾庐：用杜甫诗"吾庐独破受冻死亦足"之意。

【今译】

穿青衫匹马单枪万人欢送，接官家紧急命令急速出征。
深愧我无中生有遭人陷害，辜负你赤手擒虎荣立战功。
观书眼虽老犹明识人如镜，论事理有胆有识直言秉公。
送你去为国立功前程远大，我不妨风雨破庐挨冻丧生。

【赏析】

首联破题写送行："青衫"表明所送之人是个下级军官，"匹马"表示此人骁勇善战，"万人呼"写热烈的送行场面；"幕府当年急急符"，指明这位军官接紧急命令要奔赴战场抗击金兵。二联写自己的愧疚："愧"什么呢？原来这位军官立了战功还没来得及论功行赏，自己就遭人陷害被调离湖南，感到有负于部下。"明珠成薏苡"是遭陷害的隐语，"赤手缚於菟"是立功的形象说法，"愧"字则写出诗人的高尚风格，虽然自己遭到陷害，但想的不是个人荣辱，而是觉得没对部属尽到责任，关心他人胜过自己。三联解析"愧"的原因："观书老眼明如镜"是说自己不是老眼昏花，没看到部属的功劳；"论事惊人胆满躯"是说自己有胆有识、明白事理，但现在下台了没有权力论功行赏了，有心无力觉得对不起部属，表现了无奈的情绪。尾联是对部属的勉励，道出这首诗的主旨："送君去"倒扣诗题；"万里云霄"是祝愿部属再立战功、前程远大；"不妨风雨破吾庐"是嘱咐部属不要为自己担心，自己年岁老了无所谓了，只要部属能为国立功有个好前程，自己挨饿受冻也心甘情愿。这首诗写得语重心长，显示了诗人光明磊落的英雄本色。

送剑与傅岩叟（辛弃疾）

镆邪三尺照人寒①，试与挑灯仔细看。
且挂空斋作琴伴，未须携去斩楼兰②。

【题解】

辛弃疾被免职闲居，他一直耿耿于怀想重返战场为祖国统一而战。傅岩叟即傅为栋，字岩叟，是辛弃疾的朋友。他送剑给傅岩叟，表达重发战场的愿望。

【释疑】

① 镆邪（mò yé）：又名"莫邪"，是古代有名的宝剑。
② 空斋：冷清的书斋。未须：不需要，不让。楼兰：汉代西域的鄯善国，这里指代金人。

【今译】

　　三尺宝剑光芒闪闪照人寒，请你与我挑亮灯盏仔细看。
　　暂且无奈剑琴为伴挂空斋，却不允许携往战场斩敌顽。

【赏析】

　　全诗句句写剑，首句介绍剑，"镆邪"写剑的名贵，"寒"写剑的锋利。二句写看剑，"挑灯看剑"这一举动写出军人赴战场前跃跃欲试的心情。辛弃疾在他的词《破阵子》中说："醉里挑灯看剑，梦回吹角连营……沙场秋点兵。"他一定是想起了当年军营的战斗生活。三句为剑惋惜，剑本是用来杀敌的，现在却挂在书斋与琴为伴成了娱乐品，让人痛心。四句说"未须携去斩楼兰"，"未须"者是朝廷，他们对敌妥协投降，也不许别人抗战，实在是一群懦夫。诗人以剑自比，借剑寄慨，并用"斩楼兰"表达对敌人的愤恨，倾诉了壮志未酬的苦闷。辛弃疾是职业军人，他的诗词总剑拔弩张充满战斗豪情。

127 州 桥（范成大）

州桥南北是天街，父老年年等驾回①。
忍泪失声询使者，几时真有六军来②？

【作者简介】

范成大，进士出身，做过地方官，还做了两个月的参政知事（副宰相）。曾作为使者去金谈判，奋力抗争，不辱使命，险些被杀。晚年隐居家乡石湖（在今苏州），号石湖先生。范成大与陆游、杨万里、尤袤并称南宋"中兴四大诗人"。他的诗前期多反映社会现实和民间疾苦，后期隐居乡间写了些田园诗。杨万里评价他的诗："清新妩丽，奄有鲍（照）谢（灵运）；奔逸俊伟，穷追太白。"这评价虽是褒词，也能说明范诗的风格，他的田园诗很有特色。

【题解】

范成大出使金朝，据沿途观感写了七十二首绝句，《州桥》是其中之一。州桥，在汴京（开封）城内宣德门与朱雀门之间，横跨汴河，又叫天汉河。

【释疑】

① 天街：指汴京宫门前的街道。驾：指宋朝皇帝的车驾。
② 使者：南宋的使臣，即诗人自己。六军：古时天子有六军，这里指南宋的军队。

【今译】

　　州桥下是天街南北伸展，众父老年年盼圣驾回还。
　　强忍泪声呜咽询问使者，什么时候军队才能凯旋？

【赏析】

　　这首诗以叙事为主，叙事中抒情。首句用"州桥""天街"交代写的是汴京，当年宋王朝的都城。二句点出主旨："父老年年等驾回"，当年的都城现在成了沦陷区，"父老"成了亡国奴受着金人的蹂躏。"等驾回"是盼望得到解放，"等"字写出盼望心情之切，"年年"写出盼望时间之久。但"年年等"等来的只有失望，所以见到宋朝使臣就如见到了亲人，于是有了三、四句的问话。"忍泪失声"四字包含着多少悲痛与辛酸，又隐含着多少苦难与屈辱。"询"字表明是在盼，但信心不足。"几时真有六军来"这问话交织着希望与失望，希望来却又怀疑是否"真"能来。全诗用问话结束，有问无答，"使者"无法答，宋王如此昏庸如此懦弱，谁还能对他抱有希望呢！这首诗真实地写出了沦陷区人民的心情，失望大于希望，这就是南宋时期残酷的社会现实。

128. 催租行（范成大）

输租得钞官更催，踉跄里正敲门来①。

手持文书杂嗔喜，我亦来营醉归耳②。

床头悭囊大如拳，扑破正有三百钱③。

不堪供君成一醉，聊复偿君草鞋费④。

【题解】

这是一首歌行体古诗，刻画了地方胥吏敲诈勒索的无赖嘴脸。

【释疑】

① 输租：交纳租税。钞：交完租税后，官府发的收据。踉跄（liàng qiàng）：走路歪歪斜斜的样子。里正："里"是古时的基层行政单位，一里之长叫"里正"，相当于后来的乡长。

② 文书：催交租税的公文。杂喜嗔（chēn）：时而嬉笑，时而发怒。嗔，发怒。亦：不过。营：谋求。

③ 悭囊：一种储钱的陶器，俗名叫扑满。《西京杂记》载："扑满者，以土为器，以蓄钱，具有入窍（入口）而无出窍，满则扑之（打破）。"如拳：形容扑满只有拳头大小，装不了几个钱。扑破：打破。

④ 不堪：不能。聊：姑且。草鞋费：跑腿的钱。

【今译】

租税早已交齐手中已有凭据，里正又歪歪斜斜敲门来催逼。

手拿公文奴斥以后又笑嘻嘻，此来不过是讨杯酒吃歇歇气。
床头扑满小如拳，打破只有三百元。
买酒买菜供不起，只能算作跑腿钱。

【赏析】

诗题是《催租》，开头从"催"写起，不是一般地催而是变着花样催。农民的租税明明已经交齐了，而且有收据在手，仍摆脱不了被勒索、被敲诈的噩运。你瞧，里正醉醺醺地敲门来了，煞有介事地拿出公文大声呵斥："快交税！"待农民拿出收据而里正实在无话可说，又马上变了一副面孔嬉皮笑脸地说："我是来讨杯酒吃。"明知是敲诈，但农民没办法，这种地头蛇是得罪不起的，只好拿出床头拳一样的小扑满，打破后里面只有三百铜钱。最后两句是农民说的话："就这点小意思不够你喝一顿酒的，都拿去算作你的跑腿钱。"仅仅八句诗，有事件、有情节、有人物、有对话，十分形象地刻画出里正的无赖嘴脸，笔墨极简却揭露极深，不得不佩服诗人的艺术功力。

范成大早年长期生活在农村，对里正一类胥吏了解颇多，后来宦海沉浮，对政治的黑暗又了解甚深，所以他的诗能揭露社会黑暗面。他的《后催租行》揭露农民为交租被逼得卖儿卖女，《劳畲耕》揭露"奸吏""盗胥"假借"官租""私债"敲诈农民。范成大身为高官，敢于揭露官场黑暗，实在难能可贵。

夏日田园杂兴 （二首）（范成大）

昼出耘田夜绩麻，村庄儿女各当家①。
童孙未解供耕织，也傍桑阴学种瓜②。

采菱辛苦废犁锄，血指流丹鬼质枯③。
无力买田聊种水④，近来湖面亦收租。

【题解】

范成大晚年隐居家乡苏州近郊，把在农村的见闻写了六十首绝句，分为"春日""晚春""夏日""秋日""冬日"五组，每组十二首，分别写春夏秋冬四季的农村的情景，总称《四时田园杂兴》。杂兴，即杂感。

【释疑】

① 耘：锄草。绩麻：把麻搓成线。当家：指担当家务劳动，不是当家做主的意思。

② 供耕织：参加耕织。傍：靠近。桑阴：桑树的树荫下。

③ 废犁锄：指无地可种了。丹：红色，指血。

④ 聊：暂且。种水：指在水上采菱。

【今译】

白天下地锄草，夜晚月下纺麻；庄户人家孩子，各自劳动无暇。
只有幼童太小，不懂参加耕织；聚在桑树荫下，模仿大人种瓜。

扔掉犁锄改采菱更加辛苦，手指磨破鲜血流鬼样枯瘦。

家贫无力买田种暂且采菱，近来湖面又重新开始收租。

【赏析】

　　第一首诗描写了农民的劳动品质和劳动习惯，是一首劳动赞歌。成年人"昼耘""夜绩"，整天忙个不停；孩子从小养成劳动习惯，也各自承担着劳动任务。只有幼儿不懂耕织，在做游戏的时候模仿着大人种瓜的各种动作。这是一幅很有情趣的农村风俗画，也是一幅紧张的生产劳动图，赞扬了农民热爱劳动的品质和习惯。

　　第二首描写了采菱者的艰辛和租税的繁重，是一首农家的血泪悲歌。农民破产了，无地可种，只好扔掉犁锄到水上采菱，以图糊口。采菱是个辛苦活儿，手指磨破、鲜血直流，连累带饿折磨得像鬼一样枯瘦，为了活命这鬼一样的日子也坚持下去。但情况不妙，催讨水面租税的官员来了。之前没听说过呀，原来只有农业税，现在怎么又加了个水面税？这不奇怪，按封建逻辑是"率土之滨，莫非王土"，统治者想收什么税就收什么税。看来鬼一样的日子也过不下去了，从种田到采菱，终究是摆脱不了剥削的魔掌，摆在破产农民面前的只有死路一条。

130. 春日田园杂兴（范成大）

土膏欲动雨频催，万草千花一饷开①。
舍后荒畦犹绿秀，邻家鞭笋过墙来②。

【题解】

这首诗写春天农村萌生的景象，表现了诗人的喜悦心情。

【释疑】

① 土膏：形容泥土潮湿肥沃，春天来了，大地解冻，地气回苏。一饷（xiǎng）：一会儿，很快。饷，通"晌"。

② 畦（qí）：田垄。鞭笋：竹笋的嫩芽。

【今译】

春雨淅沥泥土解冻湿软，万草千花霎时接连竞开。
屋后荒地冒出一片新绿，邻家竹笋偷偷探过头来。

【赏析】

头两句先写初春的物候特征：春风化雨，大地回春，泥土潮湿而肥沃，万草千花很快地竞相开放，已是春意盎然了。后两句描写一个农家小院：屋后去冬留下的一畦荒地上，小草破土而出，一片碧绿；邻家刚冒芽的竹笋从篱笆墙探过头来，好像要与小草交谈。全诗用白描手法把江南初春生机勃勃的景象写得生动而有趣，表现了诗人内心的喜悦。

131. 冬日田园杂兴（范成大）

黄纸蠲租白纸催，皂衣旁午下乡来①。

长官头脑冬烘甚，乞汝青钱买酒回②。

【题解】

这是首讽刺诗，刻画了衙役下乡催租的无赖嘴脸，与前面的《催租行》异曲同工。

【释疑】

① 黄纸：指皇帝的诏书，用黄麻纸书写。蠲（juān）：免除，白纸：指地方官府的公文，用白纸书写。皂衣：地方官府的衙役，通常穿黑衣服。旁午：乱纷纷的样子。

② 冬烘：迂腐，浅陋。青钱：青铜钱。

【今译】

皇帝诏书免租地方官府催，衙役们纷纷下乡捞油水。

上司官员迂腐一群糊涂蛋，赶快给俩酒钱啥事都好办。

【赏析】

前两句说官府上下政令不统一，皇帝下诏书免除赋税，地方官府却下公文催讨赋税，衙役们高兴了，纷纷下乡趁机捞取油水。后两句是衙役对百姓说的话：我们的官老爷一个个迂腐不堪，都是糊涂蛋好糊弄，你们只要给我们弄几个酒钱什么事都好办。衙役们这些肆无忌惮的话显示地方官员颟顸无能只知盘剥百姓，同时又勾勒出衙役敲诈勒索的无赖嘴脸。这首诗像一幅漫画，可命名为群丑图。

【阅读延伸】

　　从我国诗歌发展史看，《诗经》中的《七月》就写到田园生活，到晋代谢灵运、谢朓专门写山水，陶渊明既写山水又写田园，从此有了山水田园诗的称谓。陶渊明形成了田园诗独有的恬淡风格，可算作田园诗创始人。到唐代，王维、孟浩然壮大了田园诗的声势与阵容，田园诗与山水诗剥离成为一个独立的诗歌流派。但田园诗多写个人隐居生活，抒发个人散淡宁静的情志，与现实中农民真正的田园生活有很大距离。范成大的田园诗离开了个人生活小圈子，把农民的劳动生活与泥土气息写进了诗。钱钟书先生说范成大是"中国古代田园诗的集大成者"，他使"田园诗又获得了生命，扩大了境地，范成大可以跟陶渊明相提并论，甚至比他后来居上"。其对范成大田园诗的评价独有见地，也是对田园诗的一个总结。

初入淮河 （二首）（杨万里）

中原父老莫空谈，逢着王人诉不堪①。
却是归鸿不能语②，一年一度到江南。

朝离洪泽岸头沙③，人到淮河意不佳。
何必桑干方是远，中流以北即天涯④。

【作者简介】

　　杨万里，号诚斋，做过地方官，也做过京官。政治上主张抗金，反对妥协，为官刚直廉洁，与权臣韩侂胄政见不合，遂辞职归隐退居家乡十五年，终忧愤而亡。诗歌创作以绝句见长，善写自然界中细微场景，写法灵活，语言风趣，好用俗词俚语，风格轻灵活泼自成一格，被誉为"诚斋体"。他与陆游、范成大、尤袤并称南宋"中兴四大诗人"。

【题解】

　　杨万里任京官时，曾奉命去淮河边迎接金朝派来的"贺正使"（祝贺新年的使臣）。诗题《初入淮河》，即第一次到淮河，隔水北望见中原父老屈辱地生活在金人铁蹄下，一种民族耻辱感涌向心头，怀着沉痛心情写了四首绝句，这里选其中两首。淮河发源于河南，流经安徽入江苏。当时中原大片国土沦于金人之手，淮河成了南宋小朝廷的边界了。

【释疑】

① 王人：指南宋派来的人。不堪：难以忍受。

② 归鸿：南归的大雁。

③ 洪泽：即洪泽湖，在江苏省，诗人从这里入淮河。

④ 桑干：桑干河，又名永定河，发源于山西，流经河北，到天津入海。中流以北：指淮河中游以北，那里已被金人占领了。天涯：本指很远的地方，这里指国界。北宋时，桑干河是宋金交界河，现在淮河变成交界了。

【今译】

中原父老请不要再三空谈，
碰到南人苦难事诉说没完。
真羡慕南归大雁不言不语，
却能够一年一度飞到江南。

船离开洪泽湖岸头沙滩，
人一到淮河边心头不欢。
又何必桑干河才算遥远，
现如今到淮河就到国边。

【赏析】

第一首所写是诗人想象中的情景，根据当时情况，南宋使臣不可能与中原父老交谈。曾到过金朝的韩元吉在《朔行日记》中说，出使金的人"率畏风尘，避嫌疑，紧闭车内，一语不敢接"。杨万里不至于如此胆怯，但金人不会允许他与中原父老交谈。另一位到过金朝的曹勋在他的《出入塞》诗前小序中说：中原父老"闻南使过，骈肩引颈，气哽不能语，但泣数行下，或以感慨"。这首诗所写

"逢着王人诉不堪",虽非实事却是实情。杨万里劝中原父老"莫空谈"是激愤语,意思是说朝中那些大人物早把中原父老忘掉了,会有谁来解救你们呢,谈他们有何用?杨万里又借鸿雁南归表达了对中原父老的同情:鸿雁不会诉说在北国的"不堪",却能一年一度飞到南方享受故国的温暖;中原父老只能年复一年地遭受异族的蹂躏,人不如鸟,情何以堪!这首诗是首悲歌,写出了中原父老的无望无助。

第二首写在淮河边的感慨,淮河本是内河,现在却成了边河,所以开头诗人用"意不佳"表示水的诗句,不仅含有国土沦丧的哀叹,也隐含着对朝廷的失望。

这两首诗抒发的都是郁结于内心的悲愤,含而不露,但表达上过于含蓄。与陆游的诗相比,缺乏震撼人心的力量。

133 悯 农（杨万里）

稻云不雨不多黄①，荞麦空花早着霜。
已分饥饿度残岁，更堪岁里闰添长②。

【题解】

诗题《悯农》，"悯"是怜悯、可怜、同情的意思。这首诗写灾年农民的苦难生活，表达了对农民的同情。

【释疑】

① 不多黄：指没有多少稻穗。
② 已分：已经分明，早就知道。更堪：更受不了，更加难受。闰：闰月。

【今译】

稻田久旱不雨结穗不多，
种荞麦又遭霜只开空花。
早知道今年冬准要挨饿，
更难受又闰月冬日加多。

【赏析】

前两句写受灾情况：久旱不雨，稻田无水，结穗不多；荞麦又遭早霜，只开花不结籽，歉收是注定的了。丰年粮食都不够吃何况灾年，所以三句用"已分"点明今冬挨饿在所难免了。四句用"闰添长"这样一个巧合因素生出新意：本来残冬难熬，又多出一个月，不知要有多少人将成为冻鬼饿殍了。杨万里晚年久居农村，作为一个退职的官员，本人生活也很困苦，他在《悯旱》诗中说："还家浪作饱饭谋，买田三岁两无收。一门手指百二十，万斛量不尽穷愁。"但他更了解农民的困苦，为农民的苦难而担忧。

　　陈衍先生评杨万里的诗说："他人诗，只一折，不过一曲折而已；诚斋诗则至少两曲折。他人诗一折向左，再折又向左；诚斋则一折向左，再折向左，三折总而向右知。"比如这首诗，"稻云不雨"写歉收，"荞麦空花"也写歉收，就是"一折向左，再折向左"，而"闰添长"则换了个新角度，就是三折"向右"了。如果写成"大豆掉荚"，仍然写歉收，仍然"向左"，则就无味了。《悯农》诗很多，在众多《悯农》诗中用"闰月"生出新意也是诚斋体的一个特点。

过松源晨炊漆公店（杨万里）

莫言下岭便无难，赚得行人错喜欢①。

正入万山圈子里②，一山放过一山拦。

【题解】

这首诗写山区行路的感受，既有真实的生活体验又含有哲理。松源、漆公店都是地名。晨炊，指吃早饭。诗题的意思是，路过松源在漆公店吃早饭时写的这首诗。

【释疑】

① 赚：骗。

② 正入：恰好进入。

【今译】

不要说下山时便无困难，这样想空喜欢上当受骗。

正恰好迈进了万山丛中，过一山又一山山山阻拦。

【赏析】

诗一开头用"莫言"提出一个人们常犯的错误，即对形势的估计过于乐观，正如认为"下岭便无难"一样，不去看存在的困难。"赚得行人错喜欢"是说这是自己骗自己，实际情况是"正入万山圈子里，一山放过一山拦"，困难多着呐。这首诗表面写山区行路感受，内含哲理，是给那些头脑发热的人敲警钟。总有些人盲目乐观，无视困难，错估形势，主观冒进，最后是自食苦果。

晓出净慈寺送林子方（杨万里）

毕竟西湖六月中，风光不与四时同①。
接天莲叶无穷碧，映日荷花别样红②。

【题解】

这首诗描写西湖的早晨景色。净慈寺，全名净慈报恩光孝禅寺，在杭州西湖南山区，与灵隐寺并为西湖南北两大寺庙。林子方，是杨万里的朋友。杨万里早晨在净慈寺送别林子方，为西湖艳丽的晨景所陶醉，于是写了这首诗，其诗意与林子方无关。

【释疑】

① 毕竟：到底。四时：四季，指除六月外的其他季节。
② 接天：莲叶连天，一望无际。别样：异样，与一般不同的样子。

【今译】

> 六月西湖，毕竟色彩最鲜明；
> 风光无限，又与四时大不同。
> 莲叶接天，一望无际都是绿；
> 荷花映日，霞光花色异样红。

【赏析】

西湖景色是世界一绝，苏轼的"水光潋滟晴方好，山色空蒙雨亦奇"可以说将西湖水光山色之美写尽，别人想写西湖都不敢动笔了。杨万里写西湖避开山避开水，选择早晨的荷花来写，在构思上别具一格。头两句用"毕竟"领起，好像是先大声喝一句彩："好!"。这两句十四个字的正常语序应该是"西湖六月中风光，毕竟不与四时同"，将"毕竟"提前是为了协调平仄造成一气贯穿的语势，更是为了强调"风光不与四时同"。"不同"在什么地方？三、四句作具体描绘。描绘的景物是"荷"，三句写"叶"，四句写"花"："叶"是"接天无穷碧"，"花"是"映日别样红"，一"红"一"碧"让人眼前一亮；"无穷""别样"又紧扣上句的"不同"写出西湖之"荷"特色独具，只此一家，别无分号。这样美的西湖景色，诗人陶醉了，读者也跟着陶醉了。

136. 小 池（杨万里）

泉眼无声惜细流，树荫照水爱晴柔①。
小荷才露尖尖角②，早有蜻蜓立上头。

【题解】

杨万里热爱大自然，喜欢写风景诗，他说"山中物物是诗题"，而且"不是风烟好，何缘句子新"。他观察事物细微，他的风景诗也总在细微处写出新意，像这首《小池》就在"小"字上把文章作足，突现了"小"的情趣。

【释疑】

① 惜细流：应是"细流惜"，细流惜泉眼，不愿离去。晴柔：晴天的柔丽风光。

② 尖尖角：刚露出水面的荷叶嫩芽。

【今译】

　　细流恋泉眼，悄无声息不愿离去；
　　树荫映小池，偏偏爱这晴日柔丽。
　　小荷的嫩芽才刚刚露出水面，
　　多情的蜻蜓早已飞来挺立荷尖。

【赏析】

诗题《小池》，池虽"小"却有"小"的情趣，水是活水则由泉眼汇成细流。细流者，"小"流也，因"小"而"无声"，缓缓流淌不愿离去,因为爱恋这里的泉眼。树荫也爱恋泉眼,倒映在小池中在晴日下,将小池装点得柔丽静谧。前两句是静态描写,后两句转入动态:小荷尖尖的嫩芽刚刚露出水面,早有一只蜻蜓飞来挺立在荷尖上,给"晴柔"的小池带来无限生机。泉眼、细流、树荫、荷尖、蜻蜓,这些自然景物之间似有很深的感情,配合得和谐无间、柔情似水,构成了一种相互依恋的意境。"小荷才露尖尖角","蜻蜓"就心有灵犀一点通的早已飞来"立上头",使本来静谧的小池充满了勃勃生机。后人常用"小荷才露尖尖角"比喻那些年轻有为且前途无量的人,因为这句诗充满了青春活力。

游园不值（叶绍翁）

应怜屐齿印苍苔①，小扣柴扉久不开。
春色满园关不住，一枝红杏出墙来。

【题解】

　　叶绍翁身世不详，善写七绝，除诗外还写有《四朝闻见录》，其记录了高宗、孝宗、光宗、宁宗四朝事。他的七言绝句俏丽清爽，很有特色。《游园不值》是首写景诗，"不值"的意思是没遇到人而游园没成。既然游园没成，那有什么景可写？我们且看这位老"翁"是如何写的。

【释疑】

　　① 屐（jī）：木制的鞋，鞋的前后有齿，以防滑倒。上行时齿在后，下行时齿在前，类似赛跑时穿的钉子鞋。怜：怜惜。苍苔：青苔。

【今译】

　　园主人怕木屐踏坏青苔，紧闭上花园门久叩不开。
　　满园的春色终究关不住，有一枝红杏花伸出墙来。

【赏析】

　　诗人想去花园赏花，到了之后却园门紧闭久叩不开。他很扫兴却又不愿离去，就在门口往复徘徊，所穿木屐的屐齿将花园门前如绿毯般的苍苔践踏了一大片，这时他才想到花园主人大概就是因为怜惜这里的苍苔才紧闭园门而不接待游客，一个"应"字透露出诗人的这一猜想。诗人也对苍苔有些怜惜，正想离开，猛一抬头只见"一枝红杏出墙来"，艳丽无比。这一意外收获让诗人无限惊喜，感到此来不亏。待惊喜情绪稍微安定后，诗人悟成两条哲理：第一，新生事物总是要发展的，什么力量也压抑不了，就像这"春色满园关不住"。第二，孔子说"叶落而知秋"，同样"花开而知春"，虽然只有"一枝"，不难想到二枝、三枝……无数枝，但唯独"一枝"才更有情趣，这是个别与一般的关系。想到这些，诗人心满意足地回家了。这首诗写得清爽俏丽，富含哲理，体现了宋诗重意重理的特点。

138. 薛氏瓜庐（赵师秀）

不作封侯念，悠然远世纷①。
惟应种瓜事，犹被读书分②。
野水多于地，春山半是云。
吾生嫌已老，学圃未如君③。

【作者简介】

赵师秀，宋太祖赵匡胤的八世孙，虽出身皇族但无意仕途，向往平民生活，并多年隐居于永嘉（今浙江温州）。他是江湖派著名诗人，与徐照、徐玑、翁卷并称"永嘉四灵"（四人都是永嘉人）。赵师秀写诗追求心境平净，自然朴实。有个叫杜小山的人问他怎样写诗，他答曰："但能饱吃梅花数斗，胸次玲珑，自能作诗。"

【题解】

《薛氏瓜庐》是赵师秀的一篇名作。薛氏，名薛师石，也是永嘉人，有大志但隐居不仕，以种瓜为业，他给自己住的屋子起名叫"瓜庐"，自己的诗集叫《瓜庐诗》。赵师秀的这首诗就是题咏薛师石的"瓜庐"的。

【释疑】

① 念：念头，想法。悠然：悠闲自得。
② 读书分：分出一些时间读书。
③ 学圃：典出《论语·子路》："樊迟请学稼，子曰：'吾不如

老农。'请学为圃，子曰：'吾不如老圃。'"圃，指种蔬菜，这里指薛师石种瓜之事。

【今译】

  从没有做官封侯的念头，远离世俗纠纷悠闲自处。
  整日只为种瓜事而忙碌，还要抽出一些时间读书。
  近处湖沼多于陆地，远处青山笼罩云雾。
  可惜我已老迈衰朽，不能与你瓜庐同处。

【赏析】

  南宋政治黑暗，官场倾轧，许多文人厌恶仕途，便以平民身份活跃于诗坛，称为"江湖诗派"。他们生活在民间能更多接触现实生活，他们的诗有些反映民间疾苦，有些写隐居闲适生活，而赵师秀属于后者，《薛氏瓜庐》可看作是他的代表作。

  这首诗首联"不作封侯念，悠然远世纷"，赞扬薛师石不求利禄、超乎世俗的情怀。二联写这位隐士每天所做的事情。陶渊明在《读山海经》诗中说："既耕且已种，时还读我书。"隐逸之士，种田不是为了糊口，读书不是为了功名，而是一种精神寄托。薛师石过的就是陶渊明式的隐逸生活，种瓜累了就抽点时间读书，"半耕半读"，生活充实而有情趣。三联写瓜庐周围的环境：近处多是沼泽湖泊，只有一小块陆地让薛师石用来种瓜了；远处青山隐隐，云雾缭绕，瓜庐就在其间。这环境充满"野趣"，犹如世外桃源。尾联写到诗人自己，他慨叹年纪老了，不能同薛师石一起在这里种瓜，表现了对隐逸生活的向往。

139. 雪　梅（卢梅坡）

梅雪争春未肯降，骚人搁笔费评章①。
梅须逊雪三分白，雪却输梅一段香②。

【题解】

卢梅坡，身世不详，是江湖派诗人。诗题《雪梅》，雪梅开白花，是梅的一个品种。

【释疑】

① 争春：争抢春色。梅花虽然在寒冬开放，但清香四溢，给人一种春感；雪也下在冬天，但几场雪后就会迎来春天，故有"争春"之说，是谁前谁后和一争高下的温婉说法。降（xiáng）：服输。骚人：诗人。评章：评判，评论。

② 须：应当。逊：差，不如。一段香：一股香味。

【今译】

　　　　梅和雪争春色互不相让，
　　　　诗人们评论要搁笔思量。
　　　　梅跟雪要比白尚差三分，
　　　　雪比梅又少了一股幽香。

【赏析】

诗题是《雪梅》，但诗人却没对雪梅作描写，而是将雪梅分解成"梅"与"雪"，并让二者"争春"，还请来诗人作评判。诗人很费脑筋，搁笔思考了半天才得出评语：在色泽上，梅不如雪白；在气味上，雪不如梅香，也就是说二者各有所长，不必用"白"贬低梅，也勿须用"香"贬低雪，二者并列第一。这首诗构思很新颖，诗人的本意是说雪梅又白又香，一物兼有二物风韵，无愧"梅""雪"二字，但不直写，而是通过"争春"和"骚人"的评论说出自己对梅、雪的赞赏。这一新颖构思给诗增添了哲理思考：看问题要全面，不能抓住一点不及其余而犯主观片面性错误。宋人偏好"以理入诗"，这首诗体现得颇为充分，四句诗既无描写又无抒情而全是叙述，在叙述中已有梅和雪的形象，既有诗味又有理趣。这首诗反映的是江湖派诗人的生活情趣。

140. 绝　句（僧志安）

古木阴中系短篷，杖藜扶我过桥东[①]。
沾衣欲湿杏花雨，吹面不寒杨柳风[②]。

【题解】

僧志安是南宋的一位僧人，其他不详。这首《绝句》描写了江南特有的初春风光，风格闲散安逸，属于江湖诗派。

【释疑】

① 古木：老树。篷：有篷的小船。杖藜扶我：即"我扶杖藜"。杖藜，拐杖。

② 杏花雨：杏花开放时下的雨。杨柳风：杨柳抽丝时刮的风。

【今译】

老树荫下系着一条篷船，
我扛拐杖来到小桥东边。
杏花吐蕊细雨沾衣不湿，
杨柳抽丝小风吹面不寒。

【赏析】

这是一首描写春游的风景诗。和尚志安本来不关心外界事物，但春光明媚把老和尚也吸引了，于是扛着拐杖来到桥东欣赏这大好春色。他看见一条乌篷船系在树荫下，船上无人，周围环境十分静谧。这时，下起小雨，刮来了小风，但细雨如丝落在衣服上欲湿不湿,小风拂面也毫无寒意。风雨没有影响和尚的游兴,他沿着小路继续他的春游。这首诗虽无什么深意,但写得朴素自然,并有诗情、有画意,读来赏心悦目。初春季节,别处依然乍暖还寒,江南春来早,已经细雨不沾衣、小风不寒面了。用"杏花"修饰雨,用"杨柳"修饰风,不仅写出了江南春风春雨的细柔,而且还增添了美感。老和尚貌似世外人,其实对现实生活的观察与体验还是很细微的。

悟道诗（某尼）

尽日寻春不见春，芒鞋踏遍陇头云①。
归来笑拈梅花嗅②，春在枝头已十分。

【题解】

这是一位不知姓名的尼姑写的诗。这首诗以"寻春"为喻，写"悟道"的过程。悟道，即"悟禅"。

【释疑】

① 芒鞋：草鞋。陇头云：云雾缥缈的田间地头。
② 嗅：闻，用鼻子辨别气味。

【今译】

　　尽日寻春天却不见春天，穿着草鞋踏遍陇头田间。
　　归来笑拈一枝梅花闻闻，原来春天就在自己身边。

【赏析】

　　四句诗分两层，前两句写"寻道"，后两句写"悟道"。"寻道"颇费周折，"尽日"从时间上写历时之久，"踏遍"从空间上写地域之广，但"不见春"是寻不到春的踪影。不说"到处寻遍了"，而说"踏遍陇头云"，写出了云游尼姑出入于白云明灭间的超逸神情。从前两句的"尽""遍"二字看，好像"山重水复疑无路"没有办法寻到春了。而后两句却"柳暗花明又一村"，回到尼姑庵含笑拈一枝梅花闻闻，那扑鼻的清香正意味着春天的来临，原来春天就在自己身边。"十分"二字表明春意盎然,"笑拈"二字写出尼姑的顿悟。这一"寻春"过程表明"道"不能"寻"只能"悟",所以诗题是《悟道》,这大概就是佛家禅理。佛家禅理不好写,容易写得既玄奥又枯涩。这首诗用"寻春"为喻,写得充满佛家乐趣。若抛开禅理不说,仅把它作为咏春诗看也是生动传神。这位尼姑比前首的和尚更具有普通人的天真活泼,体现了江湖诗派的另一种风格。

142 淮村兵后（戴复古）

小桃无主自开花，烟草茫茫带晚鸦①。
几处败垣围故井，向来一一是人家②。

【作者简介】

戴复古，一生不仕，长期流落江湖，是江湖派重要诗人。他的诗能揭露统治者苟且偷安的现实，表达了人民收复中原的愿望。

【题解】

《淮村兵后》写战乱之后农村的破败惨状。淮村，指淮河边的村庄，南宋时淮河就是边界了。

【释疑】

① 烟：指雾气，不是炊烟。
② 败垣：倒塌的墙。垣，墙。故井：废井。向来：原来。

【今译】

　　　　无主的桃花自顾地开着红花，
　　　　茫茫荒原雾气中盘旋着暮鸦。
　　　　倒塌的墙壁周围有几眼废井，
　　　　原来这里一处一处都是人家。

【赏析】

首句用"无主"修饰"小桃"，表明这里已经没有人烟了；春天来了，一株"小桃"还是开花了，"自开花"是说虽然开花却无人欣赏了。二句用"茫茫"描绘"烟草",指出这里杂草丛生、瘴雾茫茫,瘴雾中还盘旋着几只暮鸦,它们是在寻找死人的尸体吧。三、四句说原来的村庄现在房倒屋塌变成一片废墟了,只有那一口口废井告诉人们这里原来住着很多人家。诗人选择"小桃""烟草""败垣""晚鸦""故井",描绘了淮河边农村战乱后破败的境况,令人心酸。诗人同情人们的不幸,也隐含着对造成这种惨状的金人与南宋小王朝的谴责。

戊辰即事（刘克庄）

诗人安得有青衫？今岁和戎百万缣①。

从此西湖休插柳，剩栽桑树养吴蚕②。

【作者简介】

　　刘克庄，号后村，性耿直，敢直言犯上，在官场屡遭打击。在做建阳县尉时，他写了《落梅》诗，被指责讽刺当权者，获罪免职；后任中书舍人，又因弹劾权相史嵩之遭贬。其仕途一直不顺，最后辞职回家了。刘克庄是官职最高的江湖派诗人，但笔锋较其他江湖派诗人更为犀利，经常讽刺时政、揭露官场黑暗，具有平民诗人的朴实风格。

【题解】

　　《戊辰即事》是首政治讽刺诗。戊辰，指宋宁宗嘉定元年。这一年南宋与金人交战大败，再次签订丧权辱国的所谓"和约"，赔偿金人犒师费三百万贯，并且从这一年起每年增纳岁银三十万两、绢三十万匹。这首诗写的就是这件事。

【释疑】

　　① 和戎：与金人签订和约。戎，古时称汉族以外的民族为"戎"。缣（jiān）：细绢。

　　② 吴蚕：吴地盛产蚕丝，故称蚕为"吴蚕"。吴，指江浙一带。

【今译】

  诗人们怎能够再有青衫穿？
  今年与金签约赔偿百万绢。
  从此西湖不能再栽种杨柳，
  余出空地只能种桑来养蚕。

【赏析】

  开头用问句提出一个匪夷所思的问题，吴地盛产丝绸而诗人却没有"青衫"穿了，为什么呢？二句给出答案：今年与金人签订"和约"，丝绸都赔偿给金人了。"诗人安得有青衫"不是为个人惋惜，而是站在国家立场指出经济破产了。三、四句是辛辣的讽刺：西湖本是名闻天下的游览胜地，从今后西湖不用栽杨柳了，没有人再有心情游览了，余出空地种桑养蚕，好织成绢给金人源源不断地送去。刘克庄确实敢于揭疮疤，对当朝事、当朝当权派做如此直露的揭发与讽刺，而且在诗题中直书"戊辰"二字，他是站在爱国立场给南宋小王朝的君臣们画了一幅政治漫画，刻画了他们苟且偷安的丑陋嘴脸。

144. 病后访梅（刘克庄）

梦得因桃却左迁，长源为柳迕当权①。
幸然不识桃并柳，也被梅花累十年②。

【题解】

　　这首诗写了三件因写诗而得祸的往事，含蓄地控诉"文字狱"。诗题《病后访梅》，诗人曾因写《落梅》诗而获罪，一直耿耿于怀，写这首诗追述。

【释疑】

　　① 梦得：唐朝诗人刘禹锡字梦得。因桃：因为写咏桃诗。左迁：古时以右为上，"左迁"即降职。长源：唐朝诗人李泌（mì）字长源。为柳：因为写咏柳诗。迕（wǔ）：不顺从，这里的意思是"得罪"。当权：当权派。

　　② 幸然：幸亏。累：拖累。

【今译】

　　　　刘禹锡写桃花遭到贬官，
　　　　李长源咏杨柳得罪当权。
　　　　我幸亏不熟悉桃和杨柳，
　　　　也未免被梅花拖累十年。

【赏析】

　　刘禹锡的《戏赠看花诸君子》诗有"玄都观里桃千树，尽是刘郎去后栽"诗句，当朝新贵认为是讽刺他们，便将刘禹锡贬职。李泌的咏柳诗有"青青东门柳，岁晏复憔悴"诗句，宰相杨国忠认为是讽刺他好景不长（柳与杨是同种树）而欲将李泌处死，幸得唐玄宗庇护才保住一条命。刘克庄写《落梅》诗，有"东风谬掌花权柄，却忌孤高不主张"的诗句，宰相史弥远认为是讽刺他，遂将刘克庄贬职。时代不安定，写诗作文是件危险事，稍不小心就横生祸端，轻者贬职，重者处死，这就是"文字狱"。"文字狱"古今皆有，唐代有咏桃案、咏柳案，宋代有咏梅案，现代有《海瑞罢官》，看来古今当权者都神经过敏，容不得别人说半个"不"字。

【阅读延伸】

以上介绍了几位江湖派诗人，江湖派在诗界是小流派，其诗人大多在文学史上不占位置，他们的诗在历代诗选集中也很少选，但这是一个重要流派，其诗人虽没处在社会底层却也处在社会基层，能更多地接触到社会现实。这些诗人的共同特点是厌恶官场、向望自由，他们的诗基本走两条路线：一条跟着陶渊明走，写隐逸生活，对现实社会做曲折反弹，如赵师秀；一条跟着白居易走，直刺社会弊端，如刘克庄。这些诗人大多是平民，他们有功夫"苦吟"，其诗大多都在艺术上有特色，也是诗歌百花园中的一朵奇葩。

145 春 日（朱熹）

胜日寻芳泗水滨，无边光景一时新①。
等闲识得东风面②，万紫千红总是春。

【作者简介】

朱熹，著名的哲学家、教育家，也是著名的诗人和文学家，是理学的集大成者。所谓"理学"，是由北宋周敦颐、程颢、程颐、张载等创建，后由南宋朱熹发展起来的哲学思想学派，以儒家思想为核心，又揉进一些佛、道思想，形成了新的儒家思想体系。其基本观点认为"理"（又称"天理"）是万物的起源，也是社会生活的最高准则，所以称为"理学"，其对后世哲学思想的发展影响甚大。朱熹通晓经学、史学、音律，其文学思想主张文以载道，强调"义理""德性"，认为"文皆是从道中流出"，诗无工拙而只有志分高下。朱熹一生做过各种官，但主要精力用于教育、著述和传授理学，著有《四书集注》《诗集论》《楚辞集注》等。他的诗平淡自然，富有哲理，形象鲜明，耐人寻味。

【题解】

《春日》是首写景诗，描写春天的美好风光。

【释疑】

① 胜日：风和日丽的日子。寻芳：寻找美好的风景。泗水：水名，在山东中部。滨：水边。光景：风光景物。

② 等闲：随便，不经意。识得：认识，领略。

【今译】

　　　　风和日丽，寻求美景泗水旁；
　　　　美景无边，处处呈现新气象。
　　　　并非有意，领略东风威力大；
　　　　万紫千红，绚丽烂漫泛春光。

【赏析】

　　在风和日丽的春天，诗人来到泗水岸边赏花观景，看到一派春光明媚的新气象，无意中领略到"东风"的巨大威力。正是和煦的"东风"吹拂大地，吹开了万紫千红的鲜花，点染了生机盎然的春意。这首诗语言浅显流利，形象鲜明生动，"万紫千红总是春"是著名的咏春警句。有学者将这首诗理解为说理诗，理由是：朱熹并没到过泗水，而泗水不是一般的水，是孔子的家乡，是孔子讲学授徒的地方，所以这首诗不是写实而是另有寓意，其中"寻芳"是寻求圣人之道，"东风"象征圣人之道博大精深可以催化万物。这样诠释这首诗，对作为理学家的朱熹来说似乎不无道理，但学究气太浓；不如把它看作游春诗，欣赏其绚丽春光与盎然生机更切合诗题，也更符合广大读者的欣赏习惯。

观书有感（二首）（朱熹）

半亩方塘一鉴开，天光云影共徘徊①。
问渠那得清如许②？为有源头活水来。

昨夜江边春水生，艨冲巨舰一毛轻③。
向来枉费推移力，此日中流自在行④。

【题解】

诗题《观书有感》是谈读书体会的，意在讲道理、发议论，但写的是诗，就要从大自然或生活中捕捉形象，让形象来讲理。

【释疑】

① 鉴：古代使用的铜镜。徘徊：在这里是荡漾的意思。
② 渠：第三人称代词"他"，指方塘。如许：如此，这样。
③ 艨冲：即"艨艟"，古代的一种战船。
④ 自在：自由，任意。

【今译】

半亩方塘像明镜一样铺开，天光云影在里面荡漾徘徊。
若问池水为什么这样清澈？因为源头有活水不断送来。

昨夜万溪汇流江水猛然增升，艨艟巨舰如鸿毛漂浮在水中。
往日水浅白白用力总推不动，如今水深在中流也任意航行。

【赏析】

　　第一首头两句是景象描绘："半亩方塘"不算大，但清澈明净，"天光云影"都倒映在里面自由荡漾，这其中有许多妙不可言的内涵。第三句是设问：方塘为什么这样明净呢？第四句作答：因为有源头活水不断送来。初看头两句，只是在写景，而且"半亩方塘""天光云影"都是眼前实景。读了后两句，才知道诗人是借景说说了一个很深刻的道理。"源头活水"是比喻，寓意深广：对读书来说，书是知识的"源头活水"，只要不断读书，知识就会不断丰富；对文学创作来说，生活实践是"源头活水"，只有越深入生活，创作素材才越多；对做学问来说，思想解放、勤于思索是"源头活水"，思想不停滞才能心明眼亮认清事物本质。总之，万事万物都有它的"源头活水"，从本源做起是解决一切问题的万能钥匙。这首诗，句句比拟，句句说理，但不露说理痕迹，是宋诗"哲理入诗"的典型。

　　第二首诗开头两句也是写景：昨夜万流汇入大江，春水猛增，万吨的艨艟巨舰竟能像鸿毛那样在水面漂浮。三、四句看似顺势描写：往日白费力气也推移不动的艨艟，今日却在中流自由航行。这里用"昨夜""向来"对比，包含着一个疑问：为什么会这样？诗到此结束，有问无答，答案要读者自己去领悟。如果从物理学角度作答，这是水的浮力作用。朱熹是思想家，从思想角度看这里谈的是灵感的作用。当遇到疑难问题，苦苦思索不得其门而入，但灵感一来便豁然彻悟，疑难也迎刃而解了。"灵感"一词并不玄虚，它是实实在在存在的悟力，不是天赋，也不会从天而降，它是常年经验的积累，是思考的结晶。

　　这两首诗是朱熹用诗的形式写的读后感，是多年做学问的经验总结。两诗都用比拟，或者说是象征手法，这种手法本身就具有很大的艺术张力，加上朱熹是思想家，所以诗意远远超出了一时一事的感想，而具有更广泛的哲理意义，给人以深远的启示。陈衍评朱熹诗"寓物说理而不腐"，作为理学家能"不腐"而无学究气是很不容易。

147. 促　织（洪咨夔）

一点光分草际萤，缲车未了纬车鸣①。
催科知要先期办，风露饥肠织到明②。

【作者简介】

洪咨夔，南宋晚年人，曾任刑部尚书，翰林学士。他的诗批判性很强，敢于揭露社会黑暗。

【题解】

促织，是蟋蟀的别名。《促织》不是一首咏物诗，而是借题发挥另有别指。

【释疑】

① 分：这里是"借"的意思。草际：草边。缲（sāo）车：同"缫车"，即缫丝，把蚕蛹浸泡在热水里抽出蚕丝。纬车：织布机。

② 催科：催收赋税。科，官府规定的赋税项目。风露：指挨冻。饥肠：指挨饿。

【今译】

一点光亮借自草边萤虫，缫丝未完织机又在轰鸣。
知道赋税必须事先备好，忍饥挨冻一直织到天明。

【赏析】

"促织"本是虫名，从字面意义解释是催促织布，本诗就从字面意义写起。首句写织布的艰难：没有钱买灯油，只能借萤火虫的一点光亮摸索着织布。二句写织布的繁忙：缫丝工序还没完就急忙上机织布，不敢有半点停歇。为什么这样匆忙呢？三句回答说因为官府催得紧，必须把税金事先准备好，否则将大祸临头。四句总结说因此忍饥挨冻一直织到天明。这首诗明写促织暗中喻人，表现了诗人对横征暴敛的谴责和对劳动人民的同情。

148. 狐　鼠（洪咨夔）

狐鼠擅一窟，虎蛇行九逵①。
不论天有眼，但管地无皮②。
吏鹜肥如瓠，民鱼烂欲糜③。
交征谁敢问，空想素丝诗④。

【题解】

洪咨夔曾任刑部尚书，对大小官吏鱼肉百姓的恶行深有了解。这首诗把官吏比作"狐鼠""虎蛇"，予以无情鞭挞。

【释疑】

① 狐鼠：是"城狐舍鼠"的简称，语出《韩非子》。城狐，指城墙上的狐狸。舍鼠，指土地庙里的老鼠。这句的"狐鼠"与下句的"虎蛇"都比喻仗势作恶的官吏。擅一窟：满满一窝，指恶吏众多。行九逵：指恶吏众多，又有横行霸道的意思。九逵，指都城大道，又称"九衢"。

② 但：只。地无皮：指官吏把地皮刮走了。

③ 鹜：鸭子。瓠（hù）：瓠瓜。糜：煮得稀烂的粥。

④ 交征：交相征收，指用各种名义征收的苛捐杂税。素丝诗：《诗经·羔羊》："羔羊之皮，素丝五紽（tuó）。"这首诗是赞扬清官廉政的，这里用"素丝诗"指清官。

【今译】

　　城狐舍鼠占据窟穴，恶虎毒蛇横行九衢。
　　不管上天有眼明鉴，只知贪污搜刮地皮。
　　官像野鸭肥如瓠瓜，民似鱼肉踏作烂泥。
　　苛捐杂税谁敢质问，空盼清官伸张正义。

【赏析】

　　这是首讽刺诗，全诗都用比喻，刻画贪官污吏搜刮民脂民膏的丑恶嘴脸。首联用"狐鼠""虎蛇"比喻恶吏，揭露他们不仅人数众多，而且独霸朝政、肆意横行。二联上句"不论天有眼"揭露他们目无王法、不知羞耻，不把"天"放在眼里，应该遭到天谴；下句"但管地无皮"揭露他们贪得无厌，连地皮都搜刮精光了。三联上句刻画他们的丑恶形象，一个个肥得像只鸭子、圆得像个瓠瓜，这是搜刮民脂民膏的结果；下句则写百姓像刀俎上的鱼肉任人宰割，并被踏成烂泥。这一对比深刻地揭示出官民的尖锐矛盾，官无忌惮，民无活路。尾联揭露即使如此百姓也敢怒不敢言，只能幻想出个清官为百姓伸张正义，以荡清这污浊的社会。这首诗，对贪官污吏的揭露可以说入骨三分，对贪官污吏的责骂又痛快解气。最后一句的"空想"二字显示了诗人的无奈，这个社会已经烂到底了，出一两个清官也无力补天，只能把它砸得"烂如糜"了。

嘲科费 （王迈）

元宵灯光费科条，斗巧争妍照彩鳌①。
官府自知行乐事，谁知点点是民膏②。

【题解】

王迈任过地方官，敢于讲话，写了一些揭露社会黑暗的诗。这首《嘲科费》揭露矛头指向"官府"，实际是指向皇帝。科费，指官府向百姓摊派的费用，这里指以过元宵节为名向百姓收取彩灯费。嘲，是嘲笑、谴责、怒斥的意思。

【释疑】

① 科条：法令。彩鳌：过元宵节时用彩灯搭成山形灯塔，叫"鳌山"。

② 民膏：指百姓的血汗钱。

【今译】

元宵过节官府收取彩灯钱，争奇斗胜彩灯巧叠成鳌山。
官家自顾观灯赏景取乐事，哪知灯灯都由民膏来点燃。

【赏析】

官府的苛捐杂税，都是巧立名目、乱摊滥派以盘剥百姓。过元宵节，就下达法令收取彩灯费，用百姓的活命钱将彩灯叠成鳌山，争奇斗妍，寻欢取乐。据《乾淳岁月记》载："元夕（元宵节晚上）二鼓，上（皇帝）乘小辇（皇帝坐的车），至玄德门观鳌山……山灯凡千数百种，极其新巧。"与这首诗所写相吻合。三、四句是议论，其中三句直斥"官府自知行乐事"而不管百姓死活，四句点明主旨"谁知点点是民膏"，是民脂民膏点亮了彩灯，也养活了这些观灯的达官贵人。王迈的揭露大胆直率、一针见血，言外之意是这样的皇帝与官吏要他有什么用呢？

150. 题临安邸（林升）

山外青山楼外楼，西湖歌舞几时休^①？
暖风熏得游人醉，直把杭州作汴州^②。

【题解】

林升，生平不详。这首诗原写在临安一家客栈的墙上，因说出了人们的共同心声，故流传下来。临安，即杭州，南宋建都于此。邸，指客栈。

【释疑】

① 休：停止。
② 直：简直。汴州：今开封市，北宋的国都。

【今译】

山外有山楼外还有楼，西湖歌舞何时能停休？
暖暖湖风熏得游人醉，竟直把杭州当作汴州。

【赏析】

这是首政治讽刺诗，四句诗有写景、有抒情、有议论，语气平缓，但内容沉痛。首句写景：杭州青山群峰相连，楼群鳞次栉比，表面看繁华得很。二句抒情：可惜这是一种畸形的繁华，国家已经垂危，西湖却整日歌舞升平。三、四句议论：西湖的暖风将游人熏得昏昏欲醉，竟直把杭州当作汴州了。这话是说给南宋小王朝的君臣们听的：亡国之都是暂时栖居之地，却在青山绿水中矗立着这么多高楼，且还一天到晚歌舞升平，完全忘记了大片国土还沦于外人之手，忘记了他们的乃祖乃宗（徽、钦二帝）还在金人的囚室里当俘虏，简直是一群醉生梦死的废物。诗中提到的"汴州"，当年这些废物的乃祖乃宗就是在此地醉生梦死过日子的，现在他们又旧戏重演，其结局仍会像北宋一样亡国亡宗。这首诗喊出了人们内心共同的愤慨，虽然写在小客栈的墙上但也不胫而走，这就是民心所向。

151 画　菊（郑思肖）

花开不并百花丛，独立疏篱趣无穷①。
宁可枝头抱香死，何曾吹落北风中②。

【作者简介】

郑思肖，南宋遗民，南宋灭亡后隐居苏州，将名字改为"思肖"，即"思赵"（"赵"字的繁体右边是"肖"），平日立、坐、睡都面向南方不忘故国。他是诗人又是画家，画兰花不画土，说土都被元人挖去了。他的诗多写对故国的思念，表现了坚贞的民族气节。

【题解】

诗题《画菊》是给菊花画像，实际是给自己画像，借菊花表达自己的民族气节。

【释疑】

① 并：并入。疏篱：稀疏的篱笆。
② 抱香死：指菊花至死仍保留清香，喻坚守民族节操。北风：指北风民族。在宋代，威胁着中央政权存亡的北方民族先是辽（契丹）后是金（女真），最后灭掉南宋的是元（蒙古）。这首诗的"北风"指元人。

【今译】

菊花开从不肯并入花丛，独立在篱笆上趣味无穷。

六、宋辽金诗

宁可在枝头含香枯萎死,绝不能屈服北风落下枝。

【赏析】

　　读这首诗,要由字面意义琢磨它的深层意义。诗的前两句的字面意义是描写画面的内容:一株秋菊在百花凋谢后才开放,独立在篱笆上展示着自己的独有情趣与风格,"不并百花丛"就是不与其他花同时开。深层意义是绝不与其他人同流合污,始终保持自己的独立人格,虽然看似孤独却有自身价值。后两句的字面意义是,宁可枯萎在枝头也要保持芳香,绝不让北风吹落堕入尘埃。深层意义是,宋虽灭亡了,但要保持民族气节,绝不屈服于元人的淫威而做元的顺民。这首诗虽运用隐喻手法,但所寓含的意义不难理解,读后仿佛见到一位坚贞不屈的爱国志士傲然挺立在菊花背后。

152. 咏制置李公苬（郑思肖）

举家自杀尽忠臣，仰面青天哭断云①。

听得北人歌里唱，潭州城是铁州城②。

【题解】

制置，即制置使，是掌管一方军政大权的官员。李公苬，即李苬，任潭州制置使。在元军围攻潭州时，他组织军民奋力抵抗，亲冒箭矢坚守城头战到最后，见城已失陷便举家自杀殉国。郑思肖写这首诗是歌颂这位英勇的爱国将领。

【释疑】

① 哭断云：哭声遏阻了行云，形容哭声沉痛。

② 潭州：今湖南省长沙市。

【今译】

　　全家都自杀，无一不忠臣；仰面叹青天，哭声遏行云。

　　吓破元人胆，唱歌都承认；潭州城如铁，李苬是铁人。

【赏析】

首句感情激动地赞颂李苬全家"尽忠臣"，二句用哭声渲染全家自杀的悲壮。三、四句换一角度用元人的话歌颂李苬，比自己出面说更有力量。"潭州城是铁州城"，写出李苬日夜坚守的英勇。南宋像李苬这样的将领不在少数，可惜小皇帝畏首畏尾不能重用，最后自食恶果而亡国亡宗。

湖州歌（汪元量）

北望燕云不尽头①，大江东去水悠悠。
夕阳一片寒鸦外，目断东西四百州②。

【作者简介】

汪元量，南宋宫廷琴师。元丞相伯颜曾屯兵湖州派人到临安逼降，将宋廷上自母后、幼主，下至宫女、内侍都掳往北方，宋亡。汪元量也在被掳之内，后侥幸逃回杭州做了道士。

【题解】

汪元量以《湖州》为题写了九十八首诗记叙这段亡国历史，反映亡国之痛。这里选一首。

【释疑】

① 燕云：这里指代北方失陷的国土。燕，指古幽州，今河北、辽宁一带。云，指古云州，今山西大同一带。

② 目断：极目力所到。四百州：指全部国土，唐时有全国四百州的说法。

【今译】

远望北方失地漫无尽头，脚下长江浪涛滚滚东流。
夕阳下一片寒鸦忙啼哭，极目东西南北四百郡州。

【赏析】

首句说隔江北望，广阔的燕云等地都已沦入元人之手；二句说低头下看，滚滚东流的长江现在也被元人占领；三、四句说全国四百州大好江山都被元人占领了，到处是夕阳惨淡、寒鸦鸣啼，一片悲惨凄凉的景象。全诗反复写同样景、抒同样情，往复回旋，如同连声呜咽，深刻表达了亡国哀痛。

扬子江(文天祥)

几日随风北海游,回从扬子大江头①。
臣心一片磁针石,不指南方不肯休②。

【作者简介】

文天祥,号文山,宋理宗宝祐四年以进士第一名入仕,历任瑞州、赣州等地方官。元兵进攻临安,他在赣州组织义军到临安保卫京城,被任命为右丞相;次年,他代表南宋到元人军营与元人谈判而被拘,在押送途中设法逃走,辗转至温州继续率军抗元。这一段经历,他在《指南录后序》中记录很详细。最后,抗元失败被俘而被押往大都,坚拒诱降,大义凛然,于大都柴市口慷慨就义,年仅四十七岁。文天祥是抗元民族英雄,也是有成就的诗人,他的诗多写亲历之事,诗风激昂悲壮,是抗御外敌入侵的史诗,激励着历代人的爱国精神。

【题解】

《扬子江》是他从元营逃脱奔往温州的途中所写,抒发了不到南方誓不休的坚定信念。扬子江,指长江下游。

【释疑】

① 北海游:指从元营逃脱,辗转回南方的一段经历。回从:回到。

② 磁针石:即指南针。南方:当时宋端宗赵昰(shì)在福州

即位,"南方"是宋的象征,也是祖国的象征,所以文天祥将自己的诗集命名为《指南录》。

【今译】

　　前几日随大风北海漂游,好不容易回到扬子江头。
　　我的心就像那一根磁针,不永远指南方誓不罢休。

【赏析】

　　首句用"北海游"指代在元营的经历,"随风"写其惊险性;二句"回从扬子大江头",写脱险后的喜悦;三句用"磁针石"比喻爱国之心;四句用"南方"比喻祖国,"不肯休"写出为国献身的坚定信念。耿耿此心,天日可鉴,一位爱国志士的形象矗立在读者面前了。

155. 过零丁洋（文天祥）

辛苦遭逢起一经，干戈寥落四周星①。
山河破碎风飘絮，身世浮沉雨打萍②。
惶恐滩头说惶恐，零丁洋里叹零丁③。
人生自古谁无死，留取丹心照汗青④。

【题解】

文天祥由元营逃回温州继续率领民众抗元，起初取得一些胜利并收复了数州，终因敌我力量悬殊而在广东省海丰县五岭坡兵败被俘。元军将他押往大都，船过零丁洋至崖山，元军首领要他写信招降另一位抗元将军张世杰，他坚决拒绝并写下这首诗作为回答。零丁洋在广东珠江口外的崖山。

【释疑】

① 辛苦遭逢：指从政至今抗元的艰苦经历。起一经：起因于阅读经书。一经，指孔孟著作。干戈：指抗元战争。寥落：众多。四周星：四周年。

② 絮：柳絮。萍：浮萍，一种浮在水面的植物。

③ 惶恐：前一"惶恐"指惶恐滩，在江西万安县境内的赣江中。后一"惶恐"指心情惶恐。零丁：前一"零丁"指零丁洋，后一"零丁"指孤苦零丁无助。

④ 汗青：史册。古代无纸而将字写在竹简上，制作竹简时，先

将青竹用火烤去掉水分（汗），以防止虫蛀或腐烂，这种制作方法叫"汗青"，后用作"历史"的代称。

【今译】

艰辛遭遇起因于阅读五经，战斗频繁已度过四年历程。
山河破碎如狂风吹动柳絮，身世浮沉像雨打水面浮萍。
过惶恐滩头心情更加惶恐，零丁洋里处境更孤苦零丁。
人生自古谁能够长生不死，唯有一颗丹心在历史留名。

【赏析】

首联简要回顾自己短暂一生的"辛苦"遭遇，抓住两件大事来写，一是读经从政步入仕途，二是抗元救国已历时四年。"起一经"就是接受传统教育，陶冶爱国情志；"干戈寥落"是说战斗虽残酷，但爱国之志不衰。二联写国家及个人命运：国家已经像狂风吹动的柳絮，破碎不堪而摇摇欲坠；个人也处境艰难像雨打浮萍，孤身被俘而无根无依。三联写自己的心境：上句是回忆，文天祥的军队在江西吉水失利，曾从惶恐滩向福建撤退，现在想起来心情自然惶恐不安；下句写目前身为俘虏被押送过零丁洋，能不感到孤苦无依吗？这一联巧妙地把地名与心理感受联系起来写，语意双关，增强了感染力量。尾联表达为国捐躯的决心，以磅礴的气势、高昂的语调宣布已把生死置之度外，用生命显示了节操。"人生自古谁无死，留取丹心照汗青"，这大义凛然的诗句表现了高贵的民族气节与舍生取义的精神，光照千古。正因为有了这样的诗句，才使全诗由悲而壮成为一曲千古不朽的正气歌，激励着历代仁人志士去为正义事业而英勇献身。

【阅读延伸】

南宋末年的知识界明显出现了两种思想倾向，一部分知识分子看透了南宋君臣的腐朽本质，立场趋向激进，不仅不与政权合作，反而用笔无情揭露与讽刺政权的黑暗，如洪咨夔、王迈等人，这一部分诗有很大的社会认识作用。另一部分知识分子是一群忠臣义士，基于爱国思想与民族立场而奋力辅助南宋政权抗元，甚至为挽救危局以身殉国，如文天祥、郑思肖以及其所写的李芾，他们的诗就是最好的爱国主义教材。

156. 题李俨黄菊赋（耶律弘基）

昨日得卿黄菊赋，碎剪金英填作句①。

袖中犹觉有余香②，冷落西风吹不去。

【作者简介】

耶律弘基，即辽道宗，是契丹第八帝。他即位后颁五经传疏，置博士助教，开科取士，推行汉族文化。此人即金庸小说《射雕英雄传》中杨康的义父。

【题解】

诗题中的李俨本是汉人，在辽做官便被赐姓耶律，《辽史》称他为耶律俨。他是辽道宗的文学侍臣，作《黄菊赋》献给辽道宗，辽道宗写这首七律赞美李俨的赋。

【释疑】

① 卿：指李俨。碎剪金英：形容李俨的赋词句美。
② 有余香：指从李俨的《黄菊赋》中能嗅到菊香。

【今译】

昨天看到你的《黄菊赋》，词句像碎剪金英那样美。

揣在袖里仍能嗅到菊花香，冷落西风劲吹也吹不去。

【赏析】

前两句直接赞《黄菊赋》，用"碎剪金英"形容词句美。三、四句看似赞菊"有余香"，但"袖中"二字点明仍是赞赋，从赋中

六、宋辽金诗　345

能嗅到菊花"余香",这一评价很形象也很有高度。四句诗好像漫不经意写来,赞美之意却自然流露出来。李俨写的是赋,耶律弘基写的是诗,赋长诗短,李俨的赋早被人忘却了,耶律弘基的诗却流传下来,可见诗胜过赋。

157. 阴 山（耶律楚材）

八月阴山雪满沙，清光凝目眩生花①。
插天绝壁喷晴月，擎海层峦吸翠霞②。
松桧丛中疏畎亩③，藤萝深处有人家。
横空千里雄西域，江左名山不足夸④。

【作者简介】

耶律楚材，辽皇族子孙，学识渊博。金（女真）灭辽（契丹）后，耶律楚材曾任金左右司员外郎。蒙古军攻占中原，耶律楚材被成吉思汗召用，随军万里西征。元太宗窝阔台时更受重用，官至中书令（宰相）。他力主发展农业，保护汉族文化，任用汉族文人，在蒙古统一中国巩固政权的过程中起了重用作用。由于随军万里阅历丰富，又有汉学基础，所以他写了不少很有特色的边塞诗，气象宏大，有游牧民族的奔放气质。

【题解】

耶律楚材随成吉思汗出征曾到过新疆，写下了这首《阴山》。阴山，即今新疆境内天山山脉，不是内蒙古的阴山。

【释疑】

①"清光"句：意思是太阳照在砂石上的反光刺激眼睛，令人昏眩。清光，指反光。凝目，原意是目力集中，这里指睁不开眼。眩，眼睛昏花。

② 海：指云海。

③ 疏畎（quān）亩：土地稀少。畎亩，土地。

④ 江左：即江东，泛指长江下游的江南地区。

【今译】

西域方八月，大雪满天山；白沙映烈日，反照光刺眼。

悬崖吐晴月，绝壁插云天；高山托云海，翠霞绕层峦。

松桧密层林，稀疏少耕田；藤萝深幽处，家家升炊烟。

横空跨万里，称雄西域间；到此观峰岭，江南无名山。

【赏析】

　　前四句写天山奇景，首联写雪，二联写山。八月飞雪，这是北国的特有景象，唐诗人岑参也有"北风卷地白草折，胡天八月即飞雪"的诗句，耶律所写并非夸张。天山下是沙漠地，雪里夹沙所反射的阳光十分强烈，"眩生花"是诗人的亲身感受。"插天绝壁""擎海层峦"写天山高峻雄浑，"喷晴月""吸翠霞"写天山特有的奇景异观。前四句写出了诗人初到新疆远望天山所感受到的异乡异趣。三联由景写到人：此地森林茂密、耕地稀少，但天山百姓仍在勤劳地耕耘，而"藤萝深处有人家"是天山的另一奇观。尾联作对比：江南虽然山青水绿，但规模与气势跟天山比就没有什么可夸耀的了。这是从侧面再次烘托天山的宏大气象。

　　这首诗，写景气势雄浑、别开生面，抒情豪迈奔放、格调高亢，与其他边塞诗人笔下的荒凉酷寒情趣大不一样，表明了诗人胸怀阔大颇有宰相风范。

158. 岐　阳（元好问）

百二关河草不横，十年戎马暗秦京①。

岐阳西望无来信，陇水东流闻哭声②。

野蔓有情萦战骨，残阳何意照空城③。

从谁细向苍苍问，争遣蚩尤作五兵④？

【作者简介】

元好问，鲜卑后裔，在金做官，曾任县官，后任左司都事。金被元灭，元好问一直隐居，致力于金代史料的收集与编撰。他生当金、元更替之时，频遭受战乱之苦，又曾做过元人俘虏，对金廷的腐败、元人的凶残和百姓的苦难都深有了解，他的诗比较真实地反映了这一时期的社会现实。他的《论诗三十首》以诗论诗，对汉魏至宋的重要诗人作了概括性评论，在诗歌史上有较大影响。

【题解】

金哀宗大正八年正月，元军围岐阳（今陕西凤翔），四月城破。当时元好问任南阳县令，听此消息写了三首《岐阳》诗，揭露金廷的腐败，这里选的是第二首。

【释疑】

① 百二关河：言岐阳形势险要。百二，意思是二万人可抵御百万人进攻。草不横：军队行军将草踏倒叫"横草"，"草不横"就是没有军马来，指金廷不派兵防守岐阳。十年：指元军侵犯陕西已十

年。秦京：指长安，秦建都在长安，故称长安为"秦京"，岐阳就在长安附近。

② 西望：南阳在岐阳东，故称"西望"。陇水：源出甘肃渭源县，流经陕西入黄河。此处指黄河。

③ 野蔓：野草。空城：指不设防的岐阳城。

④ 苍苍：苍天。蚩尤：传说中与黄帝争夺中原地区的部族首领，此处指元军。五兵：原指中兵、外兵、骑兵、别兵、都兵，此处泛指兵。

【今译】

只凭借关山险不设防线，十年间任元军侵犯长安。
岐阳城陷敌手音信隔断，逃难人沿黄河哭声震天。
野草丛有情义掩埋枯骨，夕阳下一空城不见人烟。
谁能够向苍天细问原因，为什么让元军践踏中原？

【赏析】

首联指斥金国朝廷昏庸无能：金建都汴京（开封），元军进犯岐阳已经打到都城门口，但金廷仍熟视无睹而十年间不派兵防守，致使元军步步深入，最后攻陷长安、岐阳等地，纯粹是坐以待毙。二联写岐阳失陷后的惨状："无来信"是说岐阳被元占领，与外界音信隔绝；"闻哭声"是说岐阳百姓沿黄河东逃，哭声震天。三联写战后的凄惨景象：荒草丛中尸骨遍野，残阳如血地照着空无一人的岐阳城。尾联是诗人的斥问：谁能问问苍天，是谁派元军来践踏中原？言外之意是此事无须问苍天，是金廷自取灭亡。其将元兵称为"蚩尤"，表明元人侵犯中原是不义战争。最后的斥问，表明了诗人对金廷行将灭亡命运的忧虑，是一种无可奈何的哀叹。

癸巳五月三日北渡（元好问）

道旁僵卧满累囚，过去毡车似水流①。
红粉哭随回鹘马②，为谁一步一回头。

【题解】

癸巳（guǐ sì），指金哀宗天兴二年。这一年元军大举入侵中原，人们遭受屠杀，社会经济遭到破坏，元好问也成为俘虏，被从开封押送过黄河到聊城（今山东西部）去，这就是诗题所说的"北渡"。元好问沿途见到元军烧杀抢掠，于是写了这首诗记录元军的暴行。原诗三首，这里选一首。

【释疑】

① 累囚：捆绑起来的俘虏。累，同"缧"，捆绑。毡（zhān）车：外面裹着毛毡的车。

② 红粉：妇女的代称，这里指被元人掳去的中原妇女。回鹘（hú）：也叫"回纥（hé）"，我国古代北方的少数民族，这里指蒙古。

【今译】

道路旁僵卧着捆绑俘虏，毛毡车奔北国快似水流。
红颜女紧拴在蒙古马后，走一步一回头失声痛哭。

【赏析】

头两句是个对比，总写元军入侵时的状况：在中原大道上，一方面是僵卧道旁的被捆绑的俘虏奄奄待毙,一方面是入侵者坐着毛毡车满载抢掠来的财物快速向北奔去。三、四句是个特写镜头:被掳来的中原妇女被拴在蒙古人马后成了蒙古人的"战利品",这些无辜的妇女惦念着自己的家乡、惦念着自己的亲人,一步一回头地痛哭着被解往北方。这一惨相让人难以卒读,四句诗将元人的暴行及中原人民的苦难一一记录在案作为历史见证。

160 论诗（二首）（元好问）

曹刘坐啸虎生风，四海无人角两雄①。
可惜并州刘越石，不教横槊建安中②。

一语天然万古新，豪华落尽见真淳③。
南窗白日羲皇上，未害渊明是晋人④。

【题解】

元好问的《论诗》是以诗论诗。这种诗歌评论形式起源于杜甫，杜甫写有《戏为六绝句》评论庾信及杨炯、王勃、卢照邻、骆宾王等人的诗。元好问将这种形式发扬光大，一共写了三十首《论诗》，评论了从汉到宋的一些重要诗人和诗歌流派。

【释疑】

① 曹刘：指曹植、刘桢，是汉魏建安时期的诗人。虎生风：比喻曹刘的诗刚健豪放，犹如坐啸山中而每动必生风的猛虎。角：角力，较量，比赛。两雄：指曹植、刘桢。

② 可惜：可爱，可喜。刘越石：西晋时诗人刘琨字越石，曾任并州刺史。横槊（shuò）："槊"是一种兵器。元稹《唐故工部员外郎杜君墓系铭》载："建安之后……曹氏父子鞍马间为文，往往横槊赋诗。"建安：指建安（汉献帝年号）时期"三曹""七子"诗歌的"建安风骨"。

③ 天然：指陶渊明的诗自然纯真，不矫作。豪华：指追求华丽

六、宋辽金诗

辞藻的浮靡文风。

④"南窗"句：陶渊明在《与子俨等书》中说："常言五六月中，北窗下卧，遇凉风暂至，自谓是羲皇上人。"羲皇上人，指伏羲以前的人，即太古时代人。这句诗的意思是说，陶渊明隐居在家，像太古人一样，过着恬淡清静、胸无俗念的生活。未害：不妨害。晋人：晋代人诗风不正，只重辞藻，不重内容。陶渊明虽生活在晋代，却不受这种诗风影响，所以说陶渊明何妨是晋人呢。

【今译】

　　曹植刘桢诗，刚健如猛虎；全国相较量，他人皆不如。
　　可喜刘越石，不愧并州侯；慷慨悲凉意，颇具建安骨。

　　陶潜诗自然，一语万古新；不用浮华词，平淡见真淳。
　　恬静无俗态，俨然太古人；摒弃柔靡风，何妨生于晋。

【赏析】

　　第一首诗评论了三个诗人，前两句肯定曹植、刘桢的诗刚健如虎，四海之内无人敢与他二人较量。这个评价虽然高了些，但"虎生风"基本符合这二人诗的风格。后两句评价刘琨的诗，"不教横槊建安中"的评价也高了些，但刘琨的诗确实继承了建安传统。元好问对这三人的评价是从诗歌流派着眼，基本符合事实。

　　第二首诗评论陶渊明的诗及其为人，见解精深，评论中肯。前两句评论陶渊明的诗，突出"天然""真淳"两点，可以说抓住了陶诗的真髓；"豪华落尽"又表明陶诗在浮靡的晋代诗坛出污泥而不染而一枝独秀。这一评价见解精深，评论中肯。后两句评论陶渊明的为人：陶渊明"不为五斗米折腰"，像太古人一样心无俗念地过着恬淡无欲的田园生活。他的人品决定了他的诗风，使他虽身处晋代浮靡世风与诗风的包围，却保持独立人格与独立诗风，实在难能可贵。元好问赞扬他"未害渊明是晋人"，这评价同样精深中肯。同时，评诗见人即所谓"知人论世"，是正确的评论方法。"以诗论诗"的评诗形式，杜甫滥其觞，元好问扬其波，其后这种评诗形式就常见了，元好问在诗歌评论史上占有重要位置。